CRISTINA MELO

1ª Edição

2024

Produção:	**Arte de Capa:**
Equipe The Gift Box	One Minute Design
Revisão:	**Diagramação e adaptação de capa:**
Patrícia Oliveira	Carol Dias

Copyright © Cristina Melo, 2024
Copyright © The Gift Box, 2024

Todos os direitos reservados.
Nenhuma parte do conteúdo desse livro poderá ser reproduzida em qualquer meio ou forma – impresso, digital, áudio ou visual – sem a expressa autorização da editora sob penas criminais e ações civis.

Esta é uma obra de ficção. Nomes, personagens, lugares e acontecimentos descritos são produtos da imaginação da autora. Qualquer semelhança com nomes, datas ou acontecimentos reais é mera coincidência.

Este livro segue as regras da Nova Ortografia da Língua Portuguesa.

CIP-BRASIL. CATALOGAÇÃO NA PUBLICAÇÃO

M485s

Melo, Cristina
    Sr. Smith / Cristina Melo. - 1. ed. - Rio de Janeiro : The Gift Box, 2024.
    280 p.

ISBN 978-65-5636-351-6

1. Ficção brasileira. I. Título.

      CDD: 869.3
      CDU: 82-93(81)

AGRADECIMENTOS

A minha gratidão a Deus por sua soberania em minha vida. A minha filha e marido pelo amor e eterna paciência em ceder seu tempo para que eu siga fazendo o que amo. A Cristiane Fernandes, Paty Oliveira, Jacqueline Torres, Adriana Melo, Gisele Souza, Paula Toyneti, Paola Scott, Flavia Santos e Tainá Antunes por me estenderem a mão a qualquer hora, por estarem disponíveis sempre que preciso e por não me deixarem desistir. Que sorte a minha por ter vocês! Apenas amo demais!

A Patty Lage, Aline Oliveira, Renata Santos, Anne Karoline, Bel Soares, Danielle Passos, Ana Paula Costa, Paula Coelho, Elisangela Barbosa, Silvia Rivabene, Sarah Souza, Cris Fonseca, Kátia Fernandes, Fabiana Regina, Ariele Pontes, Karla Evelyn, Sury Fernandes, Márcia Torres, Keiliane Lian, Sandra Pasqual, Rozana Ormonde, Cris Souza, Neiva Moura, Maria Rosa, Roseane Conrado, Rosemary Castro, Winnie Wong, Lilian Amaral, Josi Campano, Maria Augusta, Sheila Paula, Julia Queiroga, Liliane Scholzel, Mara Rúbia, Kelly Chrystynne, Kelly Branco, Simone Félix, Flavia Lemos, Adriana Santana e Carina Freitas. Não tenho palavras para expressar minha gratidão pela amizade, parceria e por não soltarem minha mão durante essa caminhada. Cada uma de vocês tem um lugar de muito amor e gratidão em meu coração. Ao meu grupo Romances Cristina Melo pelo carinho e apoio diário. A todas as minhas leitoras que seguem comigo a cada trabalho. Sem vocês e seu apoio, não seria possível. O meu eterno muito obrigada. A você, leitor, que não conhece meu trabalho ainda e irá iniciar a leitura, obrigada pela escolha e pela oportunidade. Espero que a história te encante e desperte muitas emoções.

O meu muito obrigada à minha editora The Gift Box por seu empenho, carinho e por nunca soltar a minha mão.

À Roberta Teixeira e Anastácia Cabo por tanto carinho e amor com o meu trabalho. As palavras não seriam suficientes para agradecê-las, o meu eterno muito obrigada.

Para a minha querida amiga Paula Toyneti, por sua dedicação, apoio e amizade. Obrigada por tudo, amo você.

À Carol Dias, obrigada por seu empenho e carinho com o meu trabalho, você arrasa!

PRÓLOGO

"A força não provém de uma capacidade física. Provém de uma vontade indomável."
Mahatma Gandhi

Não sei o que determina nosso destino. Embora alguns digam que ele não é de nossa responsabilidade, outros dizem que já nascemos predestinados a um, o que eu acredito ser bem injusto, mas infelizmente é a teoria mais plausível. Certamente eu não escolheria a vida que tenho se pudesse fazer isso...

— Qual é o seu problema? Não aguento mais você, estou cansada! — Os gritos ecoam pelas paredes e eu apenas respiro fundo, encarando meus cadernos sobre a velha escrivaninha.

Passo as mãos pelos cabelos enquanto a gritaria lá fora ganha força como uma ventania impossível de ser domada. Tento me concentrar na matéria, mas não consigo nem raciocinar e, como eu já previa, a porta do meu quarto é aberta...

— Estou com medo — Jase confessa com o tom choroso, aninha-se em meu colo e seu cheiro delicioso inunda meus sentidos.

— Já vai passar. — Acaricio seus cabelos e suas costas.

Meu irmão de sete anos é o único motivo pelo qual ainda não fui embora deste hospício chamado casa pelos meus pais ou meus progenitores como eu prefiro chamá-los.

— Por que eles vivem gritando?

— Eu não sei, meu amor — minto, pois não quero revelar tão cedo a ele quão loucos os dois são. Não o deixarei passar pelo mesmo que eu, sempre estarei aqui para ele.

— Não gosto quando gritam. — Esconde o rosto em meu pescoço.

— Eu também não, amor — confesso em um sussurro, mais para mim do que para ele. — Que tal ouvirmos as músicas da *Moana*? — pergunto e ele assente mais animado; já perdi as contas de quantas vezes assistimos ao filme.

Aciono a *playlist* em meu celular dedicada a Jase, entrego-lhe os meus fones e não demora muito até seu sorriso lindo iluminar seu rosto, o que me faz esquecer instantaneamente tudo à minha volta e me lembra do quanto eu o amo e sempre vou amá-lo.

CAPÍTULO 1

LORI

"A amizade é uma alma com dois corpos."
Aristóteles

Um mês depois...
Fecho os olhos e respiro por vários segundos, deixando o alívio me dominar. Acabou! Foi a última prova!

Não consigo acreditar que terei meu tão sonhado diploma em minhas mãos em alguns dias. Poderei, enfim, sair daquela lanchonete e conseguir meu primeiro emprego na minha área. Agora, as horas fora vão diminuir e vou me dedicar mais a Jase...

— Oi!

— Oi! — respondo a Josh.

— Então, o que faremos agora que não teremos mais que aturar o Sr. Bruce? — Entrelaça seu braço ao meu.

— Não tenho ideia — respondo e sorrimos. É meu melhor amigo desde sempre; abriu mão de *Harvard* para ficar em *Queens College* comigo, então serei grata a ele pelo resto da vida por isso.

O Instituto de Tecnologia em Massachusetts sempre foi meu objetivo ou apenas uma fuga bem orquestrada desde que tinha dez anos, mas, então, Jase aconteceu e eu não podia deixá-lo sozinho com *nossos pais*.

Josh, com toda a sua sabedoria, disse-me que a primeira faculdade fazemos por um objetivo ou por alguém, mas a próxima é uma escolha exclusivamente nossa. Assim, ele me convenceu de que não ir para *Harvard* era o correto naquele momento.

Ele sempre foi meu porto seguro e fui muito egoísta por não rejeitar sua ideia louca e linda, sei disso, mas também sei que sem meu melhor amigo seria muito difícil.

— Quer saber de uma notícia boa? — pergunta animado.

— Conseguimos passar pela faculdade e sobrevivemos! — Pisco.

— E, por sinal, passei muito bem — responde convencido e pisca de volta, tenho certeza de que não disse isso por conta de suas excelentes notas.

— Qual a outra grande notícia?

— Abriram vaga na Westgloob, as entrevistas vão começar na segunda.

— Você está brincando comigo?! — pergunto com o tom mais elevado do que deveria. Almejo uma chance nessa empresa desde o primeiro período, quando tivemos a visita de um de seus executivos à nossa aula de empreendimento tecnológico. A forma como a descreveu me fez entender que era justamente aquilo que eu queria fazer. Tentei estágio lá quatro vezes, porém ouvi que não me encaixava no perfil que buscavam em todas elas.

— É a sua chance, gata — diz animado.

— Com o currículo de garçonete? Acho difícil me aceitarem — respondo sem esperança, perdendo a animação anterior ao aterrissar na minha realidade.

— Por que você tem essa mania ridícula de se diminuir? Foi a melhor aluna da sala e, nos quatro anos inteiros, não tirou um mísero oito sequer. Sim, você é a melhor, e tenho certeza disto: se alguém pode conseguir uma das vagas, esse alguém é você. — Sorrio desanimada e apoio minha mão em seu rosto.

— Você é o melhor amigo deste mundo, mas não me aceitaram para o estágio, então como vão me dar uma vaga efetiva se minha única experiência é como garçonete no Marc's Pub? — Reviro os olhos. Sei que quer me incentivar, mas um pouco de realismo não faz mal a ninguém.

— Já disse quanto odeio seu pessimismo?

— Já tentei quatro vezes, Josh...

— E tentará mais uma. Faça pelo Jase se preferir transferir a responsabilidade por não desistir do seu sonho, mas faça — diz firme e confiante.

— Já disse quanto te amo?

— Algumas vezes, mas só vai voltar a dizer quando o emprego for seu. Se aqueles idiotas desperdiçarem mais essa chance, eles que se arrependerão quando você for contratada pela concorrência e acabar com a empresa medíocre deles. — Gargalho por se referir à segunda maior empresa de tecnologia do mundo como medíocre.

— Você será o melhor psicanalista que Nova York já teve. — Beijo seu rosto.

— Não tenho dúvidas — responde convencido.

— E o mais modesto também — zombo.

— Isso nunca, minha querida! Modéstia e eu não combinamos. — Sorrimos juntos. Um segundo depois, apoio a cabeça em seu ombro e começamos a andar, despedindo-nos do corredor que teve nossa presença por tanto tempo.

CAPÍTULO 2

LORI

"Não desista. Geralmente, é a última chave do chaveiro que abre a porta."
Paulo Coelho

Olho à minha volta a cada minuto e sinto-me deslocada como nunca me senti antes. Meu coração está na garganta. Tento fazê-lo voltar ao seu lugar, mas falho em todas as tentativas. Todos aqui parecem ter um currículo que eu não conseguiria nem em mil anos.

Estou me perguntando a cada segundo como pude deixar-me levar pelo otimismo exacerbado de Josh! Nem mesmo minhas roupas em comparação às da maioria me dão um ponto. Eles parecem nem precisar de um emprego. Estilistas diversos se fazem presente por meio dos *looks* impecáveis na sala de espera; parece que estou concorrendo a uma vaga de moda, e não de tecnologia. Achei que pessoas que escolhiam tecnologia se importassem menos com a aparência, mas, pelo visto, julguei errado.

Minhas mãos estão trêmulas, assim como o resto do meu corpo. Sinto-me patética e com a certeza de que realmente estou no lugar certo, mas na hora errada, porque este lugar jamais saberia que é o certo para mim ou iria escolher-me no meio de tantas pessoas que apostaram muito para estar aqui. Eu apenas pareço ter pulado no ponto errado do voo.

Aperto a alça da minha bolsa de tecido, que tinha orgulho até este momento por eu mesma tê-la feito, e me levanto, pois ficar aqui só me deixará mais frustrada. Não importa o que Josh tenha dito, ele não vê o que vejo, então não tem como entender a dimensão de "não é o perfil que procuramos" que escutarei dessa vez. Tenho certeza de que eu diria até pior se fosse entrevistar a mim mesma.

— Lori Morris? — Ouvir meu nome me faz congelar em meu lugar. — Lori Morris?! — O tom que ouvi anteriormente insiste e dessa vez mais elevado. Sei que ir embora e fingir que não ouvi o chamado é o melhor, mas não é o que faço.

— Aqui. — Ergo uma das mãos atestando minha presença e minha idiotice, então, imediatamente, vários pares de olhos se fixam em mim. Acabo de pular na piscina, agora só me resta nadar. — Sou eu — confirmo assim que consigo mover minhas pernas até a bela loira sentada à mesa luxuosa, com roupas, maquiagem e cabelos impecáveis.

— Seu currículo, por favor? — pede com tom amigável e lhe entrego o papel já ciente da resposta que me dará... — A entrevista será na cobertura, o elevador é no final do corredor à sua esquerda.

— O quê? — pergunto surpresa, ela nem olhou o currículo.

— A entrevista, você não está aqui por ela?

— Sim, estou... — começo confusa.

— Então siga até o fim do corredor, segundo elevador — diz firme e assinto perplexa. Forço-me a andar pelo caminho indicado sem acreditar que foi tão fácil. Josh estava certo. Aliso meu vestido preto, o mesmo vestido que comprei na liquidação há dois anos, mas foi o melhor que encontrei no armário. Não se compara nem de longe aos *Armani*, *Versace* e *Chanel* que vi lá atrás, mas era o que eu tinha e o que melhor se adequava à ocasião e ao meu corpo.

Assim que chego ao elevador, chamo-o; ninguém me faz companhia aqui, o que é estranho tendo em vista a quantidade de candidatos na recepção. Aproximo-me do espelho ao lado e confiro a maquiagem quase inexistente em meu rosto, uso apenas rímel, blush e um gloss. Arrumo um pouco os fios rebeldes de meus cabelos que teimam em me desafiar e nunca ficam da forma que os deixo. Algumas tentativas depois, continuam me vencendo quando um som agudo me assusta...

— Ai! — O tom de dor chega logo depois que meu salto atinge uma elevação atrás de mim que não estava aqui antes, então meu corpo se desequilibra, e só não caio porque encontro apoio.

— *Me* desculpa, eu não te vi — peço assim que me coloco de frente para o homem alto que está vestido tão bem ou até melhor que os outros da sala de espera, mas com o agravante de ser mais lindo e atraente do que deveria ser permitido.

— Tudo bem. Na próxima, você deveria sinalizar o perigo com algo como: "não se aproxime, risco eminente de perder o pé." — Sorrio constrangida, sem saber se está brincando, mas sua expressão não condiz com alguém que tenha bom humor. — Sobe? — Concordo com um gesto de cabeça, percebendo agora que o barulho que me assustou era do elevador. O homem acena para que eu entre na frente, ainda é educado mesmo depois de eu quase ter arrancado seu pé.

— Eu sinto muito mesmo, juro que não te vi — digo ainda envolta na vergonha, quando entramos no elevador.

— Acontece — diz sem emoção e aperta justamente o botão que eu apertaria. — Qual andar? — pergunta-me, e não sei dizer se está irritado por eu ter pisado em seu pé ou se esse é o seu jeito, mas posso afirmar: o ar aqui dentro está muito mais pesado e quase palpável.

— Também vou para a cobertura. — Um vinco se forma entre suas sobrancelhas e ele não disfarça o olhar de desdenho. Seus olhos me varrem de cima a baixo. Sinto-me exposta como nunca. A sensação de ter sua atenção é boa, mas constato um entusiasmo que não deveria sentir e isso me traz um incômodo.

— Veio visitar alguém? — Parece confuso.

— Vim para a entrevista que está acontecendo hoje — digo e ele baixa um pouco a cabeça; em seguida, passa os dedos pelos lábios, então vejo o momento exato que tenta reprimir um sorriso e isso me irrita, mesmo que esteja certo ao pensar que estou sendo pretenciosa demais ao ter coragem de me candidatar a uma das vagas. — Algum problema? — pergunto impetuosa. Provavelmente, deve estar concorrendo a um dos cargos e está me achando ridícula.

— Nenhum — responde cheio de arrogância.

— Também veio para a entrevista? — Se pode me perguntar coisas, então também posso fazer o mesmo.

— Sim. — Limita sua resposta e a superioridade impera em seu tom.

— Boa sorte para você — desejo-lhe quando as portas se abrem e seus olhos me varrem novamente, fazendo algo se revirar dentro de mim e despertar uma emoção desconhecida.

— Não sou eu que preciso de sorte — responde esnobe. Como odeio esse tipo de gente!

— Claro que não, desejei errado, você precisa mesmo é de menos ego!

— *Tá* aí, isso nunca me desejaram — comenta com certa arrogância, aponta a saída e espera até que eu passe por ela, então o faço e ele me segue. Esqueço-o assim que meus olhos se deparam com a imponência do lugar, é ainda mais bonito que lá embaixo. Paredes de vidro deixam a vista de

Manhattan espetacular. Quando dou por mim, estou me aproximando mais da parede translúcida e admirando as cores cinzentas do céu de outono e a beleza dos arranha-céus em volta. É fascinante...

— Bom dia, posso ajudar? — O tom amigável me tira do deslumbramento e da distração.

— Oi, bom dia. Sou a Lori, vim para a entrevista — respondo e olho em volta, percebendo que meu companheiro de elevador não está mais aqui.

— Srta. Lori, já recebi suas informações. Pode aguardar, que logo será chamada para a pré-seleção.

— Pré-seleção?

— Sim, a gerente de RH costuma pré-selecionar os candidatos, pois o Sr. Smith não gosta de perder tempo.

— Entendo — respondo tentando parecer confiante e me manter esperançosa, mesmo sabendo que não deveria ter nenhuma expectativa de conseguir uma das vagas.

— Pode ficar à vontade; assim que ela chamar, eu aviso. — Assinto e me direciono a uma das poltronas, então mais pares de olhos me fitam e começo a me sentir uma aberração, mas, ainda assim, tento manter a compostura.

De minutos em minutos, homens saem cabisbaixos do corredor à minha esquerda e não deixam nenhuma dúvida de que foram rejeitados.

Não sei se quero passar por isso novamente, mas sei que não dormiria se não ouvisse a resposta e tivesse que conviver com o maldito "se".

Certamente serei a primeira paciente de Josh. Na verdade, sempre fui, pois acho que ele me fez de cobaia a vida inteira, por isso resolveu ser psicanalista, e não analista de sistema como eu.

Confiro o celular novamente, não passaram mais do que alguns minutos, mas a sensação é de eternidade. Meu corpo inteiro reage ao medo e à ansiedade; não tenho ideia de como me portar ou do comportamento esperado em uma entrevista assim.

É diferente ser dispensada quando se está na faculdade e se pensa que milhões de outras oportunidades virão, mas, quando se forma e se descobre que não é bem assim e que oportunidades não caem do céu... Se ao menos informassem nossos erros quando nos dispensam, teríamos a oportunidade de tentar não cometer os mesmos deslizes...

Meu celular me tira de meus medos e eu o busco, um tanto atrapalhada, na minha bolsa, que agora parece ter muito mais coisas do que achei que tivesse.

— Oi, Evy — sussurro ao telefone assim que consigo atender minha vizinha.

— Graças a Deus consegui falar com você. — Seu tom sai em forma de desespero.

— O que foi? — Levanto-me da poltrona e me afasto um pouco dos meus companheiros de espera.

— Eu não sei, Lori, seus pais parecem estar brigando muito sério dessa vez e o Jase está gritando demais, então achei melhor ligar, não sei se devo chamar a polícia.

— Chame agora mesmo! Estou a caminho, vou chegar em alguns minutos. — O desespero e a sensação de impotência me dominam imediatamente. Por favor, Evy, não os deixe fazerem nada com o meu irmão — imploro enquanto o bolo se forma em minha garganta.

— Já estou acionando a polícia e farei o que puder por ele. — Desliga e corro até os elevadores, chamo-o e agora meu corpo convulsiona pelo medo. Sei muito bem do que são capazes e de como ficam cegos quando estão em uma discussão. Não sei nem dizer o motivo pelo qual não se mataram ainda.

— *Merda*! — Lembro-me de onde estou e volto correndo até a mesa da secretária antes que o elevador chegue. — Oi, aconteceu um imprevisto e não posso ficar para a entrevista, desculpe-me, mas não posso. — Não lhe dou tempo para uma resposta, corro de volta em direção ao elevador que acaba de apitar avisando sua chegada... — *Me* desculpe! — peço para o cara com quem trombo no meio do caminho, mas também não espero sua resposta, apenas me apresso para não perder o elevador e os segundos preciosos que tenho. Entro, aperto o botão que me levará de volta ao térreo e olho para fora, então, um momento antes das portas se fecharem, vejo-o no meio do corredor pelo qual acabei de passar e aí me dou conta de que foi nele que esbarrei...

O mesmo idiota que havia subido comigo quando cheguei.

Ainda bem que minha distração e falta de sorte haviam se concentrado apenas nele, que permanece parado no mesmo local, com seu rosto estático, enquanto seus olhos não se desviam de mim...

Agradeço quando as portas de aço se chocam, limitando minha visão e a sua e, sozinha, eu suspiro por minha frustração.

Aciono o número de casa antes mesmo de chegar ao térreo e a chamada se encerra três vezes sem sucesso. Assim que as portas me libertam, desço e sigo apressada em direção à saída, deixando para trás minha quinta tentativa, mas Jase está acima de qualquer coisa no mundo para mim...

— Alô!

CAPÍTULO 3

LORI

"Apenas quando somos instruídos pela realidade é que podemos mudá-la."
Bertolt Brecht

— Jase? — grito ao celular quando escuto o tom choroso do meu irmão, enquanto passo pelas portas giratórias que me levam de volta à minha incansável realidade. — Amor, fale comigo, está tudo bem com você? Estou chegando!

— Eu *tô* com muito medo — diz em meio à gritaria e meu desespero quase me leva às lágrimas. Não poder abraçá-lo neste segundo me faz esmorecer.

— Saia pela cozinha como combinamos, amor, e corra para a casa da Evy, prometo que estou chegando — asseguro-lhe ofegante pela corrida.

— Meu braço *tá* doendo muito — declara chorando e meu coração para. Ela não fez aquilo de novo!

— O que tem o braço, querido? — pergunto.

— Desliga a *merda* desse telefone! Não tenho um segundo de paz nesta casa, vá para o seu quarto! Não aguento mais isso!

— Eu é que não te aguento, estou farto de você, Kat!

— Você é um idiota, um maldito idiota, essa era toda a riqueza que me prometeu? — A discussão é nítida, e sei que meu irmão deve estar apavorado. Pelo que me disse sobre a dor no braço, tenho certeza de que já foi alvo daqueles malditos. Forço-me a ser o mais rápida que consigo, mas neste momento minhas pernas parecem muito mais curtas do que realmente são.

— Jase? — chamo quando todo o barulho cessa e percebo que a chamada foi interrompida, então o medo me assola de uma forma indescritível. Desço as escadas do metrô e quase tropeço em meus próprios pés.

17

Os minutos seguintes até entrar em minha rua são aterrorizantes, não me lembro de muita coisa até chegar aqui, a raiva e o medo me dominam de tal forma que, se tivesse encontrado o Henry Cavill no caminho, não lembraria. Assim que me aproximo mais, consigo enxergar a confusão próxima a uma viatura da polícia, então apenas começo a correr e me concentro quanto posso para não tropeçar nesses saltos idiotas.

— Lori! — Jase me grita, mas o policial o contém.

— Oi, ele é meu irmão, pode deixar — digo e ele se joga em meus braços.

— A senhorita mora aqui? — o policial pergunta enquanto seus olhos me fitam avidamente.

— Sim — confirmo.

— Meu braço, Lori, *tá* doendo muito — diz entre as lágrimas e meus olhos param no seu braço que está bem vermelho e inchado.

— Ele precisa de atendimento médico, parece estar quebrado, já chama...

— Quebrado?! — A pergunta sai em forma de desespero.

— Quem fez isso, meu amor? — Sim, também estou quase chorando.

— Foi a mamãe, mas ela me mandou dizer que caí — sussurra entre soluços e, no mesmo instante, ouço o barulho da ambulância.

— Pode acompanhá-lo ao hospital, quantos anos você tem?

— Não existe a possibilidade de deixá-lo sozinho. Tenho vinte e dois anos, portanto posso cuidar do meu irmão. — Seus olhos me julgam imediatamente e sei exatamente o que está pensando. — Como pode ver, eu não estava em casa, se estivesse, isso não teria acontecido — digo firme, descontando minha raiva.

— Acalme-se, senhorita, nós vamos averiguar o que ocorreu aqui. Eles são seus pais também?

— Infelizmente. — Não consigo disfarçar o desgosto e a mágoa dessa vez.

— Bom, eles terão que nos acompanhar até a delegacia. Deixarei seu irmão aos seus cuidados, mas é provável que tenha que depor em breve. — Entrega-me um cartão e eu assinto no momento que Evy se aproxima.

— Eu sinto muito, não...

— Não é culpa sua — digo quando seu tom embarga. Ela já me ajudou diversas vezes que estive na mesma situação que Jase. Não sei por que Deus dá filhos a seres humanos como eles...

— Precisamos levá-lo — um dos paramédicos alerta.

— Encontro você no hospital — ela diz e aperta um pouco minha mão com o mesmo gesto de conforto que faz desde que tínhamos doze anos. Apenas concordo com um aceno de cabeça, entro na ambulância e pego a mão de Jase em seguida, então meus olhos fitam seu rosto lindo e inocente enquanto a culpa me corrói.

— Não chore, Lori — o tom mais doce do mundo, mesmo inundado de dor, pede-me quando não consigo mais segurar as lágrimas.

— Ele vai ficar bem — o médico diz com uma das mãos em meu ombro, e concordo limpando as lágrimas insistentes.

— Prometo que isso nunca mais vai acontecer, ela nunca mais vai bater em você, ninguém nunca mais vai fazer mal a você. — Faço a promessa não só a ele, mas também a mim mesma. Eu irei ao fim do mundo antes de permitir que alguém o machuque novamente.

— Eu queria que você fosse minha mãe — confessa as palavras nunca ditas antes e isso me faz desmoronar. Sei que deveria ser forte, mas não consigo. Vê-lo assim é demais para mim, então apenas me deixo levar pelas lágrimas e impotência...

— O que aconteceu? — Josh pergunta assim que entra no quarto e seus braços envolvem meu corpo antes mesmo de eu lhe dar uma resposta.

— Ela bateu nele de novo, dessa vez seu braço foi quebrado, e eu não estava lá, Josh. — As lágrimas voltam.

— Ei, a culpa não é sua, não faça isso — sussurra de volta e me aperta mais ao seu peito. — Onde eles estão?

— Espero que presos. — Não disfarço a ira em meu tom. — Não posso mais deixar que se aproximem do meu irmão. Isso nunca mais vai voltar acontecer.

— Eles são os pais, querida.

— Não! Isso não é ser pais, pois pais não machucam seus filhos. Não sei como ainda, mas Jase não vai passar por isso novamente.

— Srta. Lori?

— Sim. — Viro-me em direção ao tom e encontro o médico que atendeu Jase.

19

— Não identificamos nada mais grave, a fratura deve estar boa em no máximo dois meses, mas preciso que volte em vinte dias para repetirmos o raio-x. — Um alívio me domina.

— Estaremos aqui, doutor...

— Henry — completa quando percebe que eu não sabia seu nome, mas agora não esqueço mais, já que tem o mesmo nome do cara mais lindo do planeta.

— Obrigada por tudo! — Aperto sua mão, profundamente grata por meu irmão estar bem na medida do possível.

— Não por isso, cumpri apenas minha obrigação. — Seu aperto demora mais do que o esperado, e puxo minha mão da sua, então ele a solta. — Se tiver qualquer dúvida ou precisar de ajuda com Jase — entrega-me o cartão —, pode me ligar a qualquer hora.

— Ah, eu... Nossa! Muito obrigada... Eu... hum... ligarei se precisar. — Seus olhos não saem dos meus.

— Por favor, não hesite. — Concordo com a cabeça. — Já assinei a liberação. Prescrevi uma medicação para administrá-la por sete dias e, caso ele sinta muita dor, pode dar uma dose do outro remédio listado abaixo. — Assinto. — Pode me ligar caso tenha qualquer dúvida.

— Tudo bem! Mais uma vez, obrigada, doutor.

— Bom, tenho que voltar para meus pacientes. — Depois de mais alguns segundos me encarando, faz seu caminho de volta para a porta e logo está fora da minha visão.

— Não acredito que ele estava dando em cima de você! — Josh diz estupefato.

— Não estava, não!

— Sério, Lori? Você é mais inteligente do que isso — acusa-me irritado.

— Ele é médico, só estava preocupado com meu irmão.

— Não desviou os olhos para Jase por um só segundo desde que entrou neste quarto, pelo amor de Deus! Só faltou pedir o teu telefone para garantir que voltaria a falar contigo.

— Alguém já disse quanto é possessivo?

— Estou cuidando de você, não vou deixar nenhum conquistador barato te levar assim. Mesmo que seja um médico bem gato, vai ter que provar suas qualidades antes de eu entregar você a ele. Um homem precisa ser muito mais do que bonito para te merecer, querida. — Sorrio com a superproteção do meu melhor amigo.

— Eu casaria com você, Josh.

— Não nesta vida, meu amor. Quero te ver plenamente realizada e eu não poderia te dar tudo. Quem ama de verdade sabe exatamente do que o outro precisa.

— Nesse caso acho que você precisa da mesma coisa que eu. — Pisco.

— *Touché!*

— Você não ficou de olho no médico, ficou? — brinco.

— É gato, mas não faz o meu tipo nem o seu.

— Ah, obrigada por avisar! — Sorrio e me sinto muito mais tranquila agora sabendo que Jase ficará bem.

— Cadê a louca da Evy?

— Foi conversar com a avó dela sobre o apartamento que tem para alugar.

— Oi? O que eu perdi?

CAPÍTULO 4

LORI

"O progresso é impossível sem mudança, e aqueles que não conseguem mudar suas mentes não conseguem mudar nada."
George Bernard Shaw

— Se ela conseguir com que a avó concorde em me alugar, vou mudar para lá com Jase.

— Como é que é? — Encaro a expressão confusa do meu amigo. Pela primeira vez em anos, havia tomado uma decisão sem que ele participasse.

— Não vou deixá-lo passar por isso novamente — declaro decidida.

— Você está maluca?! — Puxa-me para fora do quarto. — Como acha que vai sustentar uma criança sozinha? Eles são os pais e têm que se responsabilizar por isso.

— Nem um dos dois deveria ter tido filho, isso ficou mais do que claro durante toda a minha vida, pois só eu sei o que passei com eles; são dois lunáticos, frustrados, egoístas e narcisistas, não amam nada além de si mesmos e eu não estou exagerando ou sendo dramática. Acha que ela está com remorso ou preocupada com o filho? Não, não está. Sabe como sei disso? Simplesmente porque tive meu braço quebrado duas vezes, também tive minha clavícula, várias luxações pelo corpo, fora meu maxilar que foi deslocado e sabe em quantas dessas vezes ela esteve no hospital comigo? Nenhuma. Fui socorrida pelo *bundão* do meu pai que só tem olhos para ela, mas, mesmo vendo que é louca, ainda fica ao seu lado e nunca coloca meu bem-estar ou o de Jase na frente. Ele também é doente, os dois combinam. Não vou deixar que meu irmão viva na porcaria daquela casa sob os cuidados deles nem mais um segundo. — Deixo a coragem se apossar de mim, a mesma coragem que venho tentando encontrar há anos.

— *Tá* — suspira e apoia as duas mãos juntas no queixo como se estivesse rezando, é um gesto que faz sempre que está sem paciência. — Ok, entendo sua raiva, sua revolta e tudo mais, mas agora vamos dar um espacinho para a razão? Como vai pagar o aluguel e sustentar uma criança de sete anos trabalhando naquele bar? Isso porque não quero lembrar o financiamento estudantil que tem.

— Não vou deixá-lo lá, Josh! Não tive ninguém que fizesse isso por mim, mas ele me tem.

— E você não tem como sustentar a si mesma no momento. — Cadê a porcaria do seu otimismo na hora que preciso?

— Posso conseguir outro emprego. — Tento achar uma saída e convencê-lo.

— O que faz você pensar que eles vão deixá-la ficar com ele?

— Eles não ligam, Josh, seria menos um peso em suas vidas imperfeitas — rebato.

— É uma grande mudança, Lori, e eu, como seu amigo, tenho que apresentar todas as opções. — Encaro-o ciente de que nada do que me diga mudará minha decisão. — Uma vez que assumir esse compromisso, não poderá voltar atrás. Imagina como ficará a cabeça de Jase?

— Não farei isso — digo convicta.

— Droga, Lori! Mesmo que abram mão dele, o que acho muito difícil, você tem apenas vinte e dois anos e está começando sua vida, ele não é sua responsabilidade. Já imaginou tudo que isso vai implicar? Não pode tomar uma decisão baseada em uma emoção, pois isso é para a vida inteira!

— Vou fingir que não me disse essas coisas. Ele é meu irmão e não existe nada ou ninguém que eu ame mais neste mundo do que ele. Se tiver que trabalhar 23 horas por dia, eu farei; se tiver que abrir mão de qualquer coisa por ele, abrirei. Cuido desse menino desde que nasceu, era eu quem passava as noites em claro, porque ela não poderia acordar com olheiras. Sempre fui eu que o alimentei, que corri para o seu quarto ou o acolhi no meu toda vez que teve um pesadelo, que o ensinei a andar de bicicleta, que fui às suas reuniões na escola...

— Eu sei...

— Então também sabe que jamais o abandonarei — interrompo-o.

— Não estou dizendo para abandonar, só para ter certeza de onde está pulando.

— Nunca tive dúvidas, Josh. Sei que não será fácil e não tenho ideia do que vou fazer ainda para dar conta de tudo, mas enfrentarei o que for preciso por ele. Se eles não abrirem mão, vou para a justiça, faço qualquer coisa por Jase. — Seus braços me envolvem e o abraço como sempre me transporta para um lugar seguro.

— Sabe que sempre estarei com você, não é? — Apenas assinto, não quero me afastar ainda. — É muito, muito teimosa, mas é exatamente isso que amo em você. Vamos dar conta!

— Vamos? — Ergo os olhos em direção ao seu rosto.

— Sim, vamos, não vou deixar você sozinha nessa. — Algumas lágrimas escorrem pelo meu rosto antes que me dê conta de que se aproximavam.

— Eu te amo, Josh — sussurro em seu pescoço.

— Eu também te amo, minha maluquinha preferida — confessa com o tom embargado.

— Sabia que era sua cobaia — acuso-o.

— Nunca te escondi isso. — Sorrio da sua sinceridade exacerbada.

— Vai dar certo, não vai? — pergunto depois de alguns minutos em silêncio, aproveitando seu cafuné.

— É logico que vai — confirma.

— Está confortável? — pergunto ao meu irmão quando o ajudo com o cinto de segurança no carro de Josh.

— Sim, nem está doendo mais.

— Que bom, meu amor. — Fecho a porta, sigo para o banco do carona e, assim que entro no veículo, meu celular começa a tocar... — Oi, Evy — atendo esperançosa.

— Oi, como está Jase?

— Agora melhor, estamos saindo do hospital.

— Que bom, graças a Deus! Eu acabei de conversar com minha avó. — Meu coração acelera com a expectativa.

— E aí? — Apresso quando fica em silêncio por alguns segundos.

— Ela disse ok, o apartamento é seu.

— Ah! — grito sem conseguir me conter. — Obrigada, Evy, eu serei eternamente grata a vocês.

— Não precisa agradecer, não consegui fazer com que ela baixasse mais o aluguel.

— Tudo bem, eu dou um jeito — digo sem ter a mínima ideia do que farei, já que meu salário é praticamente todo o valor do aluguel, mas, se conseguir outro emprego logo, tudo ficará bem.

— Ela vai te entregar a chave em dois dias. Se precisar de qualquer coisa, pode contar comigo, Lori.

— Obrigada. — É a única coisa que consigo dizer. Despede-se em seguida e desliga o telefone.

— Você vai à delegacia? — Josh pergunta ao ligar o carro.

— Hoje, não. Podemos ficar na sua casa essa noite? Não posso faltar trabalho.

— Claro que pode.

— Se não for abusar muito, podemos passar em casa para buscar algumas coisas? — Assente pacientemente.

— Você é o melhor amigo de todo o mundo.

— Só porque você vale a pena. — Pisco quando diz a frase que vem repetindo desde a primeira série, quando dividiu seu doce comigo. Não faço ideia dos desafios que vêm pela frente ou se vai ser tão difícil assim enfrentá-los, mas o fato de tê-lo ao meu lado já me diz que tenho uma vantagem enorme.

CAPÍTULO 5

LORI

"É nos momentos de decisão que o seu destino é traçado"
Anthony Robbins

Minha vontade era ficar com Jase, mas não posso me dar o luxo de não ir ao pub, não agora que preciso tanto do dinheiro e que minha esperança de conseguir algo melhor havia se esvaído tão rápido quanto começou. Então o deixei aos cuidados do meu amigo, em quem confio cegamente, pois sei que cuidará dele tão bem quanto eu cuidaria.

Hoje é um péssimo dia para gorjetas, estamos começando a semana e provavelmente teremos os míseros clientes de todas as segundas, mas, mesmo assim, eu tinha que vir. Aperto o rabo de cavalo em meus cabelos o máximo que consigo. O Sr. Paul certamente me esganaria dessa vez se pegasse mais algum fio de cabelo meu sobre as bandejas. Amarro meu avental na cintura sobre o meu jeans, que já pede para ser substituído há algum tempo, mas que agora terá que ter muito mais paciência...

— Vai dormir no banheiro?! Temos clientes — o tom irritado de sempre grita do lado de fora e fecho os olhos mentalizando um mantra.

— Já estou saindo, Sr. Paul, só um segundo. — Solto o ar, tentando não me estressar e me conformar que essa será minha realidade por mais algum tempo.

— Tem trinta segundos, não posso perder clientes. — Apenas concordo em silêncio e me apresso ao passar mais um pouco de rímel para disfarçar o desastre que foi meu dia. Alguns segundos depois, guardo-o na *nécessaire*, saio pela porta e pego meu bloco e minha bandeja no balcão.

— Boa noite, meu nome é Lori e vou atender vocês esta noite — apresento-me ao grupo de homens, de forma automática, ainda concentrada em meu bloco de pedidos e em minha caneta, mas, assim que meus olhos se erguem, deparo-me com um rosto conhecido e aquela emoção incógnita está de volta. Não é possível! Qual a chance de isso acontecer? Segundos se passam, e continuamos apenas nos olhando até que ele quebra o silêncio.

— Se já tem um trabalho, por que estava procurando outro? — pergunta o idiota, tirando-me do transe. É direto como se me conhecesse ou tivesse esse direito, nem ao menos foi capaz de responder ao cumprimento de boa-noite antes de fazer sua pergunta descabida com o tom recheado de desdém disposto a me torturar.

— Não é da sua conta. — Sei que deixo transparecer a raiva. Por mais sexy e sedutor que seja, detesto gente mal-educada, intrometida e que se acha superior às outras. Tenta disfarçar um sorriso enquanto os caras que o acompanham à mesa apenas parecem sem-graça e olham de mim para ele.

— O que vai pedir? — pergunto impetuosa dessa vez. Sim, querido, sou garçonete, e não me envergonho disso. Seus olhos me fitam por segundos a fio, seu silêncio e a forma como está olhando-me me irritam mais que suas sandices.

— Qual a vaga pretendida na Westgloob? — indaga com o tom recheado de deboche.

— Não é da sua conta — retruco mais irritada, mas isso parece diverti-lo ainda mais.

— Por que saiu correndo daquele jeito? — Seu tom sai mais sério dessa vez e parece realmente interessado.

— E você, conseguiu o emprego? — Mudo o rumo da conversa. Se está aqui, é porque veio afogar as mágoas ou... comemorar. Pensar que esse sem-noção conseguiu a vaga e eu não me deixa pior do que já estou.

— Sim, consegui — responde e dois dos caras sorriem descaradamente.

— Pelo jeito, o tal Sr. Smith não é muito inteligente. — Agora sorri também e é um riso escancarado, sem nenhum tipo de reserva, chega a jogar a cabeça para trás. É óbvio que o cara é inteligente, é o dono daquela empresa espetacular. Sei que pareço uma invejosa rancorosa, por isso eles sorriem, mas não consigo pensar em uma ofensa melhor.

— É, acho que está certa. — Pisca e todos continuam sorrindo, parecem estar em uma piada particular e eu sou a única com quem não compartilham.

— O que te disseram para sair correndo daquele jeito? — insiste, parecendo mesmo muito interessado.

27

— Não me disseram nada, tive que ir embora. Sorte sua! Se eu tivesse participado da entrevista, certamente a sua vaga seria minha — provoco.

— Ah, não tenho dúvidas — concorda com tom divertido e convencido.

— Então me agradeça. — Encaro-o com ar de superioridade.

— Não sou de fazer isso, mas, se fosse, eu agradeceria. — Seu tom sai arrogante, mas é como se fosse natural para ele, e não de propósito.

— Ok, o que vai beber, senhor arrogante?

— Posso ficar chateado e não lhe dar gorjetas — retruca divertido.

— Não fará falta — minto. — Se não vai pedir, tenho outras mesas para atender. — Sinto raiva de cada pedacinho seu.

— Traga-nos a garrafa do seu melhor uísque, pois o dia merece uma comemoração. — Pisca.

— Ridículo! — revido sem pensar e me retiro rapidamente. Afinal, ele ainda é um cliente e, se reclamar com o Sr. Paul, eu perderei meu emprego. O momento é péssimo para ser impulsiva, preciso pensar no Jase.

Pego a garrafa mais cara da adega e a coloco na bandeja junto aos copos e ao balde de gelo.

— Quem pediu isso? — Sr. Paul pergunta com a entonação animada demais.

— A mesa três. — Olha na direção da mesa mencionada, uma das poucas ocupadas, e o sorriso interesseiro em seus lábios se expande.

— Nunca os vi por aqui, então seja o mais amigável possível, é esse tipo de cliente de que estamos precisando. — Concordo com um sorriso fraco, sem querer fazer isso, só quero que esse dia acabe logo. — Anda, sirva-os logo! — Praticamente me empurra em direção ao grupo. Dou mais alguns passos e, assim que paro, olhos enervantes me seguem em cada movimento. Deposito o conteúdo da bandeja na mesa o mais rápido que consigo.

— Esse é o melhor que tem? — Parece não apreciar a escolha.

— É, sim, *vossa majestade*! — respondo, e não consigo deixar a irritação de lado.

— Precisa decidir de que vai me chamar, estou ficando confuso — retruca divertido e encara o rótulo da garrafa com uma expressão de insatisfação.

— Se não gostou da marca, posso chamar o dono e reclama com ele. — Tento responder de forma mais profissional possível desta vez.

— Acredito em você, Lori. — A forma como pronuncia meu nome me irrita, eu não deveria gostar de como sua voz soa bem.

— Qualquer coisa a mais, é só me chamar — comento para a mesa de cinco integrantes, que parece conter apenas um, pois ele com certeza é o mentor das baboseiras.

Afasto-me e, mesmo assim, sinto seus olhos o tempo inteiro. Naturalmente, está se vangloriando por ter sido aceito na empresa e eu não. Sim, estou com raiva por estar sentindo-me rebaixada e exposta. É claro que o seu currículo deve ser extraordinário e, muito provavelmente, está se divertindo à minha custa. Não preciso ter nenhum poder sobrenatural para saber que seus pensamentos devem estar girando em torno de o que uma garçonete como eu tem a oferecer a uma empresa como a Westgloob, já que eu não estava tentando o cargo para servir cafezinho. Não que isso fosse uma vergonha, seria a melhor servente de cafezinho que a empresa já teve, mas não tenho e não devo satisfações a ele.

Pouco mais de uma hora depois, a segunda garrafa é pedida por ele, então retiro a vazia sob seus olhos que parecem me analisar o tempo inteiro ou apenas ainda tenta entender minha cara de pau por tentar uma vaga numa empresa como aquela. Finjo que não noto, não é o primeiro cliente sem-noção com quem tenho que lidar, então apenas tento colocar em prática o que aprendi durante os anos trabalhando aqui: sorrir e ignorar. No seu caso, consigo fazer apenas a segunda opção.

— Não vai dizer mais nada? — pergunta quando estou terminando de servir seu copo.

— Não sou paga para dizer, apenas para servir — respondo.

— Cuidado com as palavras, Lori, dinheiro pode não ser um problema para mim. — Seu tom sai embargado, efeito da bebida.

— Que bom *pra* você — rebato e me viro, mas sua mão se prende em meu pulso e não me deixa afastar.

— Por que não ficou para a entrevista? — insiste na mesma pergunta.

— Deveria me agradecer, pois, se eu tivesse ficado, talvez você não teria conseguido a vaga. Solta meu braço — exijo.

— A maioria das garotas imploraria para que eu pelo menos as olhasse.

— Jura? — É claro que não entende meu deboche, então assente. Convencido! Mas tenho certeza de que diz a verdade. — Bom, não tenho nada com a sua vida, mas acho mesmo que já chegou ao seu limite na bebida, melhor parar — alerto.

— Você é engraçada — diz gargalhando e o encaro sem entender qual a graça.

— Ok, agora solta meu braço. — Ele apenas concorda com um gesto de cabeça e retira sua mão de meu pulso, então me apresso até o balcão.

— Volto em dois minutos! — digo ao caixa e sigo até o depósito, preciso respirar... Aquele idiota realmente mexe com alguma coisa dentro de mim, e eu não estou gostando nada disso.

— Qual o seu problema comigo? — o tom rouco sussurra atrás de mim e a frequência dos meus batimentos piora, mas agora não tenho mais certeza se é só raiva que estou sentindo.

— Não pode entrar aqui! — vocifero e ele, ao invés de recuar, aproxima-se mais.

— Foi você quem pisou no meu pé e que quase me jogou no chão quando estava indo embora, então eu é quem deveria estar com raiva.

— Não me toque! — digo quando seus dedos queimam minha cintura. Nunca senti isso com homem algum, nem o conheço, não posso estar tão abalada. — O que sente por mim não me interessa, agora saia! — Sorri e ignora meu pedido.

— Nunca precisei ir tão longe, Lori. Normalmente, você já estaria ajoelhada na minha frente implorando por atenção.

— Sério? — pergunto consternada com sua audácia.

Ele não alivia e se aproxima com o olhar predatório, então apoio as mãos em seus ombros e seu sorriso morre antes mesmo de ser completo.

— *Porra!* — xinga com o tom esganiçado pela dor.

— Sou do tipo que faz com que se ajoelhem! — completo quando cai diante de mim, com as mãos entre as pernas, depois de levar a melhor joelhada que já dei na vida. Contorce-se no chão enquanto eu respiro fundo tentando achar o remorso que deveria sentir, mas não encontro.

Saio do depósito sem a mínima cerimônia e o deixo caído no chão, exatamente onde merece estar. Quem ele pensa que é?

Sigo pelo salão como se nada tivesse acontecido, mas sabendo que o dia de hoje realmente deve estar na lista dos piores da minha vida.

Estou servindo uma mesa quando o vejo saindo pela porta do depósito e ajeitando a camisa social branca e os cabelos castanhos, então mordo os lábios para evitar que o sorriso escape. Seus olhos verdes penetrantes me encontram e me encaram por alguns segundos como se ele quisesse me intimidar, mas eu apenas finjo que não é comigo e que não o estou vendo, então volta à sua mesa como se nada tivesse acontecido e não demora muito até que sua mão esteja erguida me chamando.

— Pois não? — Mantenho a postura de melhor garçonete desse mundo.

— Sempre trata seus clientes tão bem? — indaga.

— Sem distinções — respondo com o mesmo sarcasmo.

— Quantos já conheceram aquele depósito?

— Ninguém jamais chegou tão longe — respondo e ele sorri parecendo satisfeito, agora quem usa códigos somos nós.

— Fico feliz por isso.

— Para isso o Marc's Pub existe. Mais alguma coisa? — pergunto naturalmente.

— Você. — É direto em sua resposta, com os olhos presos aos meus.

— Sinto muito, mas não faço parte do cardápio. — Nem sei como consigo responder e manter meu tom firme.

— Então nada mais me interessa aqui, pode trazer a conta. — Parece irritado e frustrado.

— Só um minuto. — Viro-me e agradeço a Deus por não me deixar tropeçar nos meus próprios pés agora. Em três anos trabalhando aqui, isso nunca me havia acontecido. Não falo das cantadas, isso acontece o tempo todo, mas o fato de eu tê-lo desejado me deixa transtornada.

Entrego-lhe o porta-contas com o valor do consumo da sua mesa e ele o preenche com algumas notas e me devolve.

— Obrigado pela noite, Lori. — Não identifico bem o tom do agradecimento, mas não é importante para mim.

— Disponha — respondo como falaria a qualquer cliente.

— Não prometa, se não está disposta a cumprir. — Seu tom sai sem humor e quase gelado.

— Nem tudo está à venda, *vossa majestade* — sussurro com tom vitorioso e ele me apresenta outro sorriso, talvez seja zombaria. Então dá dois passos à frente até estar bem próximo.

— Tudo tem um preço, Lori. A diferença está em quem pode comprar. — A convicção em suas palavras me faz duvidar de mim mesma por um segundo.

— Tenha uma boa noite! — retruco e sei que não sou nada amigável.

— Terei, mas poderia ser melhor. — Pisca e segue seus amigos para fora do pub. Solto uma respiração pesada e aliviada por sua ida.

Após uma hora, encerro mais um dia de expediente, hoje com cem dólares a mais, deixados de gorjeta pelo imbecil. Não me vou fazer de rogada, já que foi a melhor gorjeta que recebi em todos esses anos neste lugar. Deve ter tentado se redimir um pouco pelas idiotices. Que seja! Mesmo assim, ainda sinto raiva. Cada dia a mais trabalhando aqui me mata um pouco, mas agora não tenho alternativa. A balança sempre estará mais pesada para o lado de Jase e por ele sou capaz de enfrentar qualquer coisa.

— Oi, como ele se comportou? — digo assim que sento ao lado do meu amigo, em seu sofá.

— Jase não dá trabalho, sabe disso. Foi uma noite divertida, ele nem parece estar com o braço quebrado. — Pisca e ouvir isso é a melhor parte do meu dia. — E como foi o trabalho? — pergunta.

— Você nem vai acreditar...

— O quê? Que é maravilhoso servir gente chata a metade da noite? — zomba.

— Não, palhaço! Esse mundo é pequeno demais!

— E como chegou a essa conclusão?

— Sabe o babaca que conheci hoje na entrevista ou na tentativa?

— Sim, o que tem o pobre que quase ficou sem o pé? — pergunta, divertindo-se.

— Foi ao pub hoje, e nunca havia pisado lá antes.

— Destino, querida, está escrito. — Finge um tom sério e eu gargalho.

— Está mais para carma ou uma infeliz coincidência — corrijo-o.

— O que ele fez?

— Um monte de idiotices, aff! Ainda por cima esfregou na minha cara que conseguiu o emprego. — Sei que deixo a mágoa transparecer.

— Eu sinto tanto por hoje, Lori. — Abraça-me e minha cabeça se apoia em seu peito. — Tenho certeza de que é só uma fase ruim e que logo vai olhar para trás e rir disso tudo. Nenhum idiota pode tirar o que está reservado para você. É o ser humano mais especial que já conheci e o que está fazendo pelo seu irmão é lindo.

— Bom, esgotei minha quinta tentativa, então não era *pra* ser. Westgloob ficará no passado. — Tento confortar a mim mesma, mas sou péssima nisso.

— Vai ficar tudo bem. — Beija minha cabeça e não tenho outra solução a não ser acreditar nele.

CAPÍTULO 6

LORI

"Da vaidade e dos preconceitos nasce um bocado de arrogância inconsequente"
Whit Stillman

Ainda que minha maior vontade nessa vida seja deixar aquela casa, confesso que acordar em uma cama que não é a minha me causa muita estranheza. Vivemos desejando o desconhecido, mas, quando ele realmente chega, ficamos perdidos. É exatamente assim que me sinto há três dias.

Permaneço na casa de Josh, mesmo tendo estado na delegacia ontem e descoberto que meus pais estavam detidos. O detetive não soube me dizer por quanto tempo ficarão lá, se é provisório ou permanente, apenas ficou com meu número e me informou que me ligaria em breve com mais informações.

Poderia voltar para casa, mas não tenho ideia de como explicarei algo assim ao meu irmão, mesmo que minha intenção seja tê-lo comigo no apartamento, preciso prepará-lo para isso, mas saber exatamente como fazê-lo é que é o problema.

Meu celular dispara ao meu lado, pego o aparelho e não reconheço o número, mas ainda assim tenho que atender.

— Alô?

— Bom dia, falo com a Srta. Morris?

— Bom dia, sim, é ela.

— Eu falo da Westgloob. Nós vimos que não realizou a entrevista e temos uma vaga em aberto, poderia comparecer ainda hoje? — Meu coração quer achar passagem para fora do peito. Por alguns segundos, penso que ainda estou dormindo. — Senhorita? — O tom agradável e tranquilo me tira da minha inércia e me diz que não estou dormindo.

— Sim — digo entorpecida pela surpresa.
— Pode comparecer em uma hora?
— Claro! Digo, sim, estarei aí em uma hora.
— Ok, estamos esperando.
— Estarei aí. — Desligo o celular e pulo da cama. — Josh?! — grito antes mesmo de entrar no quarto do meu amigo.
— Está louca? — diz quando o acordo.
— Acabaram de me ligar da Westgloob, tenho mais uma chance! — digo pulando em cima dele.
— Está falando sério?
— Sim, eu tenho que estar lá em uma hora.
— E por que está perdendo tempo? Vamos escolher logo uma roupa arrasadora! — grita animado e sai da cama.
— É uma entrevista, não um encontro.
— É o seu futuro, isso é muito melhor que um encontro, *darling*! Eu sabia que não seriam loucos de te perder.
— Não começa, não vamos criar muitas expectativas.
— Odeio seu pessimismo!
— Só não quero despencar...
— Eles te ligaram...
— Eu sei! Ah, estou muito feliz! — Permito-me sentir e acreditar ao menos uma vez. — Vai dar certo, não vai?
— Não tenho dúvidas, mas para isso precisa chegar no horário...

Estou no metrô a caminho da empresa. A ansiedade me domina enquanto subo as escadas, tenho apenas dez minutos para cumprir o horário combinado.

Só tinha duas opções de roupas adaptáveis para algo assim, entretanto uma eu já havia usado nas "instalações West", então me sobrou a segunda opção: saia lápis cinza e blusa de gola branca. Não passou muito na aprovação do meu amigo, mas não tinha tempo para ir para casa pegar outras peças, porém, se fosse, sei que meu guarda-roupa não me ofereceria nada muito melhor, então tenho que me munir de autoestima para convencer a mim e aos outros de que não estou ofendendo nenhum estilista e sua moda com meu *look*.

Quando passo pelas enormes portas giratórias e me vejo dentro do mesmo lugar do qual saí tantas vezes decepcionada, pego-me rezando para não repetir a sensação de decepção e para não ter o azar de cruzar com o imbecil de novo.

Apresento-me na recepção tentando não deixar o nervosismo tomar conta do meu tom e sou encaminhada pela secretária ao mesmo elevador que usei da última vez. Respiro um pouco mais aliviada quando entro, mas não esbarro em ninguém. Os segundos até a cobertura parecem eternos. Assim que as portas de aço se abrem, revelam a recepção que estaria vazia se não fosse pela loira impecável do outro lado da mesa. Tudo está tão deserto que por um segundo duvido de que realmente recebi aquela ligação para a entrevista.

— Bom dia — balbucio num tom quase inaudível quando paro em frente à mesa.

— Bom dia, o Sr. Smith já a aguarda. Por favor, acompanhe-me. — Quero perguntar por que ele fará a entrevista, mas a pergunta não sai, então apenas a acompanho.

Andamos por um corredor e minha sensação é de estar indo para a forca. Meu estômago se comprime de tal forma que sei que não farei uma refeição descente hoje sem sentir o efeito.

Ela para em frente à porta gigante, polida, de melhor carvalho e dá uma batida leve sobre a madeira que parece não surtir efeito, mas isso não a incomoda.

— Boa sorte! — deseja-me com um sorriso automático assim que empurra um pouco a porta para que eu entre e eu respondo com um sorriso nervoso, então se vira e volta pelo corredor, já eu, eu respiro fundo e forço meus pés a prosseguirem, porque não posso desperdiçar esta oportunidade.

Durante os primeiros passos, encaro apenas o piso de madeira corrida perfeitamente lustrado e paraliso no segundo em que ergo os olhos para a mesa a alguns metros de distância, desejando não ter feito isso.

— Bom dia, Lori — deseja o homem que cheguei a rezar para não encontrar, com o tom soberbo, uma característica sua, enquanto tento formar alguma palavra que seja. Permaneço o encarando confortavelmente sentado à enorme mesa, com um sorriso contido no rosto. Eu diria que é um sorriso presunçoso de quem acabou de ganhar uma aposta ou batalha. Seu terno cinza bem cortado não deixa dúvidas de quanto é caro. Seus cabelos não têm corte definido e são bagunçados de uma forma que não ficaria bonito em qualquer um, mas nele, sim, pois completam seu charme e arrogância.

— Que brincadeira é essa? — É a primeira frase que consigo formar, e não há um resquício de cordialidade nela.

— Não costumo brincar aqui, seria difícil manter uma empresa do tamanho da minha se fizesse isso. — Suas palavras me cortam como lâminas que são impossíveis de serem evitadas.

— Como assim sua? — Não é possível que eu tenha tanto azar assim. — Você é o Sr. Smith? Não acredito! É o dono? — Estou tão nervosa que não consigo parar as palavras.

— Sinto muito decepcioná-la — diz mais soberbo do que nunca. — Sim, sou o Sr. Smith. Até onde sei, também sou o fundador e dono. — Minha respiração está fora de curso, porém não me lembro de como fazê-la voltar ao normal. — Entrevistas são importantes antes de contratar qualquer funcionário, e, no seu caso, achei melhor fazê-la eu mesmo, pois acho que você não ficaria à vontade com a minha gerente. — Meus olhos varrem cada expressão em seus rosto e corpo, não sei dizer ao certo qual expressão ele lê em mim, mas faço ideia: asco.

— Fez isso de propósito, não foi? Não conseguiu aceitar o fato de...

— Sente-se, Lori. Melhor não dizer nada que possa trazer arrependimento — interrompe-me com o tom frio.

— Obrigada, mas não quero nada que venha de você. É uma pena que essa empresa seja sua, estou riscando-a das minhas opções. — Viro-me com tudo.

— Espera! — Travo com o grito de... desespero? — Por que essa raiva? Foi você quem quase quebrou meu pé e me jogou no chão.

— Foi um acidente! E não preciso ver mais de você para saber o que sinto.

— E o que sente? — pergunta e se aproxima muito devagar, como se estivesse com medo de afugentar a presa, e isso me deixa mais nervosa...

— Não gosto de você! — retruco e ele sorri.

— Tenho certeza de que gosta menos ainda do seu atual emprego. Observei a forma que pegava a bandeja no bar, como olhava para o dono...

— Não é da sua conta! — corto-o.

— Tudo bem, mas, ainda assim, gostaria de te fazer a proposta.

— Que proposta? — pergunto impetuosa, guiada pela frustração de mais uma chance desperdiçada.

— Tenho uma vaga de assistente que ganhará pelo menos 6x mais do que você ganha naquela espelunca, sem contar o que isso fará ao seu currículo, uma vez que trabalhar na Westgloob abrirá qualquer porta na aérea de tecnologia para você. — Cruza os braços à frente do corpo. Ele não tem dúvidas, sabe exatamente o que está dizendo, e eu, mesmo que não queira concordar, também sei que está certo.

— E por que me contrataria? Meu currículo não condiz com minhas habilidades reais. — Um sorriso de lado surge e ele assente.

— Não preciso do seu currículo. Na verdade, nem o olhei, pois só precisa cumprir uma exigência e o emprego é seu — diz tranquilamente. Estou mesmo considerando a proposta do diabo?

— Não estou interessada.

— Tenho certeza de que está — retruca confiante.

— É assim que faz suas entrevistas? Estou surpresa com a quão longe chegou.

— Não faço entrevistas, tenho pessoas que fazem essa parte. Não estou entrevistando você de verdade, Lori. — Ergo as sobrancelhas, não acredito que foi tão longe apenas por eu tê-lo rejeitado ontem!

— Então me explica melhor que palhaçada é essa?! — Não escondo minha irritação.

— Já disse, quero lhe dar o emprego — Cruzo os braços e sei que minha expressão não é das melhores.

— Na condição de? — Vou direto ao ponto, quero ver aonde vai sua idiotice.

— Que passe uma noite comigo — diz tranquilamente, suspendendo minha respiração e levando-me ao estado de choque.

— Como é que é? — pergunto ainda atônita assim que consigo juntar as letras.

— Apenas uma noite. Na manhã seguinte, seremos apenas colegas de trabalho, mal vamos nos esbarrar, sou muito profissional, fique tranquila...

— O som agudo provocado pela minha mão em sua face o interrompe, seus olhos revelam incredulidade e, ao mesmo tempo, ostentam raiva.

— Não comigo, Sr. Smith. Prefiro envelhecer servindo mesas a ir para a cama com você. — Viro-me em meus calcanhares. Nunca senti raiva e desprezo com a mesma intensidade nem me senti tão humilhada! Quem ele

37

pensa que eu sou? Sempre tive orgulho do meu caráter. Minha vida nunca foi fácil, mas jamais precisei descer tão baixo...

— Espera! — Segura meu braço antes que eu alcance a porta.

— Solta meu braço! — exijo e não me preocupo com o tom elevado.

— Encare como um negócio — começa com tom pacífico.

— Não sou uma mercadoria! Sinto muito decepcioná-lo, mas não estou à venda. Seu dinheiro não vale *merda* nenhuma *pra* mim. Faça bom proveito da porcaria da sua empresa — explodo sem conter minha indignação e luto com todo afinco para segurar as lágrimas que enchem meus olhos.

— Nunca precisei pagar por sexo, Lori — diz com os olhos presos aos meus e a sua respiração já não está tão tranquila, sua expressão agora transmite desespero, não há dúvidas.

— Que bom *pra* você! Proposta recusada! — Solto meu braço de seu aperto apenas com um puxão e volto ao meu caminho.

— O que quer? — Prende-me entre a porta e o seu corpo, então me viro para encará-lo. Em outra situação, eu estaria em pânico, mas a raiva não dá lugar a nenhum outro sentimento senão à coragem, impulsionada pela adrenalina.

— Com você? Nada. De você? Menos que nada — vocifero.

— Não me conhece.

— Nem quero conhecer mais do que já me apresentou, agora saia! — Empurro-o com as duas mãos, mas é muito mais forte do que eu e não se mexe um centímetro sequer.

— Trabalho duro desde os dezessete anos, nunca tive tempo para encontros, isso é perda de tempo e, no fim, todos temos um objetivo. Você precisa do emprego e eu quero você, qual o problema nisso? — Ele consegue ficar cada vez pior, meu Deus!

— Não sou prostituta, esse é o problema. — Meu joelho atinge em cheio o meio das suas pernas, então volta a ajoelhar-se na minha frente exatamente como fez no depósito.

— Lori... — Ouço meu nome em um tom esganiçado, e pouco me importo em me virar para olhar, apenas me mantenho consciente até chegar ao elevador, então já não me impeço de segurar as lágrimas. De todas as maneiras que imaginei me decepcionar nesta manhã, essa nem entrou na lista.

CAPÍTULO 7

LORI

"A raiva é um veneno que bebemos esperando que os outros morram."
William Shakespeare

Os minutos que levo para chegar à casa de Josh parecem uma eternidade, mas não sou capaz de lembrar o caminho percorrido até aqui. A raiva consome cada gota do meu sangue, jamais senti tanta repulsa por um ser humano. Aquele cara é um maldito arrogante que pensa que pode comprar qualquer coisa com seu maldito dinheiro.

Invisto na porta do apartamento de meu amigo, só quero chorar em seu ombro. Com muita sorte, criaremos um plano de tortura para aquele infeliz...

— Eu sinto muito não podermos esperar mais... — Travo, ainda com a porta aberta, vendo um casal na sala.

— Lori! — Meu irmão corre para os meus braços, está chorando e isso me leva a uma súbita preocupação.

— O que está acontecendo? — Encaro meu amigo e seu semblante está em pânico.

— Esses são oficiais de justiça e vieram para levar o Jase para um lar provisório.

— O quê? — Institivamente, escondo meu irmão com meu corpo.

— Eu sou a Maya e este é meu colega Jackson. Sinto muito, Srta. Lori, mas temos um mandado do juiz, estamos apenas cumprindo ordens, o menino precisa vir com a gente — a mulher com cabelos já grisalhos relata.

— Tem alguma coisa errada! Sou maior de idade e ele é meu irmão, então sou perfeitamente capaz de cuidar dele, já dei o meu depoimento.

— Entendo, senhorita, mas, de acordo com novas implicâncias no caso, a promotoria entendeu que o melhor no momento é que o menino vá para um abrigo e que, em seguida, encontremos uma família provisória.

— Ele não precisa de família provisória, já tem uma de verdade. Não vou permitir que o levem! — grito fora de mim.

— Eu sinto muito, mas agora precisamos cumprir a sentença, eu garanto que ele ficará bem.

— Não! Ele não vai a lugar algum!

— Senhorita, não nos obrigue a chamar os policiais lá embaixo, nós vamos levá-lo de qualquer forma — diz o homem com o tom confiante.

— Josh! — chamo meu amigo em total desespero, sinto-me impotente.

— Não quero ir com eles, Lori! — Jase implora com o braço bom fincado em minha cintura, lágrimas começam a molhar meu rosto e Josh se coloca ao meu lado.

— Não posso deixar — digo em um resquício de voz para o meu amigo.

— Nós vamos tirá-lo de lá, vamos dar um jeito, mas agora você não tem outra saída.

— Não, Josh... — sussurro e ele envolve meus ombros e apoia sua fronte na minha.

— Não temos o que fazer agora, baby, mas prometo que vamos encontrar uma solução, vamos lutar até o fim, estou com você nessa. — É como se uma lança perfurasse meu coração, a dor é insuportável, não consigo respirar, eu prometi que cuidaria dele...

— Nós temos que ir, Lori — a senhora alerta e parece compadecida.

— Por favor, não o levem. Isso só pode ser um mal-entendido, vou resolver, mas não o levem — imploro e sinto meu peito tremer enquanto absorvo a dor.

— Desculpe-nos, mas não está em nossas mãos.

— Não quero ir, Lori, não me deixe ir! — Jase se agarra mais a mim e eu olho para Josh, mas seus olhos me confirmam que perdi essa, então ignoro um pouco a dor que dilacera meu peito e me coloco na altura do meu irmão...

— Amor, eu não queria deixar você ir... — Meu tom embarga, então puxo o ar desesperadamente para me manter firme e baixo minha cabeça fugindo dos seus olhos inundados de lágrimas, de medo e de decepção. Não consigo encará-los. — Prometo que logo vou buscar você...

— Não! Disse que nunca me deixaria, não quero ir com eles, Lori, prometo que vou *me* comportar, não faça isso — implora e nesse momento não sou capaz de definir o nível de dor, tenho menos que fragmentos dentro do meu peito agora.

— Não sou eu, amor, não quero que vá, mas é preciso, por favor, precisa ser corajoso, prometo que logo vou buscá-lo... — As lágrimas incessantes me interrompem.

— Amigão, você confia em mim, não confia? — Josh se reporta a Jase, interferindo em nossa conversa.

— Confio — responde e seu tom entristecido faz com que minhas lágrimas caiam com mais intensidade.

— Precisa ir com eles. Prometo que Lori e eu vamos buscar você antes que sinta nossa falta. Vai ser como uma grande aventura. Vai fazer novos amigos, será como um final de semana fora e, quando você voltar, faremos uma tarde de festival de sorvetes.

— Você promete que não vai demorar?

— Eu prometo, amigão — diz com seu tom confiante e otimista.

— Tudo bem, eu sou corajoso, Lori sempre diz isso.

— Sim, meu amor, você é muito corajoso. Nós vamos te buscar, eu te amo mais que o infinito — digo.

— E eu te amo mais que um milhão de sorvetes de chocolate. — Assinto e o envolvo em meus braços. — Não demora — pede com o tom conformado.

— Não vou. Prometo que irei o mais rápido possível — digo e ele assente parecendo mais tranquilo. A senhora pega sua mão...

— Por favor, cuide bem dele — imploro a ela.

— Fique tranquila, que cuidarei. — Assinto e eles logo estão passando pela porta.

— Eu vou te buscar, amor, prometo que vou logo — grito um pouco antes de as portas de aço do elevador se chocarem e, assim que não o vejo mais, só não desabo no chão, pois os braços de Josh me amparam. O choro é tão forte agora que convulsiona todo o meu corpo.

— Precisa ser forte, baby, nós vamos conseguir.

— Não, eu prometi a ele que nunca nos separaríamos, e agora... — travo com o soluço.

— Agora vai levantar, lavar esse rosto lindo e cumprir sua promessa.

— Não sei como fazer...

— Vamos descobrir, mas não podemos perder tempo. Precisa ser forte

por ele, pois não quero quebrar uma promessa feita a uma criança, então vamos entender tudo isso e achar o caminho.

Assinto e limpo um pouco o rosto, pelo menos desta vez eu preciso acreditar que será possível, preciso lutar por Jase.

O caminho até o fórum é feito em silêncio, a mão de Josh está sobre a minha todo momento livre. Ele dirige, mas sua atenção está mais em mim do que na rua. Não quero nem pensar na possibilidade de não conseguir meu irmão de volta, isso acabará comigo com certeza.

— Srta. Lori, sou Arthus, responsável pelo caso, no que posso ajudar? — pergunta o homem de terno impecável que acaba de sentar à nossa frente.
— Por que tiraram meu irmão de mim? — A indignação não me deixa formular uma pergunta mais agradável, então vou direto ao ponto.
— Bom, o nosso maior interesse é o bem-estar da criança e como os pais, devido às circunstâncias, abriram mão espontaneamente de sua guarda...
— Como é que é? — Não disfarço a surpresa e a raiva em meu tom. — Como assim abriram mão da guarda? — Por mais loucos que sejam, isso é demais até para eles.
— Devido à agressão, checamos alguns pontos, pois não poderíamos ser levianos e submetermos a vítima a um perigo maior, então descobrimos que o banco está executando a hipoteca da casa...
— Como? — A casa é a única coisa que temos. Como eu não soube disso?
— Eu sinto muito — diz quando percebe que eu não sabia de nada. — Como sua mãe não trabalha, seu pai também não tem um emprego fixo e eles ainda terão que comparecer a algumas audiências, nós lhes propomos duas opções: os dois teriam que arrumar um emprego de carteira assinada

e por um ano deveriam frequentar palestras três vezes por semana até que víssemos a mudança e tivéssemos certeza de que algo como o que aconteceu não se repetiria ou abririam mão da guarda e estariam livres para seguirem suas vidas como quisessem. Na segunda opção, é claro que eles ainda têm que comparecer às audiências até se esgotar o processo, mas como não estão mais com Jase...

— Será mais fácil a absolvição — completo, extremamente chocada. Mesmo sabendo que são os piores pais do mundo, jamais supus algo assim.

— Isso mesmo. O juiz entenderá que não há mais riscos, creio que o advogado deles os alertou sobre os pontos.

— E por que não deixá-lo comigo? Eu assino qualquer papel, quero a guarda do meu irmão imediatamente.

— Seria o ideal, mas primeiro precisa provar que tem onde morar...

— Aluguei um apartamento — rebato imediatamente.

— Entendo, e sobre o trabalho? Seus pais nos disseram que trabalha como garçonete e que mal consegue manter a si própria, também temos ciência do seu financiamento estudantil. Como pagará aluguel, o empréstimo e, ao mesmo tempo, dará tudo de que Jase necessita? Uma criança requer muitas responsabilidades...

— Eu consegui um emprego hoje! — Solto a mentira no ápice do meu desespero. — É um emprego muito bom, na minha área, ganharei seis vezes mais do que ganhava no pub. O apartamento é bem perto da escola de Jase e já tenho tudo organizado, doutor. Eu o amo, não posso permitir que seja criado por outra família, ele tem a mim. Além do mais, nada mudará, sou eu quem cuida dele desde que nasceu, prometo que não lhe deixarei faltar nada.

— Bom, é claro que preferimos que a criança seja abraçada por alguém da família, isso torna muito mais fácil a adaptação. Se puder nos trazer documentos que provem o que está dizendo, tenho certeza de que o juiz lhe concederá a guarda provisória. — Assinto.

— Que documentos seriam?

— Contratos do imóvel e do trabalho com o seu rendimento já serão suficientes. — Engulo em seco, sabendo que fiz uma besteira muito grande ao mentir.

— Trarei tudo amanhã mesmo — digo confiante. Que *merda* estou fazendo?

— Espero que tudo se resolva da melhor forma, senhorita, nossa intenção é sempre ajudar.

— *Nos* vemos amanhã, doutor. — Aperto sua mão e faço o caminho para fora da sala com Josh, que permaneceu em silêncio o tempo inteiro, seguindo-me. Sei que estou ferrada até o último fio de cabelo e que não tenho a mínima ideia de como sair dessa enrascada, quer dizer, na verdade, há uma saída, mas é justamente isso que me perturba.

— Você vai me dizer agora por que mentiu lá dentro? — O tom irritado e sério que ouvi poucas vezes me lembra da idiotice que cometi.

CAPÍTULO 8

LORI

"O valor do amor está vinculado à soma dos sacrifícios que estás disposto a fazer por ele."
Ellen G. White

Encaro meu amigo e o arrependimento me corrói por inteiro. Não lhe disse nada sobre minha fracassada e devassa entrevista ainda, pois não tivemos tempo para conversar sobre isso, mas ele conhecia cada oitava de minha entonação e sabia quando eu estava mentindo.

— Diga-me que estou enganado e que conseguiu mesmo aquele emprego? — Volta a perguntar quando baixo os olhos.

— Ainda não — confesso em um tom vergonhoso e quase inaudível.

— Meu Deus, Lori! Tem noção do que acabou de fazer? — Coloca-se de frente para mim. — O que "ainda não" significa? Você está em uma seleção?

— O Sr. Smith, dono da Westgloob, o babaca da entrevista e o idiota do pub são a mesma pessoa. — Tento ser a mais direta possível.

— Oi?

— Como diz você: destino! E esse destino me chamou até a empresa hoje disposto a me dar uma das vagas, desde que... — travo.

— Desde quê? — incentiva-me a continuar.

— Que eu passe uma noite com ele — solto de uma vez e nunca vi Josh tão em choque.

— O quê?! Diga que não está considerando isso — fala assim que parece se recuperar um pouco.

— É só uma noite e, diante de todas as possibilidades, não vejo uma opção melhor.

— Lori? Deus! — Seus olhos não escondem seu pavor. — Não vou permitir que faça isso!

— É o Jase, Josh — alerto com tom conformado. — Faço qualquer coisa por ele.

— Você não está pensando direito! Vamos achar uma maneira, não vai se submeter aos caprichos de um canalha por...

— Pelo meu irmão, é um preço justo.

— Lori Stein Morris, isso não é como virar o sorvete na cabeça de alguém! Sei que a *porra* da situação é bem complicada, principalmente depois da sua falsa alegação, mas se vender para um egocêntrico e machista não vai melhorar em nada sua situação, não vou permitir... — Está irritado como poucas vezes o vi.

— Josh, eu te amo e amo com toda a minha alma, mas, no momento, essa é a única forma de eu levar meu irmão para casa e não vou quebrar minha promessa.

— Você já decidiu, não foi? — Assinto e seus braços envolvem meu corpo.

— Eu queria muito poder abrir sua cabeça neste segundo e revirar seu cérebro até que eu tenha certeza de que você entendeu a dimensão da loucura que está fazendo. Não conhece aquele cara, e se ele for mais lunático do que está demonstrando ser? — diz enquanto calço os sapatos de salto.

— Aí você vai me prometer que não deixará Jase sozinho nesse mundo.

— Não estou brincando, Lori. Não sabe do que o cara é capaz. Ele pode ser um daqueles tipos de dominadores e sádicos, ou pior, um psicopata assassino.

— Acho que ele é apenas um cara que está acostumado a ter o brinquedo na hora que deseja — rebato apática.

— E você será o brinquedo dele? — Seu tom se eleva e o desespero piora.

— Por uma noite, sim — confirmo resignada.

— Lori, por favor, pense direito, vamos achar outra saída.

— Não há outra saída e você sabe, Josh. Eu vou enviar a foto dele e já sabe onde encontrá-lo. Se eu não estiver em casa até às 9h da manhã, pode acionar a polícia, passo o endereço assim que chegar ao local. — Pego a bolsa e meu celular.

— Lori. — A compaixão está estampada em seu rosto. Sei que faria isso por mim se pudesse.

— Eu vou ficar bem — prometo. — Se ele passar dos limites, uso o golpe que você me ensinou mais uma vez. — Pisco tentando dar humor a uma situação dramática.

— Não se esqueça de me ligar. Se, em uma hora, não tiver notícias suas, vou atrás daquele maldito eu mesmo. — Assinto e beijo o canto de sua boca.

— Preciso ir, o táxi já está lá embaixo — alerto.

— *Me* deixa te levar? — pede mais uma vez.

— Sabemos o que vai acontecer se me levar. — Acaricio o seu rosto.

— Ficarei mais tranquilo...

— E o Sr. Smith com alguns hematomas pelo corpo — completo.

— Ele saberá por que está apanhando, tenho certeza. — Sorrio mesmo sem vontade.

— Envio uma mensagem, amo você.

— Toma cuidado?

— Eu sempre me cuido. — Aceno, então as portas de aço se chocam. Encaro-me no espelho e o pavor domina cada célula do meu corpo. Não é como se eu estivesse embrulhada para presente, mas é exatamente assim que sinto. Tenho certeza do meu valor, mas o vestido frente única, preto, no meio das coxas, mesmo estando com o sobretudo que me aquece um pouco dos ventos úmidos do outono e sobre a meia-calça também preta, faz com que me sinta exposta e uma mercadoria barata. Nunca pensei que pudesse fazer algo assim, mas pelo Jase faria até pior.

Em poucos minutos, estou dentro do táxi e a ligação com a desculpa esfarrapada de que estou doente esta noite já foi feita ao meu ainda chefe, pois não posso me dar o luxo de apostar todas as fichas nessa proposta indecente e descabida, que nem ao menos tenho certeza se ainda está de pé, e perder o pouco que me resta.

A proximidade do prédio me faz tremer, saber que pisarei lá novamente e encararei aquele maldito soberbo faz minha bile subir. Faria qualquer coisa para substituir essa escolha, mas sei que não há outra saída. Jase vale qualquer sacrifício.

São quase 17h quando o táxi para em frente ao luxuoso prédio, o mesmo

prédio que era meu maior sonho, mas se transformou em mais um dos meus pesadelos.

— Obrigada — agradeço ao motorista depois de pagar a corrida e visto minha coragem para descer do carro. Minhas pernas por pouco não obedecem ao meu comando, mas, assim que passo pelas enormes portas novamente, entendo que estou em uma batalha e preciso dela para ganhar a guerra.

Sigo direto para os elevadores como se tivesse alguma propriedade e direito, mas, inacreditavelmente, pareço estar invisível, pois ninguém me questiona ou tenta me parar. O som do elevador alerta sua chegada e entro nele com tudo. Sim, estou morrendo de medo, mas já estou aqui, então agora só me resta guerrilhar.

Aperto o botão para a cobertura e, enquanto o elevador faz seu caminho, engulo em seco o tempo todo, minhas mãos suam frio, meus lábios tremem assim como o restante do corpo, a vontade de chorar quer me dominar, sinto as lágrimas ganhando força em meus olhos...

É só uma noite, Lori, é pelo Jase, não há entrega maior que essa.

As portas se abrem e caminho para fora antes que o medo me vença.

— Senhorita! — Escuto o grito da secretária, mas não paro, apresso meus passos pelo corredor em direção ao meu sacrifício. — Espera, não pode...

— Eu aceito! — digo em alto e bom som assim que empurro a porta de madeira pesada, então sinto um corpo trombar com as minhas costas e, no momento que meus olhos focam dentro da sala, alguns pares de olhos me encaram com estranheza. *Merda!*

— Bem, senhores, acho que nossa reunião está encerrada — o babaca diz com um tom pacífico e profissional enquanto seus olhos me varrem de cima a baixo. Ainda estou paralisada no mesmo lugar. Quando os três homens terminam de cumprimentá-lo e param em minha frente, percebo que estou bloqueando a saída. O toque sutil em meu braço me guia um pouco para a direita e libero a passagem. — Aguardo o relatório — diz em tom de cobrança ao último homem um pouco antes de ele deixar a sala, mas sua mão ainda continua em meu braço.

— Sr. Smith, eu sinto muito, ela não foi anunciada, quando a vi, já estava fazendo caminho até sua sala, não consegui interceptá-la a tempo — a secretária se justifica, parecendo em pânico.

— Tudo bem, Trinity, eu já aguardava a Srta. Lori, dei ordem para que ninguém atrasasse sua subida. Pode ir, nossa reunião será rápida, não precisarei mais de você por hoje. — Ela assente e nos deixa sós para o meu desespero, fechando a porta atrás de si, então, enfim, ele desfaz o contato.

Seus olhos me fitam enquanto afrouxa a gravata que logo retira, assim como o paletó que pendura no encosto da cadeira e, quando se vira e seus olhos me encontram novamente, olha-me como se eu fosse uma pedra preciosa ou um prato muito apetitoso.

— Não costumamos interromper reuniões nesta empresa, muito menos entrar em qualquer local sem permissão, eu mandaria você embora por isso — adverte.

— E por que não mandou? — retruco impetuosa, surpreendendo a mim mesma.

— Porque ainda não é minha funcionária — rebate confiante.

— Eu... — Engulo em seco sem saber como começar.

— Você o quê? — insiste e eu estremeço.

— Eu aceito — digo num fio de voz e ele morde os lábios.

— O que exatamente aceita? — Vem em minha direção como o mais faminto dos leões que persegue sua presa e eu instintivamente recuo.

— Sua proposta, preciso do emprego. — Vejo que tenta a todo custo reprimir o sorriso vitorioso. Paro de andar quando meu quadril encontra uma barreira e sei que é a mesa em que ele estava até poucos minutos atrás.

— Todo mundo tem um preço, Lori — diz convencido e roça o nariz em meu pescoço de uma forma que me irrita por não me causar repulsa.

— E o meu é alto demais. Infelizmente você é o único que pode pagar no momento. — Tento me afastar, mas ele me trava, apoiando um pé de cada lado do meu corpo, minhas pernas ficam presas entre as suas.

— Não vai usar esse joelho em mim novamente, não da forma que usou naquele depósito e hoje de manhã — alerta quando termina de me conter. Suas mãos vão para os meus ombros e começa a retirar meu sobretudo, fazendo-me estremecer, então as minhas mãos param as suas.

— Primeiro vai cumprir sua parte, nada de abrir a encomenda antes — digo com o tom firme e ele gargalha, afasta-se, vai para o outro lado da mesa, abre uma gaveta e tira um envelope que logo me entrega.

— O que é isso?

— Suas garantias, seu contrato de trabalho — diz, cruzando os braços.

— Como sabia que eu... — Nem consigo formular a pergunta, fico completamente sem fala encarando meu nome e as cláusulas para o cargo pretendido: assistente executiva.

49

— Não se constrói uma empresa desse porte se não se arrisca. É só você assinar ao lado da minha assinatura e será oficialmente minha — limpa a garganta — funcionária — diz e minhas mãos nunca tremeram tanto ao segurar uma caneta.

— É só assinar e a vaga é mesmo minha?

— Sou um homem de palavra, Lori — declara e eu respiro fundo antes de me inclinar e assinar o resgate do meu irmão e, ao mesmo tempo, minha condenação. — Não vai ler mais atentamente?

— Não tenho medo de trabalho, Sr. Smith — respondo honestamente assim que apoio a caneta sobre o papel. — Preciso que me dê uma declaração de que trabalho aqui, com o salário especificado — exijo.

— Terá isso ao completar um mês na empresa.

— Não, preciso que seja agora.

— Já disse que tenho palavra, Lori. É oficialmente a mais nova contratada da Westgloob, fique tranquila.

— Preciso do documento, por favor — praticamente imploro dessa vez, então ele me fita por eternos segundos, e tento me manter firme, mas sei que sou péssima em esconder minhas expressões.

— Hilary, preciso de uma declaração de contratação com as especificações de cargo e salário da Srta. Lori Stein Morris. — Seu tom sai sério demais. — Ok, tem dez minutos. — Encerra a chamada. — O que está acontecendo, Lori? Isso não é um procedimento padrão.

— Aceitei o emprego e a sua proposta, mas minha vida pessoal nada tem a ver com a empresa. — A raiva e a frustração permeiam seu rosto, mas não me dou o trabalho de me importar.

— Por que aceitou a proposta? Pareceu bem convicta e puritana pela manhã. Não está trabalhando com a concorrência, está? Não sou burro, Lori! Se estiver me enganando, não sairá impune. — Seus olhos me fulminam de uma forma que me assusta.

— Jamais faria isso! Meu caráter, diferentemente do seu, não me permitiria tal atitude. — Enlaça-me pela cintura com um dos braços enquanto a outra mão investe em minha nuca. Seu corpo está colado ao meu e seus olhos me olham tão profundamente que tenho certeza de que enxerga muito além do seu limite. A intensidade suspende minha respiração e seu toque em minha nuca é firme, mas não é doloroso. Eu me odeio por estar tão entregue a ele.

— Não tolero mentiras, Lori — diz com os lábios a centímetros dos meus, seu hálito tem cheiro de café e de menta.

— Não estou mentindo — sussurro em um tom desconhecido por mim até aqui. Eu deveria estar com medo, ânsia ou repulsa, mas não é o que sinto.

— Seu cheiro é alucinante. — Roça os lábios aos meus, então eu fecho os olhos esperando o beijo, mas ele não chega. — Darei um voto de confiança a você, mas não o jogue fora. — Afasta-se bruscamente e, ao contrário do que vem fazendo desde que invadi sua sala, foge dos meus olhos.

— Não é como se fosse grande coisa para se perder — provoco não sei o porquê, mas acaba saindo. Com ele longe, consigo pensar com coerência.

— Não pague para ver, Lori. — Seu tom sai ameaçador, entretanto não sinto medo.

— Prefiro que me chame de Srta. Morris. Vamos manter o profissionalismo, Sr. Smith, afinal, o senhor é muito profissional — zombo e a sua resposta é interrompida pela batida à porta.

— Entra! — O tom sai rude.

— Senhor, com licença, aqui está o documento. — Uma loira que aparenta ter uns quarenta anos entrega o envelope.

— Ótimo, obrigado, Hilary, era só isso. — Seu tom sai um tanto áspero. A mulher me encara por alguns segundos, contudo logo assente e deixa a sala. — Aqui está o seu documento. — Entrega-me com o braço rígido, eu pego e confiro, é claro, preciso ter certeza de que conseguirei trazer Jase para casa. — Bom, como está no seu contrato, começará na segunda às 9h.

— O quê? Não, na segunda não posso — digo firme e o sorriso que me dá sai em tom de descrença e zombaria.

— Então a senhorita fique à vontade, se não quiser vir trabalhar também, a Westgloob entende, estamos aqui para servir — zomba, mas não há humor no modo como fala.

— Eu tenho um assunto para resolver na segunda e não posso adiar — respondo.

— E que assunto é esse?

— É pessoal, desculpe-me — falo sem nenhuma troca de farpas.

— Pessoal de que tipo? — A curiosidade está estampada em seu rosto.

— Pessoal do tipo pessoal. Você tem a minha palavra de que estarei aqui na terça. — Fita-me por alguns segundos.

— Ok, espero que a cumpra. Se na terça não estiver aqui, terei que fazer novas entrevistas, já que realmente estamos com disponibilidade para a vaga.

— Estarei aqui na terça às 9h — confirmo.

— Perfeito, então terminamos aqui. — Pega alguns envelopes na mesa, seu celular e chaves em uma gaveta, então meu coração acelera. — Eu preciso acionar o alarme da sala, vai mesmo ficar aí dentro? — pergunta já com a porta aberta.

— Aonde nós vamos? — Tenho que mandar minha localização para Josh.

— Nós? — Faz-se de desentendido, ele também disfarça mal.

— A minha parte no acordo.

— Ah, sim, hoje não posso, sinto muito, vai ter que ficar para outro dia.

— Como assim outro dia?

— Hoje tenho um compromisso pessoal, então não poderei. Se tivesse aceitado pela manhã, talvez eu pudesse desmarcar, mas, agora, eu não posso. — Não consigo ter certeza, porém algo em sua expressão me diz que está querendo revidar de alguma forma.

— Como vai ficar isso? — pergunto com uma preocupação real, não gosto de adiar minhas dívidas e esse cara não me inspira confiança.

— Tinha alguma surpresa preparada para mim, Srta. Morris? Veio mesmo pela vaga ou por mim?

— Vá se ferrar! — Passo por ele e faço o caminho até o elevador, bem irritada. Deveria estar agradecida, mas não gosto de ser pega de surpresa e, se era para ser, que fosse hoje, já que estava um tanto conformada.

— Sou seu chefe agora, não deveria me tratar assim — sussurra próximo ao meu lóbulo, quando para atrás de mim. Entro no elevador, ignorando-o e as sensações que sua proximidade me provoca.

— Você está quebrando o acordo, não eu — alerto sem ao menos encará-lo.

— Deveria me chamar de senhor, "você" não soa profissional — alfineta.

— Quem disse ser muito profissional foi o SENHOR, não eu, mas sou muito competente e responsável.

— Faltando no primeiro dia de trabalho sem uma justificativa plausível, admiro sua responsabilidade — rebate, então, quando vou responder, as portas se abrem no térreo.

— *Te* dou uma carona. — Segura meu braço.

— Não ficaria bem nem para o senhor nem para mim. — Puxo meu braço e saio do elevador cujas portas prontamente se fecham. Apresso-me pelo saguão até as portas de vidro da entrada e logo estou passando por elas junto a alguns funcionários que também estão deixando o prédio. Quem diria que eu conseguiria mesmo trabalhar aqui?

A vida, às vezes, é uma enorme piada!

Dou apenas alguns passos pela calçada e paro para pegar o celular da bolsa que toca copiosamente.

— Passei um milhão de mensagens, *droga*, por que não me respondeu? — O tom de Josh é de desespero.

— *Me* desculpa, eu iria ligar.

— Estava mesmo a ponto de chamar a polícia. Como você está?

— Estou bem, tenho o emprego — respondo apática.

— Você já... — Sua voz some, e entendo o que quer perguntar.

— Não, ele me dispensou. — Estou mesmo irritada por isso?

— Como assim te dispensou? — Sei que deve estar fazendo aquela cara de espanto que faz quando se surpreende.

— Conversamos em casa, já estou a caminho...

— Com quem está falando? — O tom cortante surge atrás de mim e desligo na cara do meu amigo. — Fiz uma pergunta. — Vira-me de frente para si. — Por que não me disse que era comprometida? — exige.

— Isso é pessoal e não lhe devo satisfações — rebato e vejo a fúria em seus olhos.

— Acho que algo assim deveria ser mencionado. Ele sabe do nosso acordo?

— Eu preciso ir. — Não sei mentir e odeio mentiras, então prefiro fugir.

— Ok, se ele está ciente, por mim não há nenhum problema — diz com indiferença, e não sei por que isso me incomoda. — A empresa não tolera atrasos e faltas, então, se quiser manter o emprego, esteja aqui na terça-feira. — Do mesmo jeito que chegou, sai sem esperar uma resposta, contudo isso é bom porque eu não a tinha.

CAPÍTULO 9

LORI

"A experiência nunca falha, apenas as nossas opiniões falham ao esperar da experiência aquilo que ela não é capaz de oferecer."
Leonardo da Vinci

Caminho até o metrô me sentindo deslocada, não estou vestindo algo habitual e isso me deixa desconfortável, mas não posso me dar o luxo de gastar com mais uma corrida de táxi.

Desço as escadas com a atenção redobrada, graças a esses malditos saltos que não tiveram a mínima relevância diante do cara responsável por eu estar vestida assim.

Eu deveria estar radiante por ter conseguido o emprego e ter escapado ilesa ao menos por hoje, mas sua perda de interesse acabou atingindo algo dentro de mim ou talvez eu esteja apenas apreensiva com toda essa situação.

Algumas estações depois, desembarco no Bronx, mas a estranha sensação de abandono não se afasta.

— Como foi? — Josh me intercepta ainda na porta.

— Tenho os papéis — digo, retirando o casaco.

— Ei, ei, ei, que cara é essa? O que aquele babaca fez com você?

— Já disse que não fez nada. Bom, nada do que eu esperava. Disse que não estava disponível hoje e me descartou como se não estivesse a fim de brincar com seu brinquedo novo.

— Você não é isso — adverte-me e sigo para o seu sofá.

— Eu sei.

— Então?

— Não gosto de coisas pendentes, não saber o que esperar me desestabiliza.
— Talvez, ele tenha se dado conta do seu abuso e de sua falta de noção.
— Não, ele é do tipo convencido e soberbo que se acha o dono do universo. Comprar as pessoas deve ser um costume seu.
— Ele trabalha duro desde os dezessete, construiu tudo o que tem sozinho.
— Como sabe disso?
— O Google nos diz muitas coisas, *darling*, deveria saber disso.
— Trabalhar muito não faz de alguém uma pessoa boa e ele definitivamente não é. Não quero pensar nisso, o importante agora é o Jase e trazê-lo logo para casa. — Pouso a cabeça no ombro do meu amigo cansada e decepcionada como nunca estive. Sei que só não desmoronei completamente porque o tenho ao meu lado.
— Vai dar tudo certo. — Beija minha cabeça.

— Como assim ele não pode ir para casa conosco?
— Eu preciso da liberação do juiz, precisamos entrar com o pedido de custódia.
— Mas eu trouxe todos os comprovantes.
— Eles serão usados e acredito que não demore até o juiz conceder a guarda.
— Meu irmão só tem sete anos, eu prometi que o levaria comigo hoje.
— Eu sinto muito, mas precisamos aguardar a sentença. — Nego com a cabeça o tempo inteiro enquanto lágrimas enchem meus olhos.
— Ela tem chances de ganhar? — Josh questiona firme.
— As melhores chances, mas infelizmente não podemos burlar a burocracia.
— Quanto tempo? — pergunto.
— Não muito. Na maioria dos casos, tudo se resolve bem rápido.
— O que é rápido para o senhor?
— Em média, de 3 a 5 dias.
— O quê? — Josh aperta minha mão e sei que o gesto me pede calma, mas não há como obedecer.

— A senhorita tem todas as chances, não é a nossa intenção separá-los, mas precisamos ter certeza de que estamos fazendo a coisa certa para a criança.

— Eu amo o meu irmão!

— Acredito em você, Lori, mas as coisas são como são. — Encaro-o incrédula, sinto-me envolvida em cordas que privam todas as minhas ações. — Já fez sua parte, agora precisa confiar na justiça e tudo ficará bem.

— Na mesma justiça que tirou de uma criança a única segurança e família que ela tinha? Como acha que está a cabeça dele? — explodo.

— Eu realmente a entendo, mas só estou fazendo meu trabalho.

— Nós nunca nos separamos, isso é absurdo!

— Lori...

— Não me peça calma, Josh! — interrompo meu amigo e sei quão grosseira eu fui.

— É só o que podemos ter agora, você vai ter que confiar e acreditar que tudo vai dar certo...

— Josh...

— Confia em mim? — pergunta-me com o tom apaziguador demais e eu fecho os olhos, abatida, então assinto porque ele é a pessoa em que mais confio nesse mundo.

— Prometo que aviso assim que tiver uma resposta — diz o homem à nossa frente e concordo sem ter mais o que fazer.

— Vai precisar de roupas novas, não há nada descente aqui — diz ao arrumar minha mala com o restante das roupas do meu armário, como se não conhecesse cada peça de cor.

— Fazer compras é a última coisa que se passa na minha cabeça, Josh — digo sem erguer os olhos em sua direção, permaneço deitada em minha cama que, a partir de hoje, não será mais minha, já que estou de mudança para o meu recém-alugado apartamento.

— Não pode circular por uma empresa como aquela usando essas coisas. — Sei que está fazendo sua característica cara de desgosto, mesmo sem precisar olhá-lo.

— Ele nem deve estar comendo direito... — Lágrimas voltam aos meus olhos.

— Ele estava bem, Lori, você viu.

— O lugar dele é comigo, Josh, em um lar de verdade. Ter que ficar naquele abrigo não é justo. — Soluço e meu amigo se deita atrás de mim, envolvendo meu corpo em seguida.

— Tudo isso vai passar, logo estarão juntos novamente e viverão a vida com que você sempre sonhou. Às vezes, coisas ruins acontecem para nos tirar do lugar de que não sairíamos se estivesse tudo bem.

— Promete?

— Prometo que vou lutar ao seu lado e que estarei aqui para você até o meu último suspiro. No fim, os bons sempre vencem, querida, acredita? — Assinto e me deixo levar pelas lágrimas, nutrindo a esperança de que possa estar certo.

— Até que é bem legal — Josh diz parado no meio da minha nova sala. Ela tem um bom tamanho, lareira a gás com uma bela cornija e móveis mais modernos do que eu esperava. Evy me disse que sua avó havia feito uma boa reforma, mas não achei que estivesse tão incrível assim. Temos um conceito aberto e totalmente integrado. — Uma suíte? Esse aluguel foi um presente — diz ao entrar no meu novo quarto.

— É, foi, sim. — Sento na cama *king size* no meio do quarto e, mesmo sempre tendo sonhado com uma desse tamanho, isso não me anima.

— Logo, logo ele vai correr por todo este apartamento. — Senta-se ao meu lado e me envolve em seus braços. Não tenho mais lágrimas para chorar, mas a angústia e o medo não se findam. — Espero que me convide para dormir aqui, porque não vou deixar você sozinha.

— E desde quando você precisa de convite?

— Só estou testando sua educação. — Pisca e sorrio.

— Isso está horrível!

— Foi o que disse da roupa anterior. — Encaro meu amigo.

— A outra estava péssima, essa está horrível. Pelo amor de Deus, é seu primeiro dia, precisa mostrar a que veio. — Não sei se suportaria passar por esses dias sem meu amigo. Mesmo eu me mudando ontem, ele fez questão de ficar comigo.

— Não sou modelo. — Retiro a blusa social preta de botões, seguida da calça cinza. — Vou chegar atrasada desse jeito.

— Precisamos ir ao shopping, não há nada aqui que se salve — reclama, revirando a mala.

— Não vou usar esse vestido! — digo quando pega o vestido que estava esquecido no fundo do meu armário havia alguns anos.

— Claro que vai, é o melhor que tem. — Ergue a peça branca.

— Provavelmente nem dá mais, pelo amor de Deus, eu tinha 16 anos quando o usei no batizado de Jase.

— E ficou linda! Tenho certeza de que ainda cabe perfeitamente, pois você não mudou nada. — Reviro os olhos. — Tudo bem, ganhou algumas curvas, o que só vai deixá-lo mais bonito. — Nego com a cabeça. — Vista.

— Entrega-me e sei que não vou conseguir me livrar dessa ideia absurda enquanto não provar que não serve. — Uau! — diz quando termino de me vestir, e não vou negar que também estou surpresa com o que vejo no espelho. O vestido de alças simples, com um decote em V e com comprimento até os joelhos, o mesmo vestido que antes ficava um pouco folgado adapta-se perfeitamente ao meu corpo. Acho que o comprei maior do que deveria na época, é provável que tenha feito isso, já que nunca tive uma mãe que me orientasse. — Ficou incrível — diz parecendo encantado e me viro de frente para o enorme espelho ao lado do meu closet, então encaro o tecido que revela cada curva do meu corpo. Não sou do tipo esnobe, mas gosto do que vejo.

— Nossa! — É só o que consigo dizer enquanto meus olhos não conseguem se desgrudar do espelho.

— É, nossa! Você é linda, baby, e precisa começar a ter ciência disso. — Beija um dos meus ombros. — Agora fechamos com esses saltos maravilhosos e o casaco preto. Assinto ainda deslumbrada e sem argumentos para rebater a indicação do *scarpin* preto, que havia comprado também em uma liquidação, e pego o casaco. Não era das grifes que circulam por aquele prédio, mas me sinto aceitável. Meu amigo tem razão, preciso fazer compras, pois não tenho como garimpar mais nada em meu armário.

— *Merda!* — digo quando confiro meu celular e vejo as horas, constatando que só não chegarei atrasada por um milagre. Escovo meus cabelos castanhos da forma mais ágil que consigo, é provável que ainda estejam uma bagunça, mas não tenho mais tempo, então os jogo para um dos lados, pego minha *nécessaire*, minha bolsa e corro para a sala.

— Eu te levo.

— Não dá, preciso que espere a avó da Evy. Ela vai passar aqui para buscar o contrato e o valor do depósito. Não quero dar uma desculpa e ela achar que estou enrolando. Talvez consiga um táxi rápido. Tomara! Deseje-me sorte.

— Muita sorte. — Sorrio e pego minhas chaves rezando para não chegar atrasada no meu primeiro dia, na verdade, segundo porque eu deveria ter começado ontem. — *Tá* linda! — grita enquanto desço as escadas e eu apenas aceno com uma das mãos.

Alguns minutos depois, quase me jogo na frente do táxi para que pare, perdi os três últimos e sei que o tempo agora é o meu pior inimigo.

CAPÍTULO 10

LORI

"Contrabalançar promessas com promessas é estar pesando o nada."
William Shakespeare

    Finalizo a maquiagem com o rímel no mesmo instante que o táxi encosta na frente do meu novo ou antigo emprego, já que talvez o perca antes mesmo de começar, pois estou atrasada bons minutos e ele foi muito incisivo sobre atrasos.

— Aqui, obrigada. — Pago ao motorista, e não espero o troco, mesmo sabendo que me fará falta, pois não posso perder mais um segundo sequer.

Sigo quase tropeçando em meus próprios pés, passo pelo saguão e aperto incontáveis vezes o botão que chama o elevador como se isso fosse resolver, mas preciso descontar meu nervosismo e minha apreensão em alguma coisa.

Encaro as portas de aço e os segundos parecem eternos, elas não se movem, permanecem fechadas, levando-me ao ápice do desespero quando a ideia de subir vinte dois andares pelas escadas começa a ganhar força e a parecer mais eficaz que a espera...

O apito sonoro que alerta a chegada do elevador me demove da ideia a tempo, mas o barulho não é o culpado por todo o ar ter escapado dos meus pulmões e a paralisia em minhas pernas. O que me deixa estática quando as portas polidas de aço se abrem é ele, *sua majestade*, Sr. Smith, que está elegantemente vestido com um terno que provavelmente é mais caro do que tudo que tenho em meu poder. Não que isso seja uma tarefa muito difícil, já que não tenho absolutamente nada, mas achei a entonação bonita. Seus olhos me fulminam, está ao lado de uma mulher linda que para de sorrir e de falar quando nota que sua atenção não é correspondida. Ele lhe dá passagem com um gesto de mão, ela sai, mas ele para entre as portas não permitindo que o elevador mantenha seu curso, postura digna de um cavalheiro, mas não acho que essa seja a sua real intenção. Seus olhos me varrem de cima a baixo e ele não desfaz o contato comigo por um só segundo, então, mesmo que não deva, dou alguns passos em sua direção, surpreendendo a mim mesma por conta da postura confiante.

— Bom dia — deseja em uma ameaça velada no mesmo momento que encara seu relógio.

— Bom dia — respondo sustentando minhas palavras ao passar por ele e encontrar o aço gelado. Não tenho argumentos para usar agora nem vou buscar um, quero apenas voltar a respirar.

Ele concorda com a cabeça, silenciosamente, por algumas frações de segundos, e permite que as portas se fechem, saindo assim da minha visão periférica e deixando-me seguir sozinha.

Provavelmente, já deixou preparados os documentos que rescindem o contrato de trabalho. Subo com essa consciência, já que nem cumpri sua primeira exigência.

— Bom dia, eu... — Fecho os olhos por um segundo, concentrando-me, não vou chorar. — Meu nome é Lori e...

— Sim, Srta. Morris, achamos que viria mais tarde, o Sr. Smith acabou de informar que você estava providenciando uns documentos.

— É, pois é, foi bem rápido — completo a mentira e encaro o relógio na parede atrás dela, são 9h35.

— Que bom, seja bem-vinda à empresa, vou avisar à Sra. Rebecca que você já está aqui. — Pega o telefone e ainda estou sem entender o porquê de ele ter sido tão benevolente comigo. — É só você seguir pelo corredor, ela fica na sala três.

— Obrigada — agradeço e sigo o caminho indicado mal conseguindo coordenar meus passos.

Após três batidas trêmulas à porta, o convite para que eu entre é disparado em um tom quase severo.

— Bom dia — digo assim que adentro a sala.

— Sente-se, por favor — responde sem ao menos me encarar e assim o faço.

— Bom, o Sr. Smith me disse que será a nova assistente e presumo que suas experiências anteriores não a ajudem no desenvolvimento que implica o cargo.

— Eu...

— Tudo bem, tenho seu currículo. Ao que parece, foi a melhor em sua classificação acadêmica, mas o trabalho como garçonete não amplia seus conhecimentos para uma empresa como esta. — Engulo em seco, todas as respostas que vêm a minha mente nesse momento parecem inadequadas. — Não me leve a mal, não estou tentando diminuir você, apenas preciso ser realista e a minha função aqui é colocar as cartas na mesa e transformar uma pedra bruta em um magnífico e esplêndido diamante. Bom, eu não a teria contratado, mas o Sr. Smith está disposto a lhe conceder essa oportunidade, então quem sou eu para discordar? — Um sorriso fraco ainda inibido de respostas desponta em meu rosto e recebo um olhar de reprovação que quase me faz sair correndo, reconhecendo assim que ela está certa. O silêncio avaliativo parece levar horas, e não poucos segundos. — Você ao menos sabe o que uma assistente executiva faz?

— Não. — Sou sincera.

— É claro que não sabe. — Revira os olhos em uma atitude nada profissional e o constrangimento é inevitável. — Você tecnicamente será a sombra de todos os criadores de conteúdo e programadores; estará presente em cada reunião sem contar com a sua prioridade que é o Sr. Smith; você terá decorada cada informação de que ele precisar obter; cada novo lançamento ou protótipo precisa ser do seu profundo conhecimento; também terá as reuniões e seus horários na ponta da língua ou da sua agenda, assim como sua disponibilidade para viagens e extensão de horário.

— O quê? — Não foi relatado nada sobre viagens.

— Você ao menos leu seu contrato de trabalho?

— Por alto. — Sou uma péssima mentirosa, mas também não poderia confessar a proposta real e quanto fui relapsa nessa parte. Um suspiro audível é disparado, ela não faz questão de esconder sua insatisfação com a escolha do dono da empresa.

— Se quiser realmente permanecer nesse emprego, eu aconselho a não cometer o mesmo erro. Dispersão é algo que não admitimos aqui, uma vez que a Westgloob está em busca de se tornar a número um do mundo, e não chegamos ao degrau que estamos com funcionários que nem ao menos sabem sua própria localização na órbita deste planeta. — Sua ironia vira a chave dentro de mim. Posso ter como experiência apenas os anos como garçonete, mas não sou inferior a ela por isso, a única coisa que me faltava era a oportunidade, porém, agora que a tenho, estou livre para mostrar do que sou capaz e aonde posso chegar.

— Entendo sua preocupação e aceito suas recomendações. Sei que é muito difícil em sua posição entender que nenhum ser humano vem pronto de fábrica, a evolução e a construção são algo que todos enfrentamos ao longo da vida. Não me envergonho de ter sido garçonete, pois dei o meu melhor naquele lugar e assim o farei aqui. A única coisa que posso garantir neste momento é que me dedicarei a cada detalhe, aprendizado e honrarei essa oportunidade. — Encara-me e apenas assente, talvez minhas palavras tenham virado a chave há muito extinta dentro dela: humanidade.

Passamos as últimas horas da manhã reunidas à mesma mesa. Anoto cada detalhe como se minha vida dependesse disso, pois ela não faz questão de repetir ou pausar a explicação para ter certeza de que estou acompanhando, mas isso não será um empecilho para que eu seja a melhor assistente que essa empresa já teve.

Tomo nota de todos os acontecimentos dos próximos trinta dias. De acordo com ela, uma boa assistente precisa estar sempre à frente do tempo. Acho exagerados tantos dias de antecedência, mas não estou aqui para contrariá-la e, se minha função exige tanto assim, mostrarei minha capacidade.

Ela não tem ideia do que é trabalhar em um bar por 10h, tendo que equilibrar bandejas lotadas entre multidões, lidando com todos os tipos de transtornos emocionais, driblando pessoas bêbadas e sem-noção. Controlar horários e agendas não pode ser tão complexo assim.

— Bom, está no meu horário de almoço, espero que tenha entendido ao menos o primordial. Não a aconselho a cometer erros se quiser manter seu emprego.

— A senhora ajudou muito, acredito ter obtido uma boa base. — Sorri sarcasticamente e isso me assusta.

— Você parece otimista, Srta. Morris, mas vai precisar de muito mais do que otimismo aqui, então boa sorte. — Pega sua bolsa.

— Eu...

— Você tem uma hora de almoço, sugiro que a aproveite — interrompe-me quando eu lhe perguntaria onde seria meu posto de trabalho e sai

63

sem me dar a mínima confiança. Está nítido que não acredita que eu dure mais do que uma semana aqui.

— Parece que sobreviveu ao treinamento.
— Oi? — respondo ao sussurro da recepcionista, a mesma mulher que tentou me interceptar na outra noite quando invadi o escritório do dono do mundo.
— A dona Rebecca me pareceu tranquila quando passou por aqui e, pelo tempo que dedicou a você, isso significa que se saiu muito bem — responde também em um sussurro.
— Espero que sim, mas ela não me deu nenhum sinal que me fizesse pensar isso.
— Ela é uma mulher muito boa, mas, como mãe do Sr. Smith, não pode ser tão maleável quanto gostaria.
— Está explicado.
— O quê?
— Apenas a entendi melhor agora. — Não a conheço o suficiente para confiar e declarar meu pensamento de que agora entendo que a soberba é de família, por isso o seu filho se acha o dono do universo.
— Meu nome é Alison, mas todos os meus amigos me chamam de Aly.
— Muito prazer, o meu é Lori e já é pequeno demais para uma abreviação.
— Você não vai almoçar?
— Tem uma Starbucks por aqui?
— A duas quadras, mas não...
— Obrigada. — Viro-me sem esperar pelo complemento. A grana que me resta não me concede o benefício de fazer uma refeição decente, então posso me contentar com um café e um sanduíche.

Meu almoço é concluído com sucesso em vinte minutos. Talvez devesse ter ouvido a recomendação de Aly, certamente iria me alertar sobre esses saltos percorrerem tal distância, mas agora é tarde demais, as prováveis bolhas em meu calcanhar já imploram por atenção.

— Ah, meu Deus, *me* desculpe! — digo quando atropelo um homem após passar pelas portas gigantes de vidro e estar de volta.

— Não foi nada.

— Tem certeza? Sinto muito, estava distraída. — Meneia a cabeça e um sorriso amistoso surge em seu rosto.

— Vai subir?

— Sim — respondo.

— É nova aqui. — Entramos no elevador e ele aperta dois andares abaixo do meu no quadro de botões.

— Sou, sim — respondo.

— Não foi uma pergunta, eu notaria sua presença antes. Prazer, sou o Alex.

— Lori.

— *Nos* vemos por aí, Lori, bem-vinda.

— Obrigada! — Sorrio em resposta no instante que chegamos ao seu andar, e ele pisca antes de...

— Alex? — O tom arrogante e gelado que já aprendi a reconhecer faz meu sorriso desaparecer instantaneamente.

— Já está aí? Achei que a reunião fosse mais tarde — Alex rebate educado e com tom amistoso, parece que o único mal-educado nesta empresa é o próprio dono.

— Passei para atestar o novo protótipo. — Seus olhos não saem de mim e neles o julgamento já foi consumado e o réu condenado.

— Está ficando bom, acredito que teremos o definitivo ainda...

— Falamos sobre isso na reunião, tenho umas ligações para fazer — interrompe Alex e entra no elevador cujo espaço parece muito menor agora. Aperta o botão da cobertura e as portas se fecham. O silêncio por incrível que pareça me incomoda. Ele me ignora como se eu fosse apenas um fantasma e isso deveria ser bom, na verdade, ótimo, mas não é alívio o que sinto, e sim incômodo. Tendo um amigo psicanalista, aprendi há alguns anos que mentir para nós mesmos é a pior opção.

CAPÍTULO 11

LORI

"A distância mais longa é aquela entre a cabeça e o coração"
Thomas Merton

Assim que as portas se abrem, caminha para fora a passos duros e eu ainda estou paralisada em meu lugar tentando entender a bagunça de sentimentos que está dentro de mim.

— Espero que a agenda esteja perfeitamente definida — exige.

— Eu... *Droga*! — Fecho os olhos por um segundo quando a dor ressurge em minha primeira tentativa de sair do elevador, mas me recomponho e o encaro, forçando meus pés, porém sei que falho, pois os passos ficam descoordenados em cima dos malditos saltos assassinos.

Ele me olha de cima a baixo com ar de reprovação e segue pelo corredor com andar de um *serial killer*. Então respiro fundo, aliviada, e encaro a poltrona convidativa...

— O que está fazendo? — Aly me intercepta antes que me sente.

— Ainda tenho dez minutos — digo depois de conferir o celular.

— Eu não faria isso se fosse você, ele já te viu e se não for até lá agora...

— Esse homem é o capeta! — esbravejo mais pela dor em meus pés do que por realmente achar isso.

— Eu sei, mas se quiser manter seu emprego... — Assinto e sigo pelo corredor da melhor forma que consigo e faço uma nota mental para nunca mais comprar sapatos em liquidações. Certamente, assim que chegar à minha nova casa, vou jogá-los no lixo.

Adentro a sala ainda com dificuldade e permaneço à porta esperando suas instruções e suportando a dor.

— Fecha a porta. — Faço-o sob seu olhar e ele aponta a cadeira à sua frente, mas o caminho até ela parece longo demais.

— O que faz no horário do seu almoço não é da conta da empresa, mas é da minha até que me pague o que me deve. Com quem estava?

— Oi?

— Estava com o Alex? Você é bem rápida! Então o falso moralismo é só comigo? Você finge bem, quase acreditei que não me conhecia, mas não sou idiota, vai precisar interpretar melhor. Não acha que construí meu império sendo imbecil, acha?

— Continuo sem entender. — Meu tom sai esganiçado pela dor, falta pouco para arrancar essa maldição dos meus pés. Mas só de estar sentada já aliviou bastante.

— Então gosta de sexo violento? Alex teve tempo de usar seus brinquedos com você? — Termina a pergunta absurda, deixando minha dor em segundo plano.

— Mas que *merda* está dizendo? *Me* respeita! Não lhe dou esse direito!

— Mas deixa um cara que acabou de conhecer amarrá-la e surrá-la? Não se esqueça de que tem um acordo comigo e...

— *Merda*! — explodo quando tento me levantar e o couro parece rasgar minha pele.

— O que aquele bastardo fez com você? — Aproxima-se tão rápido que eu não tenho tempo nem resistência para uma nova tentativa.

— Você usa drogas? — esbravejo quando bloqueia minha frente.

— Claro que não faço uso dessas porcarias, não tente ser espertinha, eu sei o que vi no elevador e pela forma que está andando... — Passa as mãos pelo rosto em uma visível tentativa de se recompor. Não pode ser tão lunático a esse ponto! Como pode achar que eu faria algo assim? Ok, ele não me conhece, mas, se eu fosse desse tipo, ele não precisaria... — Não poderia esperar até ir para cama comigo? — exige.

— Cala a boca! — explodo e arranco os malditos sapatos enquanto encaro sua cara de espanto por eu ter gritado com ele. — Foram os malditos sapatos, seu idiota! — Arremesso-os nele, que se esquiva, e eu apenas sinto o alívio se instaurar em meus pés, principalmente na parte castigada. Lágrimas ganham força e pulam dos meus olhos mesmo que seja a última coisa que gostaria de fazer em sua presença e o silêncio perdura só até que ele as perceba.

— *Me* deixa ver? — Ajoelha-se à minha frente e tenta puxar minha perna.

— Não me toque! — Ignora meu pedido como se estivesse em posse de sua propriedade. Debato-me para afastar minha perna de suas mãos.

— Shh! Quieta! — Seu tom agora é pacífico. — Por que usou a porcaria de um sapato que machuca? Olha isso? — Vejo o sangue.

— Não sabia que faria isso, são novos.

— Não vai mais usá-los.

— É uma ordem?

— Não tenha dúvidas. — Levanta-se e entra em seu banheiro, em seguida retorna com uma toalha e outros objetos nas mãos, então os apoia em uma mesinha próxima ao sofá, retorna e se curva...

— Ahh! O que está fazendo? — Ignora minha pergunta e caminha poucos passos comigo em seu colo. O cheiro da loção pós-barba fica mais evidente agora e, por uma fração de segundos, em um devaneio, absorvo-a roçando meu nariz por seu pescoço. Talvez seja muita pretensão de minha parte afirmar que ele estremeceu nesse instante, mas prefiro achar que não imaginei. — Não precisa fazer isso — digo quando me deita sobre o sofá confortável, mas apenas me ignora. A toalha molhada e morna limpa os ferimentos, fazendo-me estremecer com a dor. — Eu sei cuidar de mim mesma.

— Está visível que não. — Pega um frasco de óleo e passa suavemente, causando um alívio imediato, então jogo minha cabeça para trás arrebatada com a sensação, em seguida finaliza com os *band-aids*.

Sua mão ainda aquecida com o óleo escorrega pela minha perna, arrepiando cada pedacinho de mim e despertando uma dormência que nunca havia experimentado. Fecho os olhos engolfada pela comoção...

Sua mão continua a deslizar e logo sinto seu rosto sobre minha barriga, mas ele o sobe lentamente até que sinto o arfar de sua respiração. Não quero abrir os olhos e espantar toda essa gama de emoções desconhecidas, mas bem-vindas. Seus lábios roçam meu lóbulo e um gemido involuntário escapa de meus lábios...

— Ainda não preciso pagar por sexo — diz com o tom recheado de desdém e se afasta tão rápido quanto se aproximou, deixando-me estática. — Vou pedir para que lhe consigam sapatos confortáveis. Espero que esteja melhor e possa me atualizar sobre a agenda.

— É claro, obrigada. — Levanto-me o mais rápido que consigo, estou constrangida ao extremo. Agradeço mentalmente quando ele não me encara, mas noto sua expressão de desgosto quando encara o par de sapatos em suas mãos, os mesmos sapatos que foram recuperados recentemente do chão, mas que logo são arremessados na lixeira.

— Ei! Não pode jogar meus sapatos na lixeira — contesto, mas ele não me dá a menor confiança.

— Na próxima vez que arremessar qualquer outro objeto em mim, estará despedida. O vestido que usa também não é apropriado para o trabalho.

— Ok, amanhã eu providenciarei uma burca — zombo. — Nas minhas roupas eu mando. — Não rebate, apenas se senta. — Não vai pedir desculpas?

— Pelo quê?

— Pela forma que me julgou.

— Só pede desculpas quem tem algo a perder e essa palavra não pertence ao meu vocabulário. Não confunda as coisas, Lori. Agora podemos focar no trabalho? Meu tempo é bem precioso. — Não rebato sua prepotência nem quero dar ênfase à decepção que se instalou em minha cabeça. Apenas abro a agenda em meu celular.

Minutos depois de detalhar sua tarde e todos os seus compromissos, já tenho em meus pés o par de tênis mais confortável que já usei na vida. Foi entregue em sua sala mais rápido do se tivesse pedido um café e até que combinaram perfeitamente com meu vestido.

Depois de acompanhá-lo a três reuniões, completamente emudecida, e verificar a nova produção atentamente para lhe passar o relatório pela manhã, estou exausta e a única refeição que fiz no meio do dia já é inexistente em meu estômago.

Sento-me no sofá confortável da recepção que agora está deserta, ainda não tenho um posto de trabalho definido, porém cansei de ficar em sua sala como se fizesse parte da decoração.

Meu celular toca e atendo depois de visualizar o nome de meu amigo.

— São 19h, ainda está no trabalho?

— Sim — respondo, exausta.

— E que horas sai?

— Só posso sair depois da *majestade*.

— E que horas ele sai?

— De acordo com sua agenda, já deveria ter saído.

— Ele vai cobrar a dívida hoje? — O pânico é visível em seu tom.

— Não acredito. Acho que perdeu o interesse sem ao menos desembrulhar o pacote. — Mesmo que eu não queira, meu tom sai em forma de desgosto.

— E isso é bom, não é?

— Nós nos vemos depois, hoje realmente não consigo — o tom rude

interrompe minha resposta e seus olhos repreensivos se fixam em mim e percebem que estou sentada confortavelmente na poltrona da recepção. Isso não é um quartel para que eu tenha que ficar de pé, é?

— Preciso desligar — digo.

— Qualquer mudança, avise, mas estou na torcida para o lunático encontrar outra diversão.

— Eu aviso, Josh. — Abaixo o aparelho, e nossos olhos ainda estão em uma discussão silenciosa.

— Prometo te enlouquecer a tal ponto que meu nome será o único a sair de tua boca — responde ao interlocutor e seu tom se desvia da arrogância habitual, chega a ser meloso e isso me enoja. Um bichinho desconhecido começa a corroer algo dentro de mim e não gosto da sensação. — É claro que você será minha até o ultimo fio de cabelo — diz decidido seja lá com quem esteja falando e meus olhos deixam os seus nesse segundo. Levanto-me em um ímpeto, não preciso ouvir ou decorar suas conversas pessoais e pervertidas, mas não tenho sucesso, pois sua mão envolve meu pulso me fazendo estancar em meu lugar. — Não vejo a hora de ter você em minha cama. — O sussurro atrás de mim me faria pensar que fala comigo se não soubesse de sua ligação. — Ainda não te dispensei. — A arrogância está de volta, então dessa vez é comigo que fala.

— O senhor não tem mais nenhum compromisso hoje — revido ao me colocar de frente para ele.

— Tem certeza? — questiona com tom ameaçador e engulo em seco.

— Não me disse que... — Não tenho ideia de como formular a frase.

— O quê? — Um de seus braços envolve minha cintura e a puxa para si. Cada célula do meu corpo congela.

— Que cobraria a dívida hoje. — Noto o exato momento que reprime um sorriso antes de esconder a cabeça em meu pescoço.

— *Me* pareceu bem à vontade com isso à tarde.

— Você é ridículo! — Tento empurrá-lo, mas me mantém presa.

— Posso ser, mas não invisto em nada que não tenha certeza do retorno. — Sua boca se prende a minha antes mesmo que consiga revidar suas palavras. O beijo é territorial e muito melhor do que eu poderia supor. Sua língua explora cada parte da minha em uma dança única. Jamais havia beijado alguém assim. Seu braço deixa a minha cintura apenas para sua mão apertar minha bunda, ele me cola mais ao seu quadril, deixando sua ereção evidente. Impulsionada pelo desejo, meus dedos invadem seus cabelos e a conexão nunca experimentada me entorpece de modo que faria qualquer coisa que me pedisse. Sua mão escorrega para debaixo do meu vestido e isso não surte o mesmo efeito de repulsa que aconteceu com os três caras que já beijei, pois essa era a hora que eu me afastava, não admitia tais liberdades, mas com ele é... Seu polegar percorre a tira lateral de minha calcinha e me pego torcendo para que a tire do caminho. Minha pele está quente pela obstinação de seu toque que não demora a explorar o local até aqui intocado por qualquer outro que não fosse eu mesma, e deveria estar morrendo de vergonha por lhe permitir esquadrinhar dessa forma a parte mais íntima do meu corpo, mas não é o que sinto... Seu polegar agora circula o ponto dolorido e sedento por libertação. Sons incoerentes reverberam em nossas línguas e minhas mãos exploraram agora suas costas, sem qualquer inibição ou reservas; minhas unhas se cravam em sua pele mesmo sobre a camisa de linho e minhas pernas me levariam ao chão se ele não sustentasse meu corpo com a mão que estava em minha nuca. A única coisa a me dominar agora é a luxúria. Ele continua sem ressalvas e eu não quero que pare, mas, em um lapso de clareza, lembro-me de onde estamos e de que podemos ser interceptados a qualquer segundo, entretanto não sou forte o suficiente para deixar que a razão se sobreponha às sensações maravilhosas e desconhecidas que ele me provoca.

— Ahhh! — Meu gemido sai abafado em seus lábios quando o orgasmo arrebatador faz meu corpo se desmanchar em um milhão de pedaços e minhas pernas cederem. Abro os olhos e os seus, nublados, fitam os meus. Tento encontrar um ritmo aceitável para as batidas do meu coração enquanto o silêncio perdura.

— Cobro minhas dívidas no momento que tenho vontade — baixa o vestido que sequer me dei conta de estar erguido —, mas vou me contentar apenas com os juros dessa vez. — Leva os dedos à boca e os suga, deixando-me completamente envergonhada. — Seu gosto é bom.

— Você disse que seria apenas uma noite. — Seus lábios se colam aos meus e os mordisca, imediatamente toda a coerência se desfaz.

— Não se preocupe, Lori, costumo cumprir minhas promessas. — Afasta-se bruscamente no instante que eu aprofundaria o beijo e busca o celular em seu bolso, deixando-me emudecida. — Delete a filmagem dos últimos trinta minutos da recepção da cobertura. — Meu sangue congela.

— Você é louco? — exijo assim que devolve o celular ao bolso. — Como pôde chegar a esse ponto sabendo que estávamos sendo filmados?

— Problema resolvido, Lori — diz simplesmente.

— Como sabe? E se ele colocar o vídeo na internet? Meu Deus! — Ando de um lado para o outro quando a lucidez me alcança. Se isso for parar na rede, eu nunca recuperarei meu irmão.

— Eu sou o dono, ninguém faz nada sem minha permissão.

— Você é uma piada! — revido irritada, puxo os cabelos e continuo caminhando em círculos, tentando buscar uma saída. Nenhum juiz confiaria a guarda de uma criança a uma mulher promíscua que se esfrega com o próprio chefe.

Lágrimas enchem meus olhos. Meu Deus, o que está acontecendo comigo?

— Lori, para! — Estanco em meu lugar. — O vídeo já foi deletado. Donald não seria meu chefe de segurança se eu não confiasse nele. Seu namorado não precisará assistir a como te enlouqueci apenas com um beijo.

— Cala essa boca! Nem todas as pessoas são infiéis como você. Não tenho namorado. Você pode não acreditar, mas nem tudo em mim está à venda. Meu caráter não tem preço, Sr. Smith, isso você não pode comprar. — A informação parece desestabilizá-lo.

— Quando terminou?

— Na verdade, ninguém nunca ocupou a vaga, não que seja da sua conta, é claro. — Encara-me em silêncio e os segundos se eternizam. — Tem mesmo certeza de que as imagens foram apagadas? — pergunto angustiada.

— Sim, Srta. Morris, eu tenho certeza. — Fecho os olhos por um segundo e me permito acreditar. — Já creditei um valor em sua conta, tire a manhã de folga e faça compras, mas espero que fique longe dos sapatos de liquidação. Gaste o necessário para que fique confortável no trabalho. Recomendo também que fique longe dos vestidos brancos, de preferência os transparentes.

— Quê? Não pode fazer isso...

— Noventa por cento dos nossos funcionários são homens e todos com a visão em dia, o que queria? — corta-me.

— Que o machismo deixasse de existir e que vocês, homens, respeitassem a escolha de uma mulher não importando como ela está vestida.

— Alguém te desrespeitou? Tocou você sem sua permissão?

— Além de você? Ninguém.

— Se isso ocorrer, a demissão virá em seguida, não admito falta de respeito com nem uma das mulheres aqui...

— Claro, só você pode fazer isso — acuso impetuosa.

— Não te desrespeitei. — Faz uma pausa. — No bar, pode ser, mas estava um pouco alterado e não pensei direito, mas, aqui, eu lhe fiz uma proposta e você a aceitou. Para deixar claro, eu respeito suas escolhas e aprovo cada uma de suas roupas, mas...

— Eu já entendi, Sr. Smith — revido irritada.

— Tenho mais uma questão: você me chama de Anthony quando não estivermos no horário de trabalho. É o nome que quero ouvir quando estiver gozando comigo dentro de você. — O tom irritante e soberbo está de volta. É óbvio que eu já sabia o seu primeiro nome, mas escutar a entonação em sua voz e a promessa que vem com ela aquece minha ansiedade.

— Essa parte não estava em meu contrato, então não sou obrigada. — Pisco e caminho até sua sala para buscar minha bolsa, deixando-o para trás.

CAPÍTULO 12

LORI

"Não são os grandes planos que dão certo; são os pequenos detalhes."
Stephen Kanitz

    Depois de buscar um ritmo aceitável para minha respiração, retorno pelo corredor com passos lentos já em posse de minha bolsa e do casaco. Uma pequena prece permeia meus pensamentos, o pedido é para que ele não esteja mais aqui, mas, assim que me aproximo, atesto a falha.

— Não disse que poderia ir.

— Ao que consta em sua agenda, seu expediente se encerrou às 18h. Algum problema o impede de voltar para casa, Sr. Smith?

— Um carro a espera na portaria. Ele ficará à sua disposição a partir de hoje.

— Não precisa.

— Não foi uma pergunta, tenha uma excelente noite, Srta. Morris. — Vira-se e começa a caminhar.

— Escuta aqui! — Os tênis facilitam para que eu seja rápida o suficiente em fazer seu bloqueio. — O combinado foi uma noite, e estou disposta a cumprir minha parte, mas não estou disposta a te dar mais do que isso. Não pode colocar dinheiro que não seja pelo meu salário em minha conta, dizer como devo me vestir ou intitular meu meio de transporte. Aceitei essa proposta absurda pelo bem do... — travo a tempo. — Não serei seu brinquedinho.

— Espero que consiga resolver tudo até às 13h, pois tenho uma reunião importante e preciso que esteja lá. O nome do motorista é Kevin, informe-o também sobre o horário que sairá para as compras. — Ignora cada palavra que eu falei.

— Quero deixar uma coisa bem clara, Anthony. Não acatarei suas ordens fora do meu expediente. — Seu maxilar tenciona, e não me dou o trabalho de esperar sua resposta. Entro no elevador munida de toda raiva possível. Não comigo, Sr. Smith, não sou a *porra* de um empreendimento.

Meu orgulho cede e o arrependimento encontra-me quando estou dentro do metrô, mas não poderia permitir que me tratasse como um objeto. São nos detalhes que perdemos ou ganhamos.

Outro sanduíche é o que tenho como jantar antes de desabar em minha nova cama e, por mais cansada que esteja, não consigo dormir, pois só penso em Jase. Apenas torço para que esse pesadelo termine logo e meu irmão retorne. Eu farei qualquer coisa por isso, qualquer coisa.

Depois de assistir ao dia clarear com todos os questionamentos em minha cabeça, já estou de banho tomado e pronta para sair quando ouço o som da campainha...

— Esse vestido está meio...

— Bom dia, Josh — corto meu amigo e sua expressão contrariada.

— Bom dia! Já vi que terei que me mudar para cá até que consiga se vestir sozinha para o trabalho. Você não é mais uma garçonete, querida, a aparência é tudo.

— *Me* sinto confortável com ele e...

— Então deveria usá-lo para dormir, e não para o trabalho — interrompe-me e reviro os olhos. Amo esse vestido, embora talvez esteja na hora de aposentá-lo.

— O Sr. Smith contratou você para ser meu *personal stylist*?

— O quê?

— Ele transferiu uma quantia obscena para minha conta para que eu fizesse compras — digo fingindo uma naturalidade que não sinto.

— Quão obscena?

— O suficiente para quitar meu financiamento estudantil e comprar um belo carro. — Ele deixa seu corpo cair no sofá.

— *Porra!* — diz em um suspiro. — E o que vai fazer? — pergunta ainda estático.

— Devolver, é obvio!

— Qual o problema em aproveitar? Vamos combinar que é um caso de emergência. — Pisca.

— Não sou prostituta e não estamos em *Uma linda mulher*. Meu armário é pouco aproveitável, mas farei compras com o meu dinheiro. Não quero ficar devendo nada para ele. Temos um acordo, e não quero me sentir pior do que já me sinto.

— Eu me orgulho *pra caralho* de você. — Respiro fundo, aliviada, pois, por um segundo, achei que estivesse mesmo incentivando essa loucura. — Enquanto não se torna uma CEO de sucesso ou recebe seu primeiro pagamento, vamos garimpar outra roupa em seu armário. — Puxa-me pela mão e pelo menos hoje eu não estou atrasada.

— Achei que ainda estaria dormindo depois do seu encontro perfeito.

— Não valeu a sobremesa, baby. O cara era *um mala* e beijava pessimamente, não dava para tentar mais do que tentei. — Gargalho e esqueço o desastre que está minha vida por alguns minutos.

Depois de alguns minutos, de concordar com o vestido simples e preto e de complementá-lo com as botas que pelo menos eram confortáveis, despeço-me de Josh que fez questão de me dar carona hoje.

Ainda faltam vinte minutos para minha entrada, mas já estou a caminho da cobertura.

— Bom dia!

— O que você aprontou? — Aly sussurra parecendo amedrontada. — Ele chegou há uma hora e está uma fera — cochicha.

— Não tenho como ser responsável pelo péssimo humor do nosso chefe.

— Não sei. Trabalho aqui há cinco anos, ele veio pessoalmente à minha mesa perguntar sobre você e seu endereço. Nunca fez isso. — Meneio a cabeça enquanto sinto o sangue se esvair do meu corpo. — É melhor ir até lá, mas evite falar, ele pode ser cruel às vezes.

— Cruel como? — Sei que enxerga o pavor em meu tom.

— Ah, não! Não fisicamente. Digo, com as palavras. — Assinto, recuperando meu fôlego. Isso também sei fazer. Ninguém que tenha a minha vida se assusta com palavras. Fui rodeada pelas piores durante vinte e dois anos.

Caminho a passos lentos pelo silêncio ensurdecedor do extenso corredor.

Empurro a porta o mais lentamente que consigo depois de inspirar e expirar algumas vezes. Ele anda de um lado para o outro enquanto praticamente grita ao telefone, então seus olhos param em mim e nesse segundo me sinto incapaz de fazer o ar adentrar meus pulmões.

— Quem é você, porra?! — Avança para cima de mim e eu recuo.

— O quê?

— Chega dessa ceninha. — Arrasta-me pelo braço.

— Está me machucando, *me* solta! — exijo e ele o faz ao me incentivar a sentar.

— Para quem trabalha? *Dinne*, *Stamby*, *Nashtow*, qual delas? O que forneceu a eles?

— Você está maluco? — Seus olhos fervem como a lava no núcleo do vulcão.

— Bela jogada ao chamar minha atenção de forma despretensiosa, um trabalho em uma espelunca, a negação, o fingimento de desapontamento em aceitar minha proposta, as roupas do *Walmart*... Parabéns, deveria estar em Hollywood. Achou o quê? Que eu era burro o suficiente para só pensar com o pau? — explode com uma ira que nunca vi em ninguém.

— Ainda não entendi.

— Para! Eu mandei a *porcaria* do motorista que dispensou até sua casa e adivinha só? Não era a *porra* do seu endereço!

— Era, sim.

— Chega! — grita e me encara por alguns segundos. Seus olhos flamejam raiva, decepção...

— Você é sempre assim? — exijo com o tom mais calmo desse mundo, apesar de ele não merecer essa consideração, mas, quando se cresce em meio a gritos e palavras esdrúxulas, a última coisa que se quer é reproduzi-las e continuar vivendo no centro do caos.

— Otário? Não, é raro alguém conseguir me enganar. — Meneio a cabeça em negativa e me levanto. Não sei como farei, mas não fico mais aqui. Viro-me e imediatamente a imagem de Jase vem à minha mente.

— Antes de acusar alguém, tenha provas concretas e... — começo depois de entender que não podia perder a chance de ter meu irmão de volta.

— Eu tenho. O endereço que forneceu não é o seu. Você mentiu e só tem uma razão para ter feito isso. Chega desse jogo!

— Eu apenas me esqueci de informar meu novo endereço, pois me mudei dias depois que estive na entrevista.

— Claro — zomba sem demover a ira e a maldita soberba do tom.

— Por que quem esteve no meu endereço não se informou com os vizinhos? Eles diriam.

— Você assinou um documento aqui e a segurança já está checando seus documentos. Caso sejam falsos ou vaze qualquer informação dos meus protótipos, eu acabo com a sua raça! Esse corpinho e esse rosto lindo vão envelhecer na cadeia. Se forem falsos, sua estada na cadeia começará hoje mesmo.

— É incrível que uma pessoa com o seu descontrole emocional tenha construído uma empresa assim. — Sento-me e cruzo as pernas, calmamente, sob sua visível estranheza e confusão.

— Está pagando para ver?

— É exatamente o que estou fazendo, já que tenho bastante dinheiro em minha conta. — Pisco e a confusão em seu rosto é visível. — Se tem tanto medo de ser plagiado, enganado ou coisa do gênero, deveria pensar com a cabeça de cima na hora de uma entrevista. Seria bom uma checagem antes de colocar um estranho em sua equipe. — Ele abre a boca para rebater no instante que seu celular toca. Por segundos o observo assentindo ao telefone, então a expressão de desgosto deixa seu rosto e sei que está recebendo informações sobre mim, não é tão indecifrável assim. Se fosse apenas por mim, certamente não estaria mais aqui.

— Por que dispensou o carro? — pergunta depois de devolver o telefone ao seu bolso.

— Já confirmou que eu não sou objeto de boicote à sua empresa? — Não responde, mas a resposta está nítida em sua postura e olhos. — Ótimo! — retruco irritada.

— Eu disse para ir às compras — rebate com o olhar repreensivo e a arrogância que normalmente o possuía. Muda o foco da conversa como se não tivesse feito nada de mais.

— E eu lhe disse que acatarei suas ordens apenas no trabalho. — Assente parecendo contrariado.

— Emma, como vai? — fala ao celular, ignorando-me completamente. — Preciso que me receba em vinte minutos. Sim, quero exclusividade. —

CRISTINA MELO

Reviro os olhos quando a repulsa ganha em meu sistema. — Sempre tem uma primeira vez, não terá trabalho. — Desliga o celular e me levanto. — Aonde pensa que vai?

— Até a produção.

— Temos uma reunião agora.

— Não tem nada agendado pela manhã.

— Está no trabalho. Aqui, eu mando e você obedece.

— Não tenho que ir a encontros obscenos com você! — Tento frear mentalmente a garotinha boba, mas já é tarde demais. Ele se aproxima e apenas ergue as sobrancelhas em resposta.

Não tenho escolha a não ser segui-lo.

Encaro Aly antes de segui-lo para o elevador e agora o pavor também está com ela. As portas se fecham e o silêncio esmagador perpetua. Minha respiração não consegue encontrar um ritmo e os segundos até as portas se abrirem em um enorme estacionamento são eternos.

— Senhor? — diz um homem de terno que se levanta da poltrona confortável do hall ao vê-lo.

— Eu vou dirigindo, Eric, tire o dia de folga. — Ele assente parecendo confuso e meu medo ganha força. O que esse louco pretende?

Anthony pega a chave das mãos do homem e apoia uma das mãos na base da minha coluna, o que me impulsiona a continuar andando.

— Esqueci meu casaco — digo tentando uma desculpa para fuga.

— Não vai precisar. — Abre a porta do carona e minhas pernas estão fraquejadas pelo medo. — Entra. — O tom frio e de comando me desestabiliza mais e me deixa sem opção.

Assim que ele coloca o carro em movimento, desvio os olhos para seu perfil e percebo sua expressão irritada. Tento buscar em minha mente uma saída ou armar uma boa estratégia para usar, no momento certo, os dois únicos golpes de defesa pessoal ensinados pelo Josh.

— Vai me dizer aonde estamos indo? — Sei que meu tom não transmite a autoridade de que eu gostaria.

— Já vai saber.

— Meu trato é apenas com você, não vou participar de nenhum *ménage*. — Ele aperta os lábios, e não sei se é para reprimir um sorriso ou o pensamento profano.

— Você vai gostar.

— Não vou, não. Isso eu posso assegurar, então pode desistir dessa

ideia louca. — Estou fora de mim, desisto de tentar demonstrar algo que não sinto.

— Já experimentou então?

— Claro que não! Que tipo de pervertido é você? — Encosta o carro e curva seu corpo em minha direção.

— O tipo que vai enlouquecer você. — Seus olhos se conectam aos meus enquanto busco o ar que me falta. Sinto sua respiração e o cheiro de menta bem próximo aos meus lábios, mas os seus não vão além, então ficamos assim até que ele desfaça o contato. — Vamos, espero que se satisfaça rápido, não podemos perder a reunião das 13h. — Eu prefiro quando estou brigando com ele, não gosto de quem sou quando age assim, tão sedutor, pois não consigo pensar direito, meu corpo me trai e morro de medo de aonde isso me pode levar.

— Anthony? — digo em um sussurro suplicante, mas ele ignora e desce do carro. Não há uma parte de mim sequer que não esteja trêmula e desesperada.

Assim que abre a porta e me estende a mão, meus olhos detectam as lojas e reconheço que estamos na Quinta Avenida. Logo que desço, coloca seu casaco em meus ombros e entrega a chave do carro para um homem que já o espera, então pega minha mão.

— Querido! — Uma senhora nos intercepta ainda na entrada da luxuosa loja feminina. Meus olhos se prendem à mulher e ela poderia ser a unificação de todas as grifes que existem. — Como está sua mãe? Ela não tem aparecido.

— Está ótima, não posso perder tempo, essa é a Lori. — Seus olhos desdenhosos varrem meu corpo e meu *look* de departamentos.

— Oi, querida! — Força um sorriso e ignora minha mão estendida. — Não quero atrasar você, então já separei minha melhor sala para que fique confortável. — Nós a seguimos e ainda estou tentando assimilar o que está acontecendo. — Fiquem à vontade. — Olho em volta e realmente estamos em uma sala de luxo, com sofás, carpetes, espelhos e uma mesa recheada de bebidas e comidas. Em uma das paredes, estão duas araras lotadas com vestidos de festas. — Temos os melhores estilistas aqui, tenho certeza de que qualquer um deles cairá perfeitamente bem em você — ela diz e ainda estou estática quando meus olhos se desviam para Anthony, que se senta em uma das poltronas. Pareço de fato estar em uma cena do filme *Uma linda mulher*.

— Não precisamos que ateste o que sabemos, Emma, mas não busco apenas vestidos para festas. Como pode ver, ela precisa do trivial, quero do casaco ao sapato, se é que me entende.

— É claro, já vou providenciar. — Sai da sala e nos deixa sozinhos.

— O que significa isso? — exijo.

— Vai começar a experimentar ou terei que escolher também por você?

— Não tem que fazer nada, pois eu não quero nada disso. Se não gosta de como eu me visto, não deveria ter me contratado. — Encara o relógio em seu pulso.

— Eu preferiria você nua, mas não podemos ser tão libertinos no trabalho. Temos três horas.

— Não pode achar que o que está fazendo é normal! Não vou seguir suas ordens descabidas nem ser o seu brinquedo de *merda*! — Sigo até a porta.

— Precisa do seu emprego, Lori. Seu irmão não merece crescer em um abrigo — paraliso depois de alguns passos —, e eu preciso de uma assistente apresentável. Então, se eu fosse você, começaria a experimentar logo e pouparia o desperdício do nosso tempo.

CAPÍTULO 13

LORI

"Nossas vidas são definidas por momentos. Principalmente aqueles que nos pegam de surpresa."
Bob Marley

Quando quatro mulheres adentram a sala com mais araras e caixas de sapatos, ainda estou paralisada em meu lugar. Não consigo lidar com tantas emoções, as palavras se desconectaram de mim de tal forma que encontrar um argumento se torna impossível.

— Quer ajuda, querida? — Uma delas toca meu ombro.

— Preferimos ficar sozinhos — ele lhe responde por mim e demora apenas alguns segundos para que estejamos sós novamente. — Não costumo errar duas vezes, Lori. — Retira o casaco dos meus ombros e desce o zíper do meu vestido bem devagar. — Agora sei exatamente o seu preço.

— Que tipo de pessoa é você? — exijo quando me viro de frente para ele. Lágrimas enchem meus olhos, mas me recuso a deixá-las em seu curso.

— O tipo que você não pode enganar por muito tempo.

— Não te enganei! Minha vida e o que me levou a aceitar sua proposta ridícula não lhe dizem respeito.

— Ah, diz. — Puxa meu quadril até que o junte ao seu. — Tudo em você me diz respeito e, a partir de hoje, não vai mais mentir para mim. — Desce as alças do meu vestido e, de repente, sem que eu mesma espere, toda a raiva vai sendo substituída pelo desejo.

— Não pode fazer isso — digo sem certeza alguma.

— Não? — Mordica meu pescoço.

— Não — confirmo, ainda que isso seja a última coisa que eu queira dizer, então ele se afasta.

— Escolha tudo que quiser. — Encara a arara de lingerie e minha pele ruboriza. — Na outra semana, iremos a Washington, agendei um coquetel de emergência, então não esqueça a roupa para isso também. Ficaremos alguns dias na cidade.

— Não posso, eu...

— É o seu trabalho, então você pode. — *Merda*, claro que li sobre viagens e compromissos externos no contrato, mas não achei que realmente fosse acontecer. Em que mundo eu vivo? Minha cabeça ainda não entendeu que trabalho na segunda maior empresa de tecnologia do mundo.

Encaro as araras e é impossível não me lembrar da ineficiência do meu guarda-roupa para eventos como o que acabou de informar, então engulo meu orgulho e decido acabar logo com isso.

— Vai ficar aqui? — pergunto quando pego um par de vestidos.

— Não tenho outro lugar para ir. — Ajeita-se em sua poltrona.

— Não vou trocar de roupa na sua frente — rebato.

— Isso não é relevante, Lori. Não preciso de uma desculpa para ver você nua. Só me importo com o tempo que está fazendo-me perder. — Saber do seu desdenho me afeta.

— Qual é o limite? — pergunto irritada.

— Não espere por amor. E o seu?

— Estou falando do limite de gastos.

— Pegue o que precisar para não ter mais que usar essas... — Aponta para meu vestido e sinto que busca uma palavra.

— Entendi. — Deixo os vestidos que havia separado sobre um dos sofás vazios. Sigo a passos firmes para outra arara, retiro peças *Prada, Cartier, Chanel, Gucci, Dior* e mais dois pares de marcas de que nunca ouvi falar, mas pelo preço devem ser bem famosas.

Junto tudo sobre o sofá formando uma montanha enorme de roupas, sigo para a arara de lingerie, retiro praticamente metade delas e também as junto ao monte.

As vendedoras trouxeram tudo exatamente no meu tamanho sem eu precisar fazer qualquer menção ao meu número, não são bobas. Ele se levanta em uma postura séria e tenho vontade de rir, pois já separei uma pequena fortuna, então vamos ver se sua arrogância vai tão longe quando der de cara com seu bolso. Claro que não esperava que fosse separar tantas peças.

— Vamos levar esse também. — Entrega-me um conjunto de lingerie com espartilho preto que eu havia ignorado por ser transparente e sensual demais, não teria coragem de usá-lo.

— Não quero esse.

— Quer, sim — profere em um tom rouco que ainda não conhecia e um de seus braços me puxa para o seu corpo.

— Esse não é meu número.

— Tenho certeza de que cabe perfeitamente. — Beija meu pescoço e sua mão escorrega para debaixo do meu vestido, que logo é erguido até a cintura.

— Anthony — sussurro seu nome quando seus dedos atestam como estou excitada —, alguém pode entrar — digo em um lapso de clareza. Ele me leva do ódio à dependência em segundos.

— Ninguém vai entrar. — Ajoelha-se em minha frente, suspendendo minha respiração. Seus polegares se enganchana nas laterais da minha calcinha simples demais e, em dois segundos, ela é rasgada como um pedaço de papel. — Você é linda. — Seus dentes roçam a barra de renda da meia e uma das minhas pernas é levada até seu ombro. Meu corpo quer se contorcer pelo desejo e não demora muito até que eu sinta a umidade de sua língua. A vergonha que eu deveria estar sentindo por ele estar beijando uma parte tão íntima do meu corpo é inexistente.

— Seu gosto é viciante — sussurra.

— Ah! — Enfio as mãos em sua cabeça enquanto suga e lambe o ponto certo, despertando emoções que jamais experimentei. — Anthony! — grito seu nome enquanto sou arrebatada pelas sensações. Puxo seus cabelos e ele aperta minha bunda para me devorar mais avidamente. — Não para — imploro e ele continua a me consumir com sua língua. — Ah, Anthony! — grito quando o orgasmo reverbera por meu corpo. Minhas pernas fraquejam, mas ele me mantém presa enquanto estremeço em sua boca. Segundos depois, está me fazendo sentar sobre ele, no sofá, então desce meu vestido e abocanha um dos meus seios, suga-os, provoca-os com vontade e assim fica por um tempo alternando entre eles. Meus mamilos exigem cada vez mais sua atenção e ele não decepciona. Anthony mordisca e os acaricia com a ponta da língua, ora com lentidão, ora com fome. Suas mãos rasgam meu vestido com agilidade e o tiram caminho, e eu estaria completamente nua se não fosse pelas meias e botas.

— Você ao menos tem ideia do quanto me enlouquece? — Seus dedos acariciam o ponto certo entre minhas pernas e eu quero muito mais dele, então retiro sua gravata e não demoro muito para desabotoar sua blusa. Meu sexo lateja de ansiedade para ter mais, muito mais dele. Minha boca avança sobre a sua e me pego rebolando em seu colo. — O que vai acontecer aqui não faz parte do nosso acordo...

— Hum hum! — sussurro. Eu apenas o quero. Não consigo pensar em mais nada. Aqui sou só eu, sedenta, excitada, exigindo tudo que me possa dar. Não existe um depois, muito menos quero me apegar a isso. Não quero lembrar a minha *merda* de vida, estou exausta, apenas quero e preciso me sentir amada, nem que seja por um momento. Quero imaginar que sou uma garota normal de 22 anos que conheceu um cara *fodidamente sexy* e que ele está louco por mim. Assim dou asas às minhas fantasias e volto a beijá-lo.

Ele me deixa um pouco de lado no sofá e logo veste o preservativo que retira do bolso. Meus olhos não desviam de sua ereção nem por um segundo. Meu coração martela em expectativa, a visão de seu corpo parcialmente nu me paralisa e me deslumbra na mesma proporção.

— Venha aqui. — Puxa-me de volta, então o sinto em minha entrada. Sua boca cobre a minha e o medo desaparece. — Agora é a hora de aproveitar — sussurra diante da minha paralisia.

Uma de suas mãos se embola em minha nuca e em meus cabelos puxando minha boca para a sua. O beijo é honesto e cheio de desejo. A outra mão agarra minha bunda e incentiva o movimento do meu quadril.

A lascívia domina meu corpo, mas, ainda assim, não sei muito bem o que devo fazer. Deita-me sobre o sofá e fica por cima de mim. Minhas mãos correm por suas costas sob a camisa. Eu o quero de uma forma que beira a insanidade.

De todas as maneiras que imaginei que seria a minha primeira vez, esta não se aproxima de nenhuma das opções. Sinto quando sua ereção paira em minha entrada, minha respiração fica suspensa, já a sua é forte e marcante, posso sentir as batidas desencontradas de seu coração. Meus olhos se conectam aos seus e parecem me venerar ou talvez seja só minha vontade de que esteja fazendo isso...

Meus pensamentos e devaneios são interrompidos pela arremetida única e forte, então a dor preenche cada parte de mim e o grito é inevitável...

— Ahhh! — Lágrimas escorrem pelo canto dos meus olhos, sinto-me preenchida e o desconforto é legítimo. Abro os olhos e encaro seu olhar apavorado. Anthony está pálido e completamente paralisado. A surpresa e o pavor estão nítidos em sua expressão.

85

— Você era... — Quebra o silêncio, mas suas palavras saem sôfregas, em um tom miserável. Apenas assinto em resposta, então ele fecha os olhos e um suspiro frustrado escapa dos seus lábios.

— Continua — sussurro, subindo meus lábios aos seus, mordiscando por segundos sua boca e tentando aprofundar o beijo, mas ele permanece paralisado, então o medo da rejeição me domina.

— Eu...

— Por favor — imploro, cortando-o. Uma de suas mãos toca a lateral do meu rosto e o movimento recomeça ainda que seja quase inexistente.

— Você vai acabar comigo, Lori — sussurra e seus lábios buscam os meus. — Se doer muito, fale. — Assinto e ele ergue um pouco uma das minhas pernas, então, aos poucos, o ritmo se intensifica. Gemo e o som reverbera em nossas línguas, a dor dá lugar a um prazer inigualável, sinto-o por inteiro. É notável seu descontrole e o quanto sua respiração saiu do curso. — Gostosa *pra caralho*! — Minhas unhas investem em suas costas. — Está bom agora?

— Sim! — respondo extasiada.

— Sim, está uma delícia, Lori. — O prazer intensifica quando dois de seus dedos tocam meu clitóris dolorido e exigente. — Goza comigo dentro de você. Apenas eu, o único que te tem. — O tom recheado de prazer intensifica as sensações e levo apenas alguns segundos para explodir no melhor orgasmo que tive até aqui...

— Anthony! — grito seu nome completamente entregue.

— Isso, apenas o meu nome será responsável por seu prazer, apenas eu. — Arremete mais duas vezes e lhe assisto sendo arrebatado por seu próprio orgasmo. É uma visão linda. Seu corpo cai sobre o meu, mas seu peso não me incomoda. Apenas me mantenho presa no ritmo unificado de nossas respirações e assim permanecemos pelos melhores minutos que eu poderia ter até que se levanta e, sem qualquer outra palavra, caminha até desaparecer atrás de uma porta. Sei o que temos, o acordo, seus princípios, mas isso não impede que me sinta como um pedaço de carne abandonado.

Quando retorna, já está vestido e impecável, mas eu ainda estou na mesma posição.

— Deixei o chuveiro ligado. — É só o que me diz e retorna à sua poltrona como se nada tivesse acontecido. Imediatamente sinto uma pontada em meu peito como se alguém estivesse esmagando meu coração. Levanto-me com um pouco de dificuldade e sinto o desconforto imediato, estou bem dolorida.

Seus olhos estão concentrados em seu celular e, antes que eu siga em direção à porta pela que saiu, encaro completamente chocada a mancha de sangue no tecido antes branco imaculado. Imediatamente o constrangimento atinge cada célula do meu corpo. — Eu realmente não posso atrasar — diz em seu tom soberbo, sem desviar os olhos para minha direção, então forço meus pés a continuarem. Assim que fecho a porta atrás de mim, não consigo mais segurar as lágrimas. Sinto-me usada e, ainda que saiba que sua intenção sempre foi essa, não consigo controlar meus sentimentos.

O desgosto por ter imaginado que ele também partilhava de todas as emoções sentidas naquele sofá inflige minha garganta como ácido. Retiro minhas botas e meias com dificuldade, então entro embaixo da água quente, sentindo-me um objeto que foi descartado em seu primeiro uso, pois não atendeu as expectativas.

Sei que não me entreguei ao cara que era meu grande amor como eu havia idealizado durante metade da minha vida. Não buscava o príncipe encantado que me salvaria da torre e de toda a minha vida de *merda*, mas esperava um que lutasse ao meu lado a cada batalha, e aí, depois de cada dia ruim, deitaríamos e agradeceríamos por mais uma vitória.

Eu sei, ele não é esse cara, mas, ainda assim, na minha cabeça, não foi apenas pelo maldito acordo. Senti a execrável conexão e me sinto a pessoa mais burra do mundo por cogitar que ele tenha sentido o mesmo quando, na verdade, fui apenas mais uma de suas aquisições, entretanto agora já está feito, já me vendi, então preciso virar essa página. Anthony já teve o que queria de mim e o combinado era apenas uma vez.

Saio do banheiro luxuoso enrolada em um dos roupões disponíveis depois de alguns minutos. Seus olhos se prendem aos meus, mas não busco nenhum reconhecimento neles. Pego um conjunto de lingerie vermelha, um vestido tubinho, Prada, preto. Retiro o roupão sem encará-lo, começo a me vestir no automático e, de soslaio noto seu olhar avaliativo, mas ainda permanece na mesma posição.

Depois de vestida com a lingerie que, como eu previa, ficou perfeita e acentuou as formas do meu corpo, coloco o vestido que também fica perfeito, pego um dos sobretudos, calço o *Louboutin* e sigo para a porta de saída sem olhá-lo ou lhe dizer uma palavra. Continuo a passos firmes pela loja e ainda bem que não sou interceptada.

— Querido, já? — Ouço o tom fingido da mulher que nos recebeu em minhas costas, então isso significa que ele me seguiu.

— Tenho uma reunião importante, está tudo separado, entregue na minha casa.

— É claro!

— Coloque a despesa com o sofá também e informe o valor ao meu escritório. — Meu rosto queima pela vergonha com a menção à mancha no sofá, mas mantenho meus olhos fixos no carro que está encostando e, assim que para, sigo em sua direção e entro no carona.

Segundos depois Anthony se senta ao meu lado e não demora a colocar o carro em movimento.

— Gostaria de ficar em casa?

— Não — rebato-o irritada, encarando a janela. Já que foi um negócio, preciso cumprir minha parte e continuar trabalhando.

— Não sei o que dizer, você deveria ter me falado. — Permaneço em silêncio. — Mas quero que fique ciente de que esse fato não muda nada.

— Não disse que mudava. Meu irmão foi um preço baixo para mim. Fique tranquilo, nós dois tivemos o que queríamos, agora acabou. — Encosta o carro de uma forma brusca.

— Não tente me manipular, Lori. — O tom sobe uma oitava.

— Não perderia meu tempo com algo tão irrisório — retruco sem emoção.

— Uma coisa dessas não se omite. Como concorda com uma proposta...

— Chantagem — informo a palavra mais adequada.

— Não foi chantagem.

— Foi exatamente isso, mas, como eu disse, meu preço era baixo, pois faria qualquer coisa por meu irmão. Espero que cumpra sua parte, porque ainda preciso do meu emprego.

— Cumprirei se cumprir a sua. Nosso acordo ainda não foi concluído.

— O quê? — Liga o carro e me ignora.

Quando paramos no estacionamento da empresa, desço rapidamente e sigo para o elevador, porém não demora muito até ouvir seus passos atrás de mim.

Entramos no elevador e me encosto no aço gelado, a única vontade que tenho é largar tudo isso e correr para chorar em minha cama, mas preciso ser forte por Jase.

— Está com muita dor? — Aproxima-se e tudo em mim repreende sua proximidade.

— Não — minto. — Não é insuportável, mas sinto o desconforto.

— Vi como está andando, pare de mentir para mim — sussurra e seu braço envolve minha cintura.

— Não me toque! — exijo e ele se afasta.

— Dizem que melhora depois da segunda vez.

— Obrigada pela informação — rebato intolerante e as portas se abrem dois andares antes da cobertura.

— Lori, estava indo encontrá-la. — Alex segura as portas.

— Oi, estou aqui — digo, exagerando na simpatia.

— Liguei, mas não tive resposta. Queria mostrar o que criamos em cima da sua ideia.

— Claro. — Dou um passo à frente, mas sou contida com a mão em meu braço.

— Vai ter que ficar para outra hora, porque temos uma reunião agora.

— Sem problemas. — O tom de Alex muda e seus olhos também. — Quando estiver livre, Lori.

— Eu venho assim que der — respondo e ele assente sem graça.

As portas se fecham novamente e sou capaz de ouvir o arfar da respiração do meu chefe, mas não me dou o trabalho de olhar.

A tarde se encerra, embora mais nenhuma palavra sobre o que ocorreu entre nós tenha sido dita. O senhor dono do mundo Smith segue me ignorando desde que deixamos aquele elevador e eu estou usando todo o meu autocontrole adquirido ao longo dos anos por conta dos meus pais loucos para não chorar.

Sinto-me pior que um chiclete mascado. Não vejo a hora de me entregar à minha cama e desabar sobre ela minhas angústia e tristeza.

A próxima semana chega, mas, mesmo depois de dias, minhas noites continuam sendo tão terríveis quanto a tarde inteira da última quarta. Chego à empresa com alguns minutos de antecedência, entretanto, mais uma vez, havia recusado o carro e o motorista disponíveis e, por isso, assim que seus olhos me interceptam, espero as palavras de desapontamento, porém, como nas últimas manhãs, elas não chegam. Sento-me no sofá, em sua sala, que se tornou meu posto de trabalho, e foco minha atenção nas anotações em meu celular.
 Mesmo sem precisar encará-lo, sinto seu olhar de reprovação, já que estou usando meu vestido vermelho no meio das coxas e frente única com um generoso decote em minhas costas. Nos pés, os tênis que ele me dera.
 — Bom dia! — Alex entra na sala, com seu tom animado, quebrando o clima. — Lori! Estamos testando sua ideia e realmente foi uma observação importante. — Meu chefe olha de mim para ele e seus olhos não transmitem aprovação.
 — Não foi nada — rebato educadamente.
 — Ah, foi...
 — Alex, o aplicativo tem tido boa aceitação? — Smith o corta, incisivo.
 — Os gráficos não param de subir — responde, voltando sua atenção para o senhor soberba.
 A reunião entre eles segue por alguns minutos, contudo os olhos de Anthony não me deixam durante todo o tempo, mas continuo focada em minha função: anotar dados importantes.

 Assim que retorno de meu almoço, já estou no meio de outra reunião como foi durante toda a manhã. Mantenho-me em silêncio enquanto na sala os ânimos estão alterados. Anthony discute avidamente com cinco homens sobre uma nova tecnologia no mercado e eu tenho apenas o trabalho de me manter calma e coerente para tomar nota de cada palavra relevante.

Quando a discussão acaba e a reunião é dada por finalizada, todos deixam a sala. Então me pego sozinha novamente com um Sr. Smith visivelmente enfurecido.

— Idiotas! — solta com um tapa firme sobre a mesa e eu apenas seguro meu copo para que a água não vire sobre mim. — Anotou sobre os gráficos?

— Esse é o meu trabalho — rebato sem encará-lo. Essa é a primeira palavra que trocamos desde...

Levanto-me e lhe entrego minhas anotações. Antes que me afaste, ele me puxa pelo quadril, então me vejo presa entre suas pernas.

— Você ficou muito mais perfeita com essa roupa, ainda que a prefira nua e que qualquer roupa seja inferior demais para tocar seu corpo. — Suas mãos sobem por debaixo da saia e um arrepio involuntário me percorre.

— Não tem o direito de me tocar! — Empurro seus ombros e me afasto. Desde a quarta-feira passada, ele finge não notar minha presença e agora isso? Meu final de semana foi infernal e, mesmo com tantos problemas para lidar, a garota boba dentro de mim ainda acreditou que ele me procuraria ou ao menos ligaria.

— E quem tem? O Alex?

— Se eu permitir, sim — revido.

— Não brinque comigo, Lori.

— Sua chantagem foi uma vez, e você já a teve. — Meneia a cabeça em negativa.

— Nosso combinado foi uma noite, mas ainda não tive isso.

— Problema seu! Apressado come cru. — Reprime um sorriso e meu celular toca, tirando-me da discussão. — Alô?

— Srta. Morris?

— Sim.

— Aqui é da defensoria. Nós temos algumas exigências sobre a guarda provisória, o juiz fez algumas ressalvas.

— O quê? Eu apresentei todas as provas — digo.

— Sim, mas, como disse, ainda temos algumas questões para concluir.

— Eu faço qualquer coisa. Quando posso buscar meu irmão? — Viro-me de costas para o babaca.

— Preciso lhe passar algumas das exigências do juiz e, se estiver apta, o processo transcorrerá sem problemas, mas não é possível garantir uma data para o retorno do Jase.

— Mas eu tenho emprego, casa, o que mais falta?
— Podemos falar pessoalmente?
— Sim, é claro — confirmo e ela me passa todas as informações para que eu vá ao seu encontro, então, depois de anotar tudo, desligo o celular.
— Preciso sair mais cedo.
— Como assim precisa sair mais cedo? Não pode...
— Não perguntei, informei — rebato-o.
— Quem era ao telefone?
— Assunto particular.
— Quem era ao telefone? — repete a pergunta e o encaro séria. — Não costumo repetir a pergunta. — Encara-me de volta.
— Era da defensoria sobre o processo de guarda do meu irmão. Preciso encontrá-la, então compenso as horas outro dia — respondo e seu braço me para antes que siga meu caminho.
— Precisa de um advogado. — Pega o celular e inicia a ligação sem esperar minha resposta e, depois de poucos minutos, dita o endereço que retirou das minhas mãos. — Ok, vamos nos encontrar lá. — Desliga e ainda estou emudecida.
— O que está fazendo?
— Indo à reunião com você.
— É claro que não vai!
— Você é bem birrenta, sabia disso?
— Não me conhece, não quero mais nada que venha de você.
— E bem orgulhosa também. — Enlaça minha cintura e, em apenas um movimento, meu corpo está colado ao seu. — Precisa de um advogado e eu preciso da minha assistente... — sussurra com tom sedutor enquanto seu nariz percorre meu pescoço. — Com a cabeça tranquila para o trabalho.
— E qual será o preço?
— Nada que não possa pagar, afinal, você tem bastante dinheiro em sua conta. — Mordisca meu pescoço e estremeço, jogando todas as indagações no lixo. Em que momento passei a não ter controle sobre meu próprio corpo? — Apesar de a minha vontade ser arrancar sua roupa e foder você em cima dessa mesa, nós precisamos ir. Seu irmão logo estará de volta à sua casa, isso eu lhe garanto, Lori. — Deveria rejeitá-lo e dizer que não o quero na minha vida, mas de certa forma a promessa é bem-vinda e eu me sinto segura ainda que saiba que isso não durará muito.

CAPÍTULO 14

LORI

"É nos momentos de decisão que o seu destino é traçado."
Anthony Robbins

O caminho é feito em silêncio, mas o clima não é hostil. Sinto seus olhos em mim o tempo todo, assim como sua mão que passeia entre o câmbio e a minha perna.

Tento afastar o sentimento de conforto que o gesto me causa, mas falho em todas as vezes.

— O Bob é o melhor advogado do escritório, vai dar tudo certo.

— Obrigada. — É a primeira vez que meu coração o admira um pouco.

— Não por isso — responde com tom ameno e é óbvio que não é uma coisa normal, não na sua posição, pois sei quão ocupado é. Talvez esteja sentindo-se culpado por minha virgindade. Não, culpa não combina com ele, é arrogante demais para se importar com qualquer coisa, mas é isso o que está fazendo, está se importando com meus problemas.

— O que ela disse? — pergunto angustiada ao advogado.

— Veja bem, Lori. O juiz sempre vai zelar pelo bem-estar de uma criança. Foi levado em consideração seu trabalho, residência, mas...

— Mas o quê?

— Considerando sua idade...

— Isso não interessa, eu cuido do Jase desde que nasceu! Sempre fui eu a cuidar dele...

— Deixe o Bob terminar — Anthony interfere.

— O juiz está preocupado com sua instabilidade emocional. Sabemos que uma mulher solteira de vinte e dois anos vai sair com as amigas, fazer viagens, enfim, coisas que todo jovem faz, inclusive ter uma rotatividade de namorados.

— Eu não tenho rotatividade de namorados! Só quero viver em paz com meu irmão — explodo e sinto o toque em meu braço.

— O que o juiz quer exatamente? — pergunta.

— Um lar estável para uma criança. Se ela fosse casada...

— O quê? Que *merda* de lei é essa? Meus pais eram casados, mas isso não foi nenhuma garantia de bem-estar.

— Eu sinto muito, mas, se não provarmos que ele viverá em um lar permanente, será bem improvável que consiga a tutela.

— Isso é uma grande maluquice! — explodo.

— E se ela já tiver a data do casamento marcada? — Smith indaga calmamente.

— Você está louco? — acuso.

— Isso certamente seria o suficiente — o advogado responde e Anthony ignora minha pergunta.

— Ótimo! Voltamos ao século XIX — revido e minha raiva está num nível que nunca experimentei. Ninguém tem o direito de dizer que não sei cuidar do meu irmão.

— Avise ao juiz que ela tem um relacionamento estável e que se casará em um mês.

— O quê?! — retruco em choque.

— Se precisa de um casamento para ter o seu irmão de volta, terá isso. — Não só eu, mas o advogado também está em choque. — Vá, Bob! — dita o comando e o homem volta pelo caminho que acabou de deixar.

— Você está maluco? Tem noção do que está fazendo?

— Os fatos justificam os meios e os meios sempre justificam os fatos.

— Isso não é brincadeira.

— Quer seu irmão de volta?

— É óbvio que sim.

— Então encare como um fato necessário.
— Não vou casar com você!
— É só um documento, encare como um negócio ou mais um acordo.
— Mas não é! Casamento é um sacramento, não posso fazer isso como se não representasse nada.
— Disse que faria qualquer coisa por seu irmão. — Engulo em seco quando joga minhas palavras contra mim.
— Tem o mínimo de noção do que está dizendo?
— É uma transação. Assim que tiver a guarda definitiva, assinaremos outro documento e estaremos livres de novo.
— E o que vai querer em troca? — Ele sorri, ergue as sobrancelhas, aproxima-se lentamente e logo seu corpo fica próximo demais.
— Nada que você não possa pagar — sussurra num tom sedutor. — Será um bom negócio para os dois.
— Casamento não é um negócio.
— É claro que é, querida. Tudo nesta vida é um negócio. — Envolve minha cintura com os braços e, em uma fração de segundo, meu corpo se cola ao seu. — Não costumo quebrar minhas promessas e eu lhe prometi que recuperaria seu irmão, então você vai. — Seus lábios tocam os meus em um beijo cheio de promessas, meu coração perde algumas batidas e...
— Ela marcou uma nova audiência — a frase interrompe nosso quase beijo, então me viro para encará-lo —, para relatar a informação ao juiz. Se o casamento realmente ocorrer...
— Ele vai — Anthony afirma.
— Quanto tempo até Jase voltar para casa?
— Vamos ter que esperar a próxima leitura do processo.
— Posso ao menos vê-lo?
— Agendarei uma visita em breve.
— Obrigada! — Pego uma das mãos do homem.
— Ainda precisa de nós aqui?
— Não, agora são só burocracias.
— Certo, mantenha-me informado. — Anthony pega em minha mão e estamos de volta ao seu carro em poucos minutos.
— Obrigada pelo que fez. Meu irmão é a coisa mais importante do mundo para mim. Mas precisamos encontrar outra maneira...
— Já a encontramos, então não há por que perder tempo e energia com uma questão que já foi sanada.

— Não foi, não pode decidir isso assim.

— Vamos falar sobre isso amanhã.

— Pode me deixar na estação. — Ele apenas meneia a cabeça em sinal de desgosto.

— Você vai se casar com um dos homens mais ricos do mundo, acha que ficaria bem minha noiva continuar andando de metrô?

— O quê? Já disse que não...

— Caso não tenha percebido, não tem opção. Bom, você também pode enfrentar um processo de anos e, enquanto isso, ele passará por vários lares adotivos, mas eu posso garantir que isso é uma *bosta fodida*. Aí, quando finalmente conseguir sua guarda, ele já estará morto por dentro. Esqueça o sorriso que conheceu ou a pureza genuína, porque nada disso existirá mais. Ele poderá até dar sorte em um lar ou outro, mas a maioria será a *porra* de um inferno. — Suas palavras saem tão convictas que me silenciam. Preferiria morrer da pior maneira desse mundo a ver meu irmão passando por isso.

— Por que está fazendo isso? — A pergunta pula para fora da minha boca.

— Não vou foder você por apenas uma noite, considere como um *upgrade* no acordo. — É direto.

— Acha mesmo que sou uma aquisição?

— Acho que nós dois podemos ter o que desejamos, é uma equação simples.

— E o que a sua namorada vai dizer de se casar com outra mulher?

— Sou dono da minha vida, não tenho satisfações a dar a ninguém, não tenho compromisso com outra pessoa, Lori. — Fecho os olhos e um alívio percorre meu corpo.

— Casamento implica dar satisfações — retruco.

— E foder a esposa a hora que quiser — rebate cheio de promessas e me tira todas as respostas, então me viro para o lado e encaro a janela.

Gostaria de estar ultrajada ou com repulsa dele, mas não é o que sinto, eu também quero mais dele mesmo sabendo que está usando a mim e a minha situação com Jase para atender a sua vontade. Apesar disso, não consigo deixar de desejá-lo.

— Onde estamos? — pergunto quando acessa uma garagem subterrânea.

— Minha casa — responde apenas quando estaciona o carro em uma das vagas.

— Não vou... — Uma de suas mãos enlaça minha nuca e cola minha boca a sua. O beijo é voraz e traz todas as sensações juntas. O desejo se acende e leva minha promessa de uma única vez embora.

— Você é viciante, mas, desta vez, vamos fazer isso direito — diz ainda em meus lábios, mas logo sai do carro e abre minha porta. — Vem? — Estende a mão.

— Anthony — fixo meus olhos nos seus ainda dentro do carro —, não acho que seja uma boa ideia — apelo para que meu lado racional vença.

— Tenho certeza de que é. — Saio, desistindo de lutar, e pego sua mão. Ele trava o carro e não demora até estarmos dentro do elevador, no qual insere o cartão no painel e as portas se fecham rapidamente, então seus olhos flamejam desejo quando me puxa para seu encontro. — Você vai ser minha, Lori, pelo tempo que eu quiser que seja, entendeu?

— Não tenho dono, Sr. Smith. Serei sua enquanto eu quiser ser. — Engole em seco e um pensamento parece relampear por seu rosto.

— E você quer ser agora?

— Sim — sussurro e seus lábios buscam os meus, famintos, suas mãos adentram meu vestido e não demora mais que alguns segundos para que o tecido embole em minha cintura. Ele agarra minha bunda com precisão e me suspende, então cruzo as pernas em seu quadril. Quando o elevador para, Anthony nos leva para fora sem desgrudar a boca da minha.

— Sei que ainda está dolorida, mas nós vamos bem devagar. — Assinto e removo meu casaco, deixando-o em algum lugar no meio do caminho. Desço o zíper lateral do vestido e não demora até que me ajude a removê-lo. Mais alguns passos, então ele me deita em uma enorme cama. — Linda *pra caralho* — diz ao remover meus tênis. Mordo os lábios em expectativa enquanto lhe assisto se despir. Lentamente retira o terno, depois a gravata, em seguida a blusa. Agora seus dedos estão no fecho da calça. — Gosta do que vê?

— Sim — sussurro incapaz de mentir e ele sorri. É o primeiro sorriso que me apresenta e é incrivelmente sexy. Ele se deita ao meu lado apenas com a cueca preta e seus olhos se conectam aos meus, então minha respiração sai de curso e se junta a sua.

Sua mão desce até meus seios nus e logo seus lábios capturam um deles.

— Ah! — gemo em resposta e minhas mãos passeiam por seu corpo.

— Gosta?

— Sim... — sussurro em forma de gemido e seus lábios sugam o outro mamilo. A visão é linda e meu desejo quase me enlouquece. Em seguida, sua boca desliza por meu corpo e o movimento é tão lento e delicioso que o faz se remexer involuntariamente, a espera me deixa ofegante e ansiosa. Seus lábios, enfim, alcançam o ponto mais dolorido e impaciente. Sua língua circula tão devagar que quase me deixa irritada, então minhas mãos se apossam de seus cabelos em uma forma de incentivo.

— Dói?

— Não, continua — exijo sem qualquer resquício de vergonha. Arqueio um pouco o quadril e é o suficiente para que ele me devore exatamente como fez na loja. Suga, lambe e explora cada pedacinho de uma forma que se torna impossível resistir por muito tempo. Ainda que minha vontade seja prolongar essas sensações, não sou forte o suficiente para adiar meu orgasmo. — Ah — grito sem reservas quando me desmancho em sua boca.

— Seu gosto é viciante e irresistível. Você está pronta para mim, Lori?

— Sim.

— Cruze as pernas em meu quadril, vou bem devagar, mas, se doer, você me avisa. — Assinto e ele começa a investir tão lentamente que me agonia. A dor ainda está presente, mas fica imperceptível diante da necessidade que sinto dele. Anthony trava assim que chega ao final. Seus olhos gritam o desejo latente, sua respiração está acelerada demais e sua paralisia muito prolongada. — A quem você pertence, Lori? Quem é o dono do seu prazer? — exige sem desviar os olhos.

— A você, eu sou sua.

— Isso, você é minha. — Começa a movimentar seu quadril. — Apenas minha.

— Sim! — gemo e as arremetidas ganham um ritmo delicioso.

— Apenas meu nome sairá da sua boca quando estiver gozando. — Investe mais forte e profundo. — Somente eu terei esta visão. — Jogo minha cabeça para trás e sei que falta pouco para... — Goza *pra* mim, Lori.

— Ah, Anthony! — Ele não precisa pedir duas vezes, o orgasmo arrebatador atinge cada parte do meu corpo.

— Linda *pra caralho*! — grita e logo chega ao seu ápice, libertando-se dentro de mim. Seu corpo cai por cima do meu enquanto nossas respirações tentam se acalmar. — Doeu?

— Só no início — respondo e ele se joga para o lado, apoia-se em um dos braços para que seu rosto encare o meu e joga uma de suas pernas por cima das minhas.

— Você não usa nenhum método contraceptivo, usa?

— Não. — Assente, então me atento que não havia usado preservativo dessa vez.

— Vamos ter que cuidar disso.

— Mas por que não usou preservativo? Não podia fazer isso! — Meu tom sai irritado, revelando minha indignação.

— Eu não resisti, mas meus exames estão em dia, fique tranquila quanto a isso.

— Tranquila?

— Shiu! — Beija-me e o simples toque é capaz de sanar minha irritação. Não demora até que estejamos recomeçando tudo...

Estar em uma banheira com Anthony beira a insanidade. Só posso estar tendo uma grande alucinação, pois o cara que passeia a esponja por meu corpo de forma tão carinhosa nem de longe lembra o babaca que teve como única gentileza em nossa primeira vez deixar o chuveiro ligado.

— Sente-se bem? — Mordisca meu lóbulo enquanto a esponja desce por minha barriga.

— Sim, muito.

— Estou viciado em você. — Viro um pouco o rosto e levo minha boca a sua. O beijo desperta cada terminação nervosa do meu corpo, então me coloco de frente para ele e fecho minha mão em sua ereção, sob a água. — Vem cá. — Aperta minha bunda e não demora... — Isso — diz ofegante quando começo a descer lentamente. Ele me preenche de uma forma deliciosa. Nosso encaixe é surreal. Não que eu tenha base para comparação, mas não é possível que encontre essa mesma conexão com outras pessoas. Apoio as mãos na lateral da banheira buscando um apoio e logo começo a subir e descer, ditando o ritmo entre nós pela primeira vez... — Você é tão gostosa! — Puxa um pouco meu cabelo e sua boca suga um dos meus seios.

— Gosta disso, Sr. Smith? — Movimento meus quadris bem lentamente. Ele me faz sentir a mulher mais desejável do planeta.

— Não sabe o quanto — responde e sua mão fechada em punho sobre meu cabelo puxa minha boca até a sua. Passo a língua por seus lábios e vejo quanto seus olhos estão nublados pelo desejo. Desta vez não me convencerá de que não sente o mesmo que eu. Continuo rebolando e provocando-o, estou adorando a sensação de controlar seu prazer. — Você quer me deixar louco, não é?

— Talvez essa seja uma possibilidade — respondo e uma de minhas mãos se prende aos seus cabelos. Colo meu corpo ao seu e os movimentos se intensificam. — Não suporto mais... — Rendo-me em um sussurro.

— Goza comigo. — Beija-me e chegamos juntos ao ápice, então nossos gemidos se misturam em nossas línguas enquanto somos arrebatados pelo prazer...

— Anthony? — o tom feminino e irritado reverbera no banheiro e faz meu coração perder algumas batidas...

CAPÍTULO 15

LORI

"Os infinitamente pequenos têm um orgulho infinitamente grande."
Voltaire

— Estou no banho! — grita antes de pular da banheira como um fugitivo, enrola-se em um roupão e não demora mais que alguns segundos para bater a porta do banheiro, enquanto eu fico inerte, controlada pela paralisia.

— O que está fazendo aqui? — vocifera e só então consigo me mover usando a vergonha como combustível.

— Que história é essa de casamento?

— Nossa, o Bob foi rápido dessa vez.

— Pois é, ele é meu marido! — Fecho os olhos e, por um segundo, fico aliviada por ela não ser a mulher traída.

— A minha vida não lhe diz respeito!

— É claro que diz, você é meu filho! — *Merda*!

— Não se preocupe, é apenas mais um negócio, então todas as medidas serão tomadas. Ela não ficará com a sua herança! Agora, se me der licença, estou ocupado, saia.

— Acha que vim aqui pelo dinheiro?

— Eu tenho certeza. — É frio e incisivo e meu coração perde algumas batidas.

— Você não pode estar em seu juízo perfeito. Mal conhece aquela mulher, não sabe nada da vida dela...

— Sei o suficiente e, como já disse, não é da sua conta.

— Deveria estar se cuidando, tentando...

— Saia! — ele grita.

— Como pode achar que não lutarei por você?

— Não fez isso quando deveria, agora sei me virar.

— Aquele menino não tem nada a ver com você.

— Farei o possível para que esteja certa. — O silêncio perdura por alguns segundos, então dou dois passos para trás, mas minha mão esbarra no vidro sobre a bancada e não sou tão rápida para evitar sua queda.

— Ela está aqui? — Minha respiração fica suspensa. — Anthony, o que está acontecendo com você?

— Para fora, Rebecca! Deixe a chave sobre a bancada e não apareça mais sem autorização.

— Eu sou sua mãe!

— Estou tentando me lembrar disso neste exato momento.

— O doutor Alan estava certo, seu raciocínio está prejudicado, precisa tentar...

— Chega, Rebecca! Fora! — Ouço passos firmes, em seguida, o silêncio.

Enrolo mais a toalha em meu corpo e me apresso para recolher os cacos de vidro do chão. Sinto-me deslocada. Rebecca tem razão, isso é absurdo. Não posso cogitar que essa ideia dará certo, muito menos deixar que meu coração assuma o comando. É a vida do meu irmão que está em jogo, mas, mesmo não querendo admitir, não é só por ele que estou aqui.

— Droga! — digo quando o barulho da porta me assusta e o corte em meu dedo acontece.

— Vista-se! Vou deixá-la em casa. — O tom frio e soberbo está de volta. Anthony realmente parece ter acesso a um botão que desliga suas emoções. Levanto-me e apoio os estilhaços sobre a bancada. — Não precisa fazer isso, tenho funcionária para esse tipo de coisa. — A arrogância assumiu o posto com todo vigor.

Ele não me encara e segue a passos firmes para o quarto. Ainda em silêncio, deixo que o sangue seja levado pelo fluxo de água. Não foi um corte profundo, então logo cessa.

Chego ao quarto depois de encontrar um curativo em uma das gavetas e o *senhor soberba* já está vestido com um jeans e uma blusa por abotoar.

— Quer conversar?

— Se quisesse, você não seria a escolhida. Suas roupas foram entregues, estão no quarto ao lado. — Vira-se de costas e segue abotoando sua camisa de um branco impecável.

Diante disso, apenas engulo minha insignificância e saio de seu quarto. Sinto-me tão imbecil por achar que estávamos tendo algo mais do que sua vontade de ter o que quer na hora que bem entende. Não posso achar que sou mais do que um capricho para ele.

Visto uma lingerie, em seguida escolho um vestido de manga comprida e decote nas costas, completo com um par de botas, solto os cabelos e pego um sobretudo.

— Espero na sala, Sr. Smith? — questiono-o da porta, não consigo encará-lo. Estou com raiva de mim mesma por ser tão inexperiente a ponto de não conseguir preservar meus sentimentos. Ele apenas me encara de soslaio e sua característica falta de humor está presente.

— Já podemos ir. Na verdade, eu designaria meu motorista para essa função, mas já deixou claro que ele não a agrada. — Permaneço em silêncio, buscando com todo afinco o cara que pulou daquela banheira, mas, pelo visto, ele faz parte apenas da minha ilusão romântica.

— Não quero incomodar, posso pedir um táxi.

— Pode? — revida com a respiração fora de curso.

— Posso. — Sigo a passos firmes pelo corredor, mas logo sou interceptada.

— Não disse que podia. — Segura meu braço e seus olhos inundados de desprezo se prendem aos meus. — Não pense que pode *me* dominar, Lori. — A forma fria com que me encara dilacera algo dentro de mim.

— Não teria tal pretensão, tampouco é algo que eu almeje. Você não me conhece, Sr. Smith, e não sabe nada sobre mim. — Imito seu tom frio e lhe relembro de algumas palavras de sua mãe.

Não posso afirmar que ele é uma péssima pessoa apenas por sua postura com ela, pois sei bem que mães nem sempre são o que devem ser, mas sobre seu comportamento comigo eu posso julgar.

— Vamos! — diz depois de alguns segundos.

— Claro. — Forço um sorriso e me desfaço de seu aperto.

Entro em seu carro calada e ele também se mantém em silêncio. É claro que está acostumado a usar seu dinheiro para obter o que deseja, mas não sou uma mercadoria, embora, a essa altura do campeonato, não saiba se ainda consigo manter-me do outro lado. Como poderia lhe dizer que seu dinheiro não pode me comprar se foi exatamente o que nos aproximou?

— Consegue organizar sua mudança?

— O quê? — Ele acha mesmo que essa loucura ainda está de pé?

— Amanhã falarei com meus advogados, faremos um contrato,

teremos termos seguros tanto para mim quanto para você. Deve levar uns dois dias, então, quando estivermos em Washington, uma equipe cuidará disso.

— Obrigada por sua generosidade, mas não precisarei de nada além do que você já fez até aqui.

— Seu orgulho não trará seu irmão de volta.

— Isso também não é da sua conta. — Ele gargalha, mas não há um resquício de humor em seu nisso.

— Estou sendo bastante benevolente com você, Srta. Morris, então deveria ser grata, é o mínimo que eu espero.

— É claro! Apenas eu estou sendo beneficiada com sua benevolência. Santo Smith! Quando morrer, vou construir um altar para você. — Suas mãos apertam o volante até que os nós dos dedos estejam brancos... — Diminui! — exijo quando acelera mais do que o devido.

— Se vou morrer, por que não ter um pouco de emoção?

— Para! — grito quando o pavor me domina. — Para, Anthony, por favor, para! — Permanece focado na estrada, seu maxilar está tenso, assim como os músculos de seu braço. — Para! — imploro e não consigo mais conter as lágrimas. Não posso morrer, Jase só tem a mim. — Por que está fazendo isso comigo? Que mal fiz a você? — grito entre as lágrimas e ele começa a diminuir. — *Me* deixa descer? — Ele não responde, mas, em poucos segundos, o carro está em uma velocidade aceitável.

— Seu irmão não merece que desista dele. Ele precisa de você, Lori, e está apostando com todos naquele lugar que irá buscá-lo.

— Não fale do meu irmão! Não o envolva no seu jogo doentio, chega! — vocifero com o dedo em riste e tenho ciência da bagunça provocada pelas lágrimas em meu rosto.

— É melhor se acalmar.

— Ou o quê? — insisto enquanto encosta.

— Conversaremos quando estiver mais calma e ciente do que está jogando fora.

— Vá para o inferno! Não preciso de *merda* nenhuma que venha de você. — Desço do carro e agradeço ao universo por estar em frente ao meu condomínio.

Passo pela portaria como o mais veloz dos foguetes e não demoro mais do que alguns minutos para estar abraçada ao meu travesseiro, buscando o conforto que ninguém poderia me dar nesse momento.

Ainda não sei qual, mas sei que existe outra solução que não envolva esse soberbo de *merda*!

CAPÍTULO 16

LORI

"A alegria está na luta, na tentativa, no sofrimento envolvido, e não na vitória propriamente dita."
Mahatma Gandhi

Passei a terça-feira inteira jogada na minha cama. Não liguei o telefone, nem me preocupei em fazer isso. Estou decidida a não voltar mais àquela maldita empresa.

Meu interfone tocou algumas vezes durante a tarde, mas não me dei o trabalho de atender, pois a única pessoa que eu atenderia está fora da cidade. Meu amigo tem o direito e o dever de ser feliz, então não jogarei minhas *merdas* em cima dele enquanto está em uma viagem romântica.

Eu darei um jeito, não desistirei de Jase. Não existe lei que me convença de que não sou boa o suficiente para o meu irmão.

A manhã de sexta chega mais fria do que o esperado para o outono e isso me ajuda a continuar em meu estado letárgico. Meu lado sensato insiste que eu deveria pelo menos ligar e dar uma satisfação sobre o meu abandono, mas chuto seu traseiro todas as vezes que tenta, porque em nenhuma das ocasiões que o segui fui recompensada, então me permito fugir das regras dessa vez.

— Talvez eu possa vender um órgão — sussurro em voz alta e não me parece tão absurdo, dizem que pagam uma boa grana... — Mas se desse algo errado na cirurgia? — É, pode não ser uma ideia tão genial, afinal. De nada vai resolver ter a grana e não conseguir cuidar de Jase. Roo a última unha.

— E o aplicativo de fotos? Conheço algumas meninas na faculdade que ganham uma boa grana tirando fotos sensuais. — Não, podem achar que sou prostituta e aí mesmo é que não recupero meu irmão. — *Merda!* — Pode ser que consiga minha vaga no Marc's Pub de volta. Não é muita coisa, mas, se trabalhar nos dois turnos e as gorjetas aumentarem, poderei manter o aluguel e as despesas mínimas até conseguir um emprego de verdade.

Sim, não é a melhor opção, mas qualquer coisa é melhor do que voltar para o ninho da soberba.

Abro os olhos e o quarto já está submerso na escuridão, nem lembro quando foi a última vez que me permiti dormir tanto e, mesmo não sendo por um motivo bom, meu corpo agradece o descanso...

— *Merda!* — grito assim que a luz do abajur reflete a imagem à minha frente. — Como entrou aqui? — Quase não consigo verbalizar a pergunta. Se não estivesse deitada, certamente teria desabado no chão.

Ele permanece calado, está sentado em minha poltrona, uma de suas pernas está dobrada sobre o joelho e seus olhos não se desviam de mim.

— Acredito que esteja tão debilitada a ponto de não conseguir ligar seu telefone ou atender ao interfone, só isso justificaria sua atitude. — Engulo em seco, encarando sua imagem. Seus cabelos estão mais bagunçados do que já os vi desde que o conheci, seu rosto abatido, sua gravata está folgada e as mangas de sua blusa, abertas. — Estou esperando a resposta.

— Que não sou obrigada a lhe dar.

— É, sim! Ah, se é! Temos um contrato de trabalho assinado, o mesmo trabalho que você abandonou por quatro dias. Tive que cancelar minha presença em um evento que estava agendado havia alguns meses, inclusive as reuniões em Washington. Tem um pingo de noção sequer do que isso significa?

— Não quero mais o trabalho, pode me mandar embora e sair da minha casa.

— E vai voltar a ser garçonete?

— Não interessa! — Levanto-me em um rompante, mas me arrependo no segundo seguinte. Esqueci que estava apenas com uma blusa de alça e calcinha. Seus olhos descem por meu corpo. Que se dane! Ele já não tem mais o que descobrir aqui. — Fora! — Arreganho a porta do meu quarto, mas ele não se mexe, apenas me encara com o indicador sobre os lábios.

— O documento está pronto, um ano foi o prazo que estabeleci, mas, caso qualquer coisa ocorra comigo antes disso, você e seu irmão estarão assegurados. O Bob me garantiu que conseguiremos a guarda definitiva em no máximo trinta dias e, no caso do nosso divórcio ocorrer depois de um ano, você não perderá a guarda se continuar com sua vida financeira estável, e eu farei com que permaneça.

— Não sei que tipo de jogo doentio ainda pretende comigo, mas já disse que estou fora. Da próxima vez que entrar na minha casa sem permissão, vou denunciá-lo para a polícia. — Ergue as sobrancelhas e puxa o celular do bolso, logo o aciona e estende em minha direção, então não demora dois segundos para que lágrimas encham meus olhos e eu perca o ritmo de minha respiração.

Na cena que vejo, Jase é provocado por alguns meninos maiores, leva alguns tapas e é impedido de brincar nos brinquedos do pátio, depois está acuado sozinho em um canto.

Levo a mão livre à boca.

— E isso só piora.

— Como conseguiu esse vídeo?

— A maioria das pessoas é corrompida por muito menos do que se pagaria, Lori. Uma das funcionárias fez a filmagem por míseros trezentos dólares. — Meneio a cabeça em negativa.

— Isso... Temos que denunciar... Não podem fazer isso com ele.

— A denúncia fará com que ele seja transferido, então encontrará um novo grupo e é provável que façam até pior.

— Meu Deus! — Jogo seu celular sobre a cama e me viro de costas, o choro e a impotência me consomem.

— Ei, vai ficar tudo bem. — Seus braços rodeiam meu corpo. — Vamos entrar com um recurso na segunda, o vídeo vai ajudar.

— Ele é tão pequeno e agora eu não estou lá para protegê-lo. Deve estar morrendo de medo — desabafo.

— Vamos tirá-lo de lá, eu prometo. — O toque delicado e a forma como ainda me sinto acolhida me irritam.

— Por que está fazendo isso? — Afasto-me e capturo o roupão atrás da porta.

— Tenho meus motivos. Não se esconda de mim — alerta quando estou fechando o roupão.

— Já cumpri nosso acordo, já teve o suficiente e, sobre os seus motivos, gostaria de saber qual deles diz respeito a mim e ao meu irmão. — Ele respira fundo e se senta em minha cama.

— Você é tão frustrante, Lori!

— Ah, desculpa por não fazer parte da matilha que apenas balança o rabo para as suas ordens.

— Ok, o que você pretende fazer? Quero ouvir o seu grande plano. — Meneio a cabeça em negativa, porque eu realmente não havia pensado em nada que pudesse ser substancial o suficiente para um resultado positivo.

— Você é tão ridiculamente arrogante!

— Que tal uma massagem no seu futuro marido? Tive um dia de *merda*. — Pisca.

— Vai sonhando. — Em um único movimento, puxa-me pelo laço do roupão.

— Sou tão repugnante assim para não estar disposta a se sacrificar pelo seu irmão?

— Você joga sujo. — Sua mão sobe pelas minhas pernas e me odeio por reagir positivamente ao seu toque.

— Às vezes é preciso, senão as pessoas te engolem. — Abre o laço e mordisca a minha barriga.

— Não posso fazer isso! — Afasto-me.

— Não costumo implorar por nada, Lori, muito menos dou segundas chances.

— Se puder me enviar o vídeo, eu...

— Não posso.

— O quê? Por quê? Não tem serventia para você.

— Pois é! Vou deletá-lo, pois não quero meu nome envolvido em problemas que não são meus e que não me acrescentarão nada. — Levanta-se e ainda estou estática, encarando-o. — Boa sorte com seu irmão! Pedirei para acertarem suas contas.

— Uau! Seu sadismo é invejável, mas obrigada pelos votos.

— Bom, eu tentei fazer uma boa ação, não pode me julgar por isso. — Pega seu terno e o desprezo está estampado em sua expressão.

— Não preciso da sua boa ação! Se entrar aqui dessa forma de novo, eu denuncio você. — Responde com um meio sorriso.

— O orgulho só funciona quando se pode bancá-lo, Lori.

— Fora da minha casa! — exijo. Jamais senti tanta repulsa em toda a minha vida. Ele assente com expressão de tanto faz e segue para a porta, mas, dois passos depois, o movimento é tão rápido que não tenho tempo de reagir antes que sua boca se junte a minha. O beijo é forte, voraz, visceral e cheio de promessas, mas não posso acreditar que é real ou ceder aos seus caprichos, então o empurro e ele não consegue disfarçar a decepção. — Eu disse fora! — Encara-me por segundos, com a respiração fora de curso.

— Ok, vou te dar alguns dias! Tem até a próxima quarta para mudar de ideia. Depois disso, todos os acessos estarão fechados para você.

— Engole tua segunda chance!

— Cuidado com as palavras... — Puxa meu rosto de volta e pega meu lábio inferior com os seus. Eu deveria socá-lo agora mesmo. — Eu senti sua falta, *porra*!

— Não, Anthony. — Empurro-o. — Não sei jogar esse jogo, apenas me deixe em paz.

— Nós dois teremos o que queremos. Qualquer mulher daria um braço para estar no seu lugar. Posso te dar o mundo, Lori...

— Bom, não sou uma dessas mulheres. Fique à vontade para buscar uma delas. — Seus olhos me encaram por longos segundos e eu pensaria ter visto decepção neles se estivesse com a mesma alusão romântica de dias atrás em meu sistema.

— Ok, não sou eu quem perde. — Engulo em seco, suas palavras e a indiferença ainda me machucam. — Tem certeza de que não quer manter seu emprego?

— Não, não posso continuar lá...

— Então devo procurar alguém que esteja disposta, não é, Lori? — Não respondo, porque pensar em alguém ocupando minha ridícula posição em sua vida não me agrada. — Deveria passar o trinco na porta, foi para isso que o fizeram. — Passa por mim e, desta vez, não volta atrás. Segue seu caminho até que escuto a batida da porta da frente.

— Qual é mesmo o seu plano tão genial para jogar tudo pela janela? — pergunto a mim mesma. *Merda, merda, merda!*

Assim que chego à sala, vejo sobre a mesa um envelope que não estava ali antes e ele tem a logo da Westgloob. Então, depois de passar o bendito trinco na porta e pegar um pote intacto de *Ben & Jerry's*, começo a ler o maldito e ridículo contrato pré-nupcial...

— Explica mais uma vez? — pede Josh e o conheço bem o bastante para saber quando está sendo irônico.

— Ele me disse que eu não preenchia mais o perfil que buscava.

— É, *darling*, servir mesas é uma ciência muito difícil, principalmente para alguém inteligente o bastante para trocar seu emprego na maior empresa de tecnologia do país para servir homens bêbados e sem-noção. Deve ser emocionante tentar adivinhar quanto ganhará de gorjetas no fim da noite. — Deixa a raiva transparecer depois de eu lhe contar sobre a rejeição à minha antiga vaga de garçonete.

— Do lado de quem está?

— Do lado sensato que você abandonou! Eu viajo por cinco dias e você se enfia num poço sem fundo?

— Vou tirar o Jase daquele lugar, mas não preciso daquele babaca soberbo de *merda*.

— Claro que vai! É só conseguir emprego no próximo pub, um marido como afirmou para o... Para quem mesmo você prometeu que se casaria em um mês, querida? Ah, um JUIZ! — Joga o copo na pia e eu não me lembro da última vez que o vi tão irritado.

— Seu encontro foi tão ruim assim? — Tento mudar o foco.

— Minha vida amorosa não está em questão aqui, senhorita! Não sou eu que tenho que me casar para recuperar uma criança linda que deveria ser a última a estar sofrendo.

— Não posso aceitar a proposta dele. — Baixo a cabeça sobre as mãos.

— E acha que não sei disso?! Não vejo uma saída dessa vez, Lori. Não consigo pensar em uma solução aceitável, e é o que está acabando comigo.

— Posso me casar com você — solto a ideia louca e ele me encara, por alguns segundos, parecendo ter levado um soco.

— Eu faria isso agora mesmo se...

— Não precisamos transar e eu te libero depois de uns meses, vai ser perfeito, Josh!

— Se eu não fosse casado...

— Como? Você o quê? — Agora quem leva um soco no estômago sou eu.

— Lembra-se do Esteban? — Sua pergunta sai quase em um sussurro.
— Como posso esquecer?
— Ele precisava do *Green Card* — sussurra visivelmente constrangido.
— E quando foi que caiu em mais um golpe daquele miserável? Que *merda* de psicanalista você é? Era com ele que estava? — exijo e me sinto traída como nunca me senti por ninguém. Como meu melhor amigo omite uma informação dessas de mim?
— Em minha defesa, eu ainda não era formado.
— Quando foi isso?
— Há um ano e meio. — Engole em seco e tento fazer igual, mas a paralisia não me ajuda.
— Eu sempre te contei tudo... — É a única coisa que minha decepção permite dizer.
— No fundo eu sabia que era apenas um golpe, mas não podia ter essa confirmação, eu era apaixonado por ele.
— Josh?! — Deixo a mágoa assumir.
— Eu ia contar...
— Exatamente quando ia fazer isso? Nas bodas de prata?
— Não me olhe assim — implora visivelmente constrangido.
— E como devo olhar para um amigo que sabe exatamente quantas calcinhas tenho, mas não me conta algo como o seu casamento com um malandro aproveitador?
— Não é difícil saber quantas calcinhas você tem.
— Eu não vou rir. — Viro-me de costas. Ainda que queira estar bem chateada com sua omissão, tento entender o porquê, pois eu também não lhe contei o verdadeiro motivo para ter me afastado do Smith e de sua proposta.
— Lori? — Meu celular toca e o interrompe.
— Alô?
— Srta. Morris?
— Sim? — respondo ao tom desconhecido.
— Aqui é o Bob, advogado no processo do seu irmão.
— Ah, eu não...
— A visita — ele me interrompe. — Consegui. — A notícia positiva faz meu coração perder as batidas e isso não me deixa dispensá-lo.

111

CAPÍTULO 17

LORI

"Os raciocínios do amor-próprio não gozam do crédito das melhores consequências."
Camilo Castelo Branco

Se você precisar passar por cima de alguém para chegar ao seu destino, certifique-se de que não esqueceu nada, pois muito provavelmente não o encontrará no caminho de volta. É assim que me sinto enquanto ando em direção ao meu irmão. Não me reconheço mais, sinto-me perdida, exausta e odeio pensar que vou magoá-lo quando frustrar suas expectativas e confiança. Eu me aproximo a passos lentos enquanto absorvo a dor em meu peito.

— Oi! — É a única palavra que consigo dizer antes de minha voz embargar, então fecho os olhos por um segundo, precisando manter a compostura para encharcá-lo de esperança. — Jase? — chamo quando sequer me olha. Isso quebra meu coração e atinge um ponto vital em minha alma. — Amor, fala comigo? Sou eu. — Ele apenas meneia a cabeça. Diante disso, ondas de dor são enviadas por todo meu corpo. — Jase, o que foi? — insisto ciente de que falta muito pouco para as lágrimas e o desespero se apossarem de mim.

— Não posso mais te amar, Lori — diz apático e perco todo o ar de meus pulmões.

— O quê? É claro que pode, meu amor, sou eu. — Nega com a cabeça.

— Logo irei para outra família, devo amá-los.

— É claro que não! — Puxo seu rosto e seus olhos me encaram apáticos. — Quem lhe disse essa besteira? Você já tem uma família, eu nunca vou desistir de você.

112   CRISTINA MELO

— Eles disseram que ninguém nunca volta para suas famílias de verdade e os que têm sorte recebem famílias novas.

— Quem disse isso? — insisto enquanto meu coração martela em meu peito e tento achar um ritmo aceitável para minha respiração.

— Os meninos do alojamento 2, mas não pode contar a ninguém, senão... — Baixa a cabeça.

— Jase, olha *pra* mim — insisto e ele ergue os olhos. — Eles estão errados, não sabem de nada. Vou tirar você daqui e prometo que ninguém vai mais machucar você. Confia em mim? — Ele assente e eu o abraço, fazendo uma força descomunal para não deixar as lágrimas caírem.

— Visita encerrada! — informa a monitora.

— Mas... Só mais alguns minutos...

— Está na hora do jantar — corta-me.

— Lori, não quero ficar! — Jase começa a chorar e se agarra a mim.

— Por favor, só mais um pouquinho? — imploro e a mulher nega.

— São as regras, por isso não é bom que tenham visitas.

— Mas...

— O combinado foi dez minutos.

— Lori! — Meu irmão chora mais ainda e seu desespero estilhaça meu coração.

— Eu vou tirar você daqui, meu amor! Prometo que logo estará em casa. — Abraço-o.

— Vem, Jase. — Ela o puxa, matando-me a cada passo que dão para longe.

— Eu vou voltar e você irá para casa comigo, eu prometo — grito e a expressão em seu rosto me assegura que qualquer coisa doeria menos do que ter que ver seus olhos assim de novo.

Entro no táxi sem me importar com o fato de ter pegado outra saída e de ter deixado meu amigo e o advogado plantados na recepção. Meu choro é incontrolável e a dor domina cada parte de mim.

No dia que peguei Jase nos braços pela primeira vez, jurei que nada de mal lhe aconteceria, que enfrentaria todas as suas dores e o protegeria com minha vida se fosse preciso.

Já passam das 18h quando o táxi para em frente ao local a que jurei não voltar mais. Meu prazo já se encerrou, mas implorarei se for necessário, pois, mesmo sabendo que estarei entregando meu coração para que se machuque mais, qualquer coisa é melhor do que ver meu irmão sofrer.

— Eu sinto muito, senhorita, não pode passar.

— James, eu preciso falar com o Sr. Smith, prometo que não vou demorar. — Sei que nota as lágrimas e o meu desespero mesmo com sua expressão imparcial.

— Eu sinto muito, tenho ordens para não permitir sua entrada.

— Não ofereço riscos, é um caso de vida ou morte, então me deixa subir?!

— São ordens. Peço que a senhorita se retire, por favor.

— Ele está aí? — Ignora-me e, um segundo depois, estou correndo até os elevadores, mas logo sou interceptada por dois seguranças. — *Me solta*! — peço em vão, pois me guiam até a saída.

O frio é meu único companheiro enquanto permaneço focada e esperando o carro que nem sei se é o único utilizado por ele.

Horas se passaram desde que tentei convencer o porteiro a me deixar subir e já desisti de obter uma resposta no celular de Anthony. É provável que já esteja no conforto de sua cama ou que sequer tenha pretensão de vir para casa, mas não posso sair daqui sem implorar e tentar recuperar a única chance de salvar meu irmão daquele lugar.

Fui negligente ao pensar apenas nos meus sentimentos e em como me machucaria no fim de tudo isso, já que é inegável quanto Anthony já domina meu sistema.

Abraço mais meu corpo com o casaco, que visivelmente é insuficiente, no mesmo momento que uma buzina alta me assusta. A luz forte me impede de identificar o carro, mas não me impede de reconhecê-lo quando deixa o automóvel.

— O que faz aqui? — O tom gelado e soberbo me confirma sua presença.

— Anthony! — Corro em sua direção.

— Não tenho nada para falar com você. Preciso entrar. — Volta para o veículo mais rápido do que poderia alcançá-lo.

— Por favor. — Bato no vidro, mas sequer vira seu rosto em minha direção. — Eu faço qualquer coisa! — imploro, mas ele apenas arca com sua palavra de me ignorar e, assim que o portão é aberto, desaparece dentro do edifício. Tento seguir o carro, mas sou interceptada por um segurança. — Jase, eu sinto muito — sussurro enquanto cedo aos meus joelhos enfraquecidos em frente ao portão fechado. O choro é de revolta, desespero, impotência e raiva. Não me importo mais com o fato de o chão provavelmente estar rasgando minhas meias que são finas demais para serem eficientes contra essa temperatura.

— A senhora precisa que eu chame um táxi? — um dos seguranças pergunta-me depois de alguns minutos, contudo nego ao tom compadecido e fecho os olhos. Tento buscar qualquer solução, mas parece mesmo uma causa impossível. — Senhora, já está muito tarde, não pode passar a noite aqui, vai congelar. — Assinto achando a ideia agradável, porque congelar é melhor do que sentir essa dor lancinante em meu peito. A mão em meu ombro e saber que alguém ao menos se importa quase seriam um acalento se alguma coisa ainda fizesse sentido. — Quer que eu ligue para alguém? — Não respondo e ele parece se compadecer de minha dor por algum tempo.

— Tira a mão da minha mulher. — Por uma fração de segundo, penso estar imaginando o tom irritado.

— Senhor, desculpe-me, eu só...

— Saia! — vocifera e eu ainda permaneço inerte, na mesma posição, sem conseguir me mover. — Venha. — Diferentemente de alguns minutos atrás, Anthony fala comigo, então me suspende pelos ombros e logo me pega em seus braços. Assim que me aconchego em seu peito, sinto o tremor em cada músculo do meu corpo. Ele segue comigo pela garagem e não demora até estarmos dentro do elevador. Ainda está com seu terno, seu peito sobe desce rápido demais ou é apenas meu corpo demonstrando os sinais do frio. — Você está acabando com a *porra* da lógica que existe em mim.

— Eu... sinto... muito. — Quase não consigo terminar a frase, pois o tremor excessivo também se instala em meus lábios.

— Está tentando se matar? — Carrega-me pela enorme sala e logo me senta na bancada aquecida do luxuoso banheiro, então vejo que a água na banheira já está quase completa e ele afirma que a deixou ligada.

— O... Jase... — Tremo muito e por isso é impossível completar uma frase.

— O Jase está quentinho na cama e em breve estará aqui com a gente. Agora precisamos cuidar de você. — Assinto enquanto retira meu casaco, em seguida retira as meias e as botas, então segue para o vestido. — *Merda*, olha o seu estado — balbucia quando não consigo controlar os tremores. Leva apenas alguns segundos para rasgar minha calcinha e submergir meu corpo na água fumegante e bem-vinda. — Consegue se segurar por alguns segundos? — Apenas assinto, absorvendo a sensação. Ele retira a própria roupa tão rápido que me faz duvidar se estava mesmo vestido e eu iria admirá-lo se não estivesse tão focada em acabar com esse frio. — Vem aqui. — Puxa-me para recostar em seu peito.

— Está... muito... fri...o.

— Vai passar. — Seus braços me rodeiam e uma sensação reconfortante flui pelo meu corpo. Abraça-me por um longo tempo em silêncio e isso é mais eficaz do que a água quente.

— Ele não pode continuar lá. Eu faço qualquer coisa, Anthony. Não posso suportar vê-lo daquela maneira.

— Amanhã vou falar com o Bob. — Beija minha cabeça e me viro para encará-lo.

— Obrigada. — Beijo seu pescoço e o tremor que percorre meu corpo agora já não tem mais a ver com o frio.

— Não precisa fazer isso agora, Lori. Acho melhor sairmos, a água está esfriando.

— Por que não tirou o Bob do caso? — Seguro seu braço e um pensamento parece relampear por seu rosto.

— Você não podia pagar a um advogado e eu não achei justo o menino não ter uma chance. — Abraço seu corpo. Exceto o Josh, ninguém de verdade havia se preocupado com meus problemas assim. — Vou me casar com você, Lori, mas não terá nada mais que isso. Teremos sexo quando eu quiser, você poderá usufruir dos luxos que precisar e terá seu irmão de volta, mas é apenas isso. Não te daria mais essa chance se fosse apenas pelo sexo. — Engulo em seco enquanto me encara como se quisesses sugar meu sangue e usurpar minha alma. — Liguei para o Bob antes de descer para buscá-la e ele me garantiu que você não conseguiria a guarda. Estou fazendo isso pelo menino, porque era exatamente o que eu gostaria que tivessem feito por mim.

— Como? — pergunto confusa. Ele já esteve na posição de Jase?

— Não crie expectativas quanto a ser especial ou a estar me

dominando de alguma forma. Consigo sexo muito melhor do que o que tive com você a hora que eu quiser. — Espera que eu responda, mas estou emudecida, então se retira da banheira, ignorando-me deliberadamente. — Está melhor? — Apenas assinto, pois todas as palavras parecem ter sido arrancadas. É obvio que não tinha pretensão em relação ao seu amor, mas ainda assim dói ouvir. — É melhor sair dessa água. — Estende-me um roupão. — O quarto de hóspedes tem tudo de que precisa e suas roupas estão organizadas no closet. Deu sorte, eu iria doá-las pela manhã. — Pisca sem um resquício de humor e me deixa sozinha.

— São quase 2h da madrugada, ligar a essa hora não mudará minha decisão. — Ele anda de um lado para o outro em seu quarto. — Eu te dei o que pude hoje. Chorar não vai adiantar, eu não... — Seus olhos param em mim assim que nota minha presença no quarto. — Preciso desligar. — Encerra a chamada. — Eu tenho uma reunião bem cedo, preciso... — Jogo-me em seus braços, ignorando o fato de que falava com a responsável por ele ter chegado tão tarde, mas para minha surpresa não me afasta.

— Obrigada. Eu sei que tinha todos os motivos para não me dar mais essa chance. Mesmo que tenha sido apenas por Jase, eu serei eternamente grata a você. Meu irmão é tudo para mim e, se eu não conseguir tirá-lo daquele lugar, minha vida acabará.

— Você vai conseguir. — Beija minha cabeça. — Todas as questões que pontuei são exatamente como são. Não teremos nenhuma conexão emocional, não espere isso. Essa será a ultima vez que estaremos conversando a respeito. Não confunda as coisas. — A certeza que permeia seu tom me fere.

— Não vou. Boa noite. — Sigo para a porta.

— Está com fome? — Travo em meu caminho.

— Não precisa se incomodar, estou bem.

— Vem, Lori. — Estende a mão e eu não consigo negá-la, então me conduz pelo enorme corredor até chegarmos à sua luxuosa cozinha. — Gosta de *marshmallow* no seu chocolate quente?

— Hum hum! — Vê-lo preparando o leite e vestido apenas com a calça de moletom desvia meus pensamentos da fome. Debruço-me na enorme ilha e me deixo levar pelas lembranças do seu corpo sobre o meu e de cada sensação provocada por ele.

— Prefere morno ou bem quente?

— Bem quente — sussurro ansiando por seu toque. Mordo meus lábios no segundo em que noto seus olhos sobre eles. Então Anthony desliga o fogo e segue a passos lentos em minha direção sem desviar sua atenção de mim, enquanto anseio por sua aproximação. Suas mãos apoiam-se uma de cada lado me mantendo presa.

— E você seria capaz de beber sem queimar? — sussurra a pergunta com a boca colada ao meu lóbulo.

— Sim — respondo ansiosa enquanto meu corpo implora por seu toque. O ressoar de sua respiração confirma que está exatamente no mesmo curso que a minha.

— Pois eu aconselho a deixá-lo esfriar um pouco e a não brincar com fogo. As xícaras estão no armário ao lado. Vai encontrar tudo para um bom sanduíche na geladeira. — Afasta-se. Realmente não sei nada sobre seduzir um homem, então baixo o rosto e deixo a vergonha assumir seu posto.

— Você pretende voltar para a empresa? — Volto a encará-lo.

— Eu...

— Realmente preciso de uma assistente e, caso não volte, terei que contratar alguém logo.

— Adoraria voltar. — Assente como se não tivesse acontecido nada de mais.

— Sairemos às oito da manhã. Boa noite. — É a minha vez de concordar com um gesto de cabeça. Não deveria estar desejando dormir em seus braços, mas é justamente o que gostaria. Ao menos por essa noite.

Ele se retira de forma inabalável.

Ficamos pelados juntos, mas nem por um segundo demonstrou qualquer interesse sexual. É provável que se tenha saciado com a mulher do telefone.

Ele deixou claro que não posso ter seu coração e tê-lo não é meu desejo, pelo menos é o que devo repetir muitas vezes até que se torne verdade.

Estou aqui por Jase e recuperá-lo é a única coisa que importa.

CAPÍTULO 18

LORI

"Você é livre para fazer suas escolhas, mas é prisioneiro das consequências."
Pablo Neruda

— Ei, acorda. — Sinto o hálito quente em meu pescoço, mas meus olhos estão mais pesados do que deveriam. — Precisamos estar na reunião em quarenta minutos.

— Hum! — gemo quando sinto o toque suave por minhas costas. O cheiro de sua loção pós-barba inunda meus sentidos e acaba de se tornar um dos meus cheiros favoritos na vida.

— Precisa levantar, amanhã é sábado e poderá dormir mais um pouco. — Sua mão desce por minhas costas até encontrar minha bunda. — Não veio nenhuma camisola nas nossas compras? — pergunta em um tom rouco.

— É um problema para o senhor que eu durma nua? — Viro-me e, assim que abro os olhos, encontro os seus.

— Não podemos chegar atrasados. — Engole em seco.

— Qual a graça de ser o chefe se não pode ao menos...

— O que você quer, Lori? — Sua mão retorna ao meu corpo e sobe por minha coxa.

— Eu... — Não sei como dizer que o quero e que anseio por seu toque há dias. — Faremos sexo com outras pessoas?

— O quê? — Sua expressão se transforma com a *porra* da pergunta que rondou minha cabeça a noite toda, mas que não era para ter pulado da minha boca agora. — Está interessada?

— Não!

— Você leu a *porra* do contrato que deixei em sua mesa? — Seus olhos estão escurecidos.

— Não tinha nada sobre isso.

— Não achei que deveria deixar tão explícito o fato de que uma esposa só deve fazer sexo com o marido.

— Então você não verá mais a mulher de ontem. — Ele faz uma careta como se eu estivesse dizendo um absurdo sem fim.

— Como?

— Não se faça de idiota, estou falando da mulher do telefonema. Se você não será fiel, eu também não serei — desabafo o que me manteve acordada mais do que deveria.

Lembrar-me de sua rejeição na banheira e na cozinha está me matando. Ele dá um meio sorriso, mas nada tem a ver com qualquer tipo de humor, então puxa minha coberta de uma só vez.

— Você não dará as cartas, Lori. — Arranca sua toalha e é impossível não encarar sua ereção. Apoia um dos joelhos sobre a cama e não demora até estar entre minhas pernas com os olhos fixos nos meus. Tê-lo tão perto de novo me faz esquecer qualquer questionamento, então não espero, ergo meu corpo sobre os cotovelos e mordisco seu queixo, deixando-o mortificado. Senti sua falta ainda que viesse negando avidamente. Ansiosa pelo beijo, puxo um dos seus lábios. — *Foda-se!* — explode antes de puxar meus cabelos e colar minha boca a sua. O beijo é territorial, cheio de desejo e paixão. Puxo seus cabelos e ele geme em minha língua, arremete e me penetra de uma só vez.

— Ah! — Arranho suas costas, extasiada com a sensação.

— Gosta disso?

— Sim. — Passo os dentes por seu maxilar.

— Quer experimentar isso com outro?

— Não. — Beijo seus lábios que se mantêm rígidos.

— Mas você vai. — Seus olhos queimam os meus e seu corpo está paralisado.

— Para com isso, Anthony! Não quero outra pessoa. — Apoio as mãos em seu rosto, que está mais sério do que já o vi um dia. — Eu senti sua falta. — Mordisco sua boca.

— Lori...

— Eu sei os limites — interrompo sua advertência. — Odeio ter sentido sua falta, mas não invalida o fato. Sei que não posso ter mais, mas... — Sua boca recebe a minha e sua mão investe firme em meu quadril enquanto arremete forte e possessivo por algum tempo, trazendo de volta todas as sensações que senti falta. — Ah, Anthony! Eu...

— Goza. — O comando me incentiva mais e explodo em um orgasmo arrebatador. — *Caralho!* — Liberta-se dentro de mim e seu corpo cai sobre o meu.

Nossas respirações encontram o mesmo ritmo. Ele se joga para o lado e me puxa para os seus braços, então apoio minha cabeça em seu peito, entrelaço uma das minhas pernas as suas e, em seguida, ele puxa a coberta sobre nós.

Corro os dedos lentamente por seu peito, sentindo o sono se apossar de mim novamente.

— É melhor levantarmos, senão vamos nos atrasar — sussurro de olhos fechados.

— Não, não vamos. — Aperta mais o meu corpo ao seu.

— Mas... e a reunião?

— Qual a graça de ser o chefe se não posso remarcar reuniões? — Sorrio e o aperto mais em meu abraço.

Desperto sozinha na cama, sentindo-me revigorada, levanto-me e logo meus olhos avistam minha bolsa, então pego meu roupão e capturo meu celular.

> Estou viva

Envio a mensagem para Josh, respondendo suas inúmeras chamadas e mensagens.

> Onde se enfiou?

> Estou com o Anthony, está tudo bem.

> Como assim está com ele?

> É a única forma de recuperar Jase

  Omito o fato de que, mesmo com todas as contradições, estou gostando de estar aqui.

> Vamos pensar em uma forma, saia daí, agora!

> Não temos tempo para pensar, não posso ver meu irmão daquele jeito de novo, vou me casar com Anthony e recuperar Jase.

> Lori, você não está pensando direito!

> Eu vou ficar bem, Josh. Agora preciso cuidar de umas coisas, nós nos falamos à noite, beijos, eu te amo.

  Deixo o celular em cima da cama e entro no banheiro.
  Chego à sala alguns minutos depois do banho e para minha surpresa avisto Anthony, com uma calça de moletom e uma camiseta branca, encarando a vista na enorme vidraça enquanto fala ao celular.
  — Não, Rebecca, eu não irei à empresa hoje, já deixei ordem para desmarcarem todas as reuniões. — É frio e incisivo.
  — Já disse que estou ótimo, apenas quis tirar o final de semana de folga. Tenho esse direito, não? — Sopra o ar impaciente.
  — É justamente por nunca fazer isso que estou fazendo agora. — Puxa os cabelos com a mão livre e revira os olhos, então me aproximo mais e, quando dou por mim, estou abraçando-o pelas costas e, surpreendendo-me, ele apoia o braço sobre os meus em sua barriga. — Não venha, estou saindo para uma viagem. Não interessa, apenas não perca seu tempo vindo aqui, nós nos veremos na segunda.
  — Que frio! — digo mais para puxar assunto do que por estar sentindo.
  — Vou aumentar o aquecedor...
  — Está tudo bem, só fica aqui comigo. — Puxo sua mão e ele não oferece resistência quando o coloco sentado sobre o enorme e confortável sofá.
  — Lori...
  — Shiuuu! — digo quando me sento sobre ele. Meus lábios famintos e

ansiosos avançam sobre os seus. Ele abre meu roupão com agilidade e logo abocanha um dos meus seios. — Ah — grito, extasiada, avanço meus dedos em sua nuca e logo puxo seus cabelos para que sua boca volte à minha. Beijamo-nos sedentos um pelo outro e é fato que eu nunca experimentei nada parecido com o que sinto por ele. A forma como meu corpo reage a Anthony me assusta. Não posso permitir que...

— *Merda!* — esbraveja em meus lábios quando o som de sua campainha nos interrompe. — Lori?

— Desculpe-me. — Saio de cima dele.

— Vá se vestir, fiz uma reserva para o nosso almoço. — Enrolo-me em meu roupão sob o seu olhar avaliativo, mas continuo paralisada em meu lugar. — Vá! Vou dispensar quem quer que seja. — Forço meus pés a iniciarem o percurso enquanto a vergonha por meu evidente descontrole domina tudo dentro de mim.

Sigo para o corredor e ele, para a majestosa porta de entrada.

— *Porra*, cara! Quer me matar de susto? — Ouço a voz alarmada e paro no meio do corredor.

— O que faz aqui, Alex?

— Em dez anos, você nunca faltou ao trabalho. É no mínimo natural que eu me preocupe com meu melhor amigo.

— Bom, já viu que estou bem, então pode ir.

— Bem *porra* nenhuma! Quando vai parar de ser teimoso e...

— Está na hora do expediente, então não deveria estar aqui — Anthony o interrompe bruscamente.

— Você nunca desistiu de nada, cara, não pode desistir de...

— Eu não estou precisando de psicólogo, mas preciso do meu melhor programador, então, se não quiser ser despedido, é melhor voltar para a Westgloob. — Sua característica arrogância assume.

— Estou na hora do meu almoço, patrãozinho! Não vou deixar que se afunde nessa *merda* sozinho. A *porra* do império que construiu não define a nossa amizade e sabe disso, então me deixa ajudar você, *caralho*?! Algumas pessoas amam o Anthony, o dinheiro não tem partido na nossa amizade e... Lori?! — Engulo em seco quando dois pares de olhos me encaram, descobrindo-me.

— Como pode ver, estou acompanhado.

— Eu... — Alex parece sem palavras, já eu, eu me mantenho em silêncio enquanto seus os olhos varrem meu corpo vestido com o roupão como o mais eficaz dos raio-x.

123

— Lori e eu temos um compromisso, então, se nos dá licença...
— Oi, Alex — digo sem saber o que dizer realmente.
— Oi, Lori, está fazendo falta na West.
— Eu não imaginei que...
— Lori, vamos perder a reserva! — o superior Smith alerta.
— Foi um prazer te rever, Alex.
— Igualmente, Lori. Espero ter você de volta à West, em breve. — Sorrio de forma educada e refaço meu caminho direto para o quarto oferecido a mim por Anthony.

Já estou fechando o zíper do vestido quando a porta do quarto é aberta bruscamente.
— Nós não estamos em um relacionamento! — vocifera com o dedo em riste. — Quando eu disser para se retirar, você faz isso! Não tem que tentar marcar território ou agir como a namorada que não é. Sabe muito bem do nosso acordo e dos termos. Termos esses que beneficiam muito mais a você do que a mim, então não tente *me* manipular, muito menos impor sua presença — grita completamente transtornado e o encaro atônita.
— Anthony, eu...
— Estamos entendidos? Você conseguiu entender essa *porra* ou é demais para você?
— Entendi. — Engulo em seco e ele solta o ar pela boca ruidosamente.
— O fato de eu foder você não lhe dá acesso à minha vida pessoal.
— Entendi, Sr. Smith. Não fiz com essa intenção, mas não se repetirá. — Estou paralisada em meu lugar tentando me segurar para não chorar na sua frente. Seus olhos flamejam raiva em minha direção e aniquilam algo dentro de mim.
— Sairemos em dez minutos. — Bate a porta atrás de si e, mesmo com ela fechada, é possível ouvir a batida de outra porta que creio ser de sua suíte.
Talvez o frio excessivo de ontem tenha embaralhado algo em meu sistema, porque só isso justificaria meu comportamento romântico em relação a Anthony.

Ele tem razão, sempre deixou claras suas intenções, então quando foi que eu comecei a me deixar levar por uma fantasia idiota?

Talvez a minha inexperiência e o meu desespero por uma corda que pudesse me tirar do buraco tenham me feito acreditar que a corda em questão seria o suficiente para me erguer e me manter segura. Mas, na verdade, a fortaleza está apenas em sua aparência, já que por dentro está completamente podre e ao menor esforço ruirá. Então é melhor que me acostume ao buraco e me preocupe com marquises em vez de saídas.

CAPÍTULO 19

LORI

"Tenho andado distraído, impaciente e indeciso..."
Renato Russo

  Quando a sobremesa que não fiz a mínima questão de pedir nem de escolher é colocada à mesa, minha única reação é afastá-la para o lado. Não trocamos mais nenhuma palavra desde seu "esclarecimento" no quarto que eu ocupo em sua cobertura.
  — Não vai comer a sobremesa?
  — É uma regra?
  — Não.
  — Então muito obrigada, estou satisfeita.
  — Mal tocou a comida e não tomou café da manhã.
  — Estou bem, Sr. Smith. — Ele me encara e a insatisfação em seu rosto é visível.
  — Bob me informou que a audiência de custódia foi marcada para os próximos dias. Vou pedir para que preparem um quarto para o seu irmão.
  — Não precisa se incomodar, já está fazendo muito. Ele pode dormir no quarto em que estou.
  — Você dormirá comigo, pois não podemos confiar que uma criança não vá relatar uma relação como a nossa para a assistente social.
  — Ele não vai...
  — Tenho um sobrenome a zelar, não vou me envolver em um escândalo. Não posso me dar o luxo de confiar no discernimento de uma criança de sete anos — incisivo, interrompe-me.

— Tudo bem. — Mantenho-me focada em Jase.

— Anthony? — Uma mulher elegante e mais atraente do que o racionalmente permitido para ao nosso lado. — Ah, meu Deus! — Ele empurra sua cadeira para trás e se levanta.

— Kate. — Estende a mão para ela.

— Quanto tempo! — Ela o abraça com bastante intimidade, fazendo um bichinho desconhecido se retorcer dentro de mim. — Não pude deixar de vir dar um abraço em você. Estou esperando o *drink* que me prometeu há algum tempo — brinca e, em seguida, seus olhos param em mim. — Ah, desculpe-me, não...

— Essa é a Srta. Morris, minha secretária. — Encara-me com soberba e eu apenas deixo a mágoa assumir o seu posto, mas, embora eu lute contra, sei que meus olhos questionam sua apresentação. — Realmente estive ocupado, Kate, sabe como minha vida é corrida.

— Será que terei que aproveitar sua secretária e lhe pedir que me conceda uma hora em sua concorrida agenda? — Ela alisa o braço dele e a bile sobe por minha garganta.

— Com licença. — Levanto-me o mais rápido que consigo e saio em direção aos banheiros, mas obviamente não tenho ideia de onde ficam. Sigo quase tropeçando em meus próprios pés.

— Senhorita? — Um homem me intercepta ou talvez eu tenha entrado em seu caminho.

— Desculpe-me, onde ficam os banheiros? — Encara-me por alguns segundos.

— À sua esquerda. Está tudo bem? — Coloca-se em meu caminho.

— Sim, obrigada. — Desvencilho-me dele e não demora até que esteja encarando meu reflexo no espelho atrás da pia luxuosa, tentando controlar minha frustração pela expectativa que foi além do que deveria e respirando fundo por incontáveis minutos.

Enquanto tento normalizar minha respiração, relembro o motivo de estar aqui: Jase. Qualquer coisa é melhor do que ver a decepção em seus olhos de novo.

— Tudo bem, querida? — Encaro a mulher que deixei à mesa, com Anthony.

— Sim, estou bem. — Forço um sorriso.

— Anthony pediu para te lembrar da reunião. Ele vive correndo, não é mesmo? — Assinto ainda forçando um sorriso. — Sempre foi assim, desde a faculdade, sempre pareceu ter mais coisas para fazer do que poderia dar conta. Aqui entre nós, ele está em um relacionamento? Digo... — Parece sem graça. — Marcamos um *drink* para hoje à noite, mas não quero investir em algo que não tenha futuro. — Perco o ar. — Você é sua secretária, então pode me dizer se devo ir a esse encontro?

— Eu... — Não consigo respirar.

— Não vou dizer que me contou, por favor, sempre gostei dele, mas não tenho mais idade para aventuras. Tenho um relógio gritando aqui dentro. — Vomito na pia à minha frente. — Ah, eu sinto muito, você... — Ela alisa minhas costas. — Desculpe-me, querida, não percebi que estava passando tão mal, vou chamar alguém. — Tento pará-la com um gesto de mão, mas ela segue para fora do banheiro e permaneço focada em colocar meu asco para fora.

— O que foi? — Anthony para ao meu lado e enrola meus cabelos em suas mãos enquanto vomito mais. Assim que termino, lavo a boca com um pouco do enxaguante bucal disposto sobre a bancada. Em seguida, molho o rosto, puxo a toalha ao lado e me escondo nela. — Está sentindo mais alguma coisa? Foi o almoço? — Seu tom sai mais preocupado que o esperado. — Traga uma água para ela, agora!

— Sim, senhor! — assente o tom feminino.

— Sente-se aqui. — Guia-me com cuidado até o sofá. — Você está pálida, o que está sentindo? — Passa uma das mãos em meu rosto enquanto a outra permanece em minha nuca.

— Estou bem, Anthony!

— Bem é a última coisa que está! — O pavor toma conta da sua expressão, então meus olhos se desviam de sua face e encaram o rosto petrificado da mulher que me acudiu. É visível a compreensão que a alcança. — Cadê a água?! — ele grita além de mim e demora apenas alguns segundos para que um copo esteja encostando em meus lábios.

— Posso fazer isso, Sr. Smith. — Pego o copo de sua mão, mas ele permanece ao meu lado e sua mão vai à minha testa.

— Já saiu de casa assim? — indaga.

— Foi só um mal-estar, já estou bem.

— Droga nenhuma! Nós vamos ao hospital.

— Posso ajudar em alguma coisa?

— Obrigado, Kate, ela precisa de um médico.

— Já disse que estou bem — retruco.

— Estou vendo que não está — rebate. — Vamos. — Tenta me pegar no colo.

— Para! Eu vou andando, foi só uma crise de fígado, nada mais. — Empurro-o, mas ele não se mexe. Seus olhos se fixam aos meus.

— Bom, eu vou indo então, estimo melhoras — Kate se despede, mas Anthony não se dá o trabalho de lhe responder ou de olhar em sua direção.

— Posso ir para casa? Já estou melhor, foi mesmo só um enjoo pontual. — Ele apenas me encara em silêncio por segundos. — Estou bem, só quero ir para casa, por favor.

— Vamos. — Devolve o copo à mulher e pega minha mão. Conduz-me para fora do banheiro em silêncio, faz um gesto para alguém que não faço questão de olhar e, um segundo depois de deixarmos o restaurante, o manobrista desce do carro e lhe entrega a chave, então Anthony abre a porta do carona e entro.

— Posso ficar na minha casa? — digo alguns minutos depois do veículo estar em movimento.

— O quê? — Seu rosto transmite confusão. Em uma situação como esta, eu não lhe estaria pedindo permissão, mas preciso colocar Jase acima dos meus sentimentos e não posso desperdiçar a chance que Anthony me deu.

— Se for possível, gostaria de ir para a minha casa.

— Não é possível. — Continua dirigindo.

— Por que não? Retornarei ao trabalho na segunda e...

— O que tem de tão importante para fazer em casa? Você foi atrás de mim, Lori, e implorou por uma nova chance.

— E isso me faz sua prisioneira?

— Se eu quiser, sim. — A soberba permeia seu tom e isso me irrita.

— Que eu saiba, não precisará da minha companhia, já terá uma por essa noite e talvez pelo resto do fim de semana. — Ele gargalha de uma forma que nunca o vi fazer antes e depois sorri de uma forma simples e marota. Não há nada de arrogante em seu riso, que é livre e espontâneo.

— Que foi? — Encosta o carro em uma área de estacionamentos e continua rindo por mais alguns segundos.

— Vem aqui. — Puxa minha mão.

— Não — retruco irritada com seu bom humor descabido. Então se curva sobre mim e sua mão repousa em meu rosto.

— Olha para você, deixou metade daquele restaurante com torcicolo quando se levantou para ir ao banheiro. Acha mesmo que eu a trocaria pela Kate?

— Você disse...

— Shiuuu! — Cala-me com o indicador e acaricia meus lábios. — O fato de eu saber que não teremos um futuro juntos não me faz cego, muito menos burro.

— Ela me disse que combinaram uma bebida hoje à noite.

— Disse, é? — Seus lábios passeiam por meu rosto.

— Anthony?

— Hum! — Sua resposta sai em forma de gemido enquanto devora meu pescoço. Sua mão sobe por minha perna e invade meu vestido.

— Não pode fazer isso. — Paralisa.

— O que eu não posso fazer?

— Sei que preciso de você, mas não sei jogar esse jogo. As coisas estão confusas e...

— O que está confuso, Lori?

— Não pode se exceder em um minuto e no outro agir como se nada tivesse acontecido. Li aquele contrato algumas vezes e ele não mencionava nada sobre você ter outras mulheres. Sei que sou a única a perder, mas precisamos definir algumas regras.

— Eu disse... — começa exasperado, depois de voltar por completo ao seu banco.

— Eu sei o que disse e sei o que tenho a perder. Mas preciso ter as regras claras para poder jogar o jogo.

— Você acha mesmo que isso é um romance, não é? — Seus olhos se transformaram em chamas.

— Não é isso...

— Então o que é? — interrompe-me e a arrogância está de volta.

— Nada — travo a tempo, lembrando o motivo de estar nessa situação.

— Nada? Esse showzinho que fez é nada? — Fecho os olhos e o rosto de Jase fica claro. — O que você quer?

— Sinto muito. Como sabe, não tenho experiência, só quero meu irmão de volta. O que aconteceu não vai se repetir.

— Precisa buscar alguma coisa em casa?

— Eu...

— Precisa?

— Não. — Engulo em seco e olho pela janela. Não demora a colocar o carro em movimento novamente.

A viagem segue em silêncio, ele sequer olha em minha direção.

Assim que entramos em sua cobertura, segue para o bar e logo deposita uma dose de bebida no copo, virando-o em seguida. Depois do dia no Marc's Pub, nunca mais o vi beber.

Permaneço calada e na mesma posição enquanto completa o copo mais uma vez, bebendo-o em seguida. E mais uma. E mais uma. E mais uma.

— Posso ir para o quarto? — Bate o copo vazio sobre a bancada e dou um sobressalto.

— Que *porra* é essa?! Virou a *merda* de uma submissa ou apenas está com medo de me desagradar e perder meu dinheiro?

— O quê?

— Isso mesmo! Qual é o seu problema? — vocifera.

— Sabe que não estou aqui pelo seu dinheiro. — Ergue as sobrancelhas em deboche. — Ok, de certa maneira você está certo, mas não aceitaria nada de você se meu preço não fosse alto demais.

— Não me parece que se sacrifica tanto na hora que estou fodendo você.

— Você é tão ridículo! — explodo e me viro, seguindo para o enorme corredor em busca do quarto que deixou disponível para mim.

— Não lhe dei permissão para sair! — grita atrás de mim, e apenas o ignoro, então entro no quarto, mas não tenho tempo de fechar a porta, pois Anthony invade o espaço.

— Saia! — grito, mas segue a passos firmes em minha direção.

— Vem aqui... — Seu tom sai carregado.

— Não. — Afasto-me e ele sorri.

— Diga-me o que você quer e selamos um acordo.

— Não quero seu dinheiro.

— Se fosse sobre dinheiro, eu pagaria. — Dá mais dois passos à frente. — Essa não é a questão aqui.

— Não entendi.

— Entendeu, sim. Estou baixando a guarda e esperando que me diga como quer nosso acordo pré-nupcial. Sou um homem de palavra, mas posso anexar às cláusulas se isso deixar você mais segura. — Seu corpo prende o meu à parede e o desejo assume meus comandos.

— Não quero que transe com outra mulher. — Assente com um sorriso pretensioso. — Estou falando sério.

— Tudo bem, não transarei com outra enquanto nosso casamento durar. — Mordisca meu queixo.

— Também não quero que vá a encontros com elas, nem a *drinks*.

— Eu não trabalho só com homens e alguns coquetéis são inevitáveis.
— Abre o fecho lateral do meu vestido.

— No trabalho estarei com você.

— Não sabia que era tão possessiva. — Retira as alças dos meus ombros e logo o vestido desce pelo meu corpo, revelando a maldita escolha que fiz: a lingerie preta e transparente que ele havia selecionado. Dá dois passos para trás e me analisa com olhos predatórios. — Você está destruindo o pouco do controle que me resta.

— Não sou possessiva. — Tento voltar à nossa conversa e tirá-lo da inércia de segundos. — Apenas não me sinto bem com isso, mesmo sabendo que é temporário, não...

— Só não se apaixone, Lori. — Volta a se aproximar e seus olhos agora estão fixos nos meus. — Promete para mim?

— Eu...

— Isso vai acabar de uma forma ou de outra e, quando acabar, você vai pegar seu irmão e seguir sua vida sem nenhum tipo de amarra ou culpa, entendeu? Nós dois concordamos em fazer isso e, quando terminar, terminou.

— Anthony... — Apoio a mão em seu rosto. Não sei como lhe dizer que as coisas já estão diferentes aqui dentro de mim.

— Promete? Se não puder fazer isso, vou ajudá-la com seu irmão, mas vamos terminar esse envolvimento entre nós agora.

— Eu...

— Só preciso ter certeza de que entendeu bem e que isso que rola entre nós é apenas sexo. Você entende, não é? — Era o que eu queria, não era? Estou aqui apenas pelo Jase, então por que a pontada em meu peito soa tão forte? — Lori?

— Sim, não vou me apaixonar — digo confiante para convencer a mim mesma e ele assente mesmo parecendo não ser isso o que gostaria de fazer.

— Quando acabar, apenas vai seguir sua vida, achar um cara legal e... — Colo meus lábios aos seus evitando que complete a frase, e ele os recebe sedento. O beijo é estarrecedor e permeado de promessas que nossas bocas não se atreveram a dizer. Anthony me suspende e envolvo seu quadril com minhas pernas. — Vou te foder na minha cama, na nossa cama e é lá que te foderei todas as noites. — Sua boca não deixa a minha durante todo o percurso. Sua língua tem gosto de uísque e de fruto proibido e é uma mistura deliciosa. — Linda *pra caralho*! Eu quis te foder naquele elevador como nunca quis nada na minha vida, só pensava que essa boca atrevida ainda seria minha — diz depois de me deitar sobre sua enorme cama. Admiro não só sua revelação, mas seu corpo que está sendo despido por si mesmo. — Nunca quis alguém além de uma noite... — É visível que a bebida começa a ganhar força em seu sistema, mas não posso dizer que não esteja gostando de suas revelações. — Eu vou dar tudo a você e terá os melhores meses da sua vida, já eu, eu vou aproveitar cada segundo até... — para e meneia a cabeça em negativa, um pensamento bem ruim parece ter percorrido seu rosto. — Chega de falar. — Puxa-me pelos calcanhares, mas o movimento não é tão preciso e seu corpo cai sobre o meu. — *Merda*! — Começamos a sorrir e ele tenta se ajeitar, mas não tem muita sorte na coordenação, parece mais grogue do que achei que estivesse, apesar de não ter bebido tanto assim. — Tudo bem, só preciso de um segundo. — Sorrio mais e o ajudo se ajeitar ao meu lado. — No fim das contas, vai ser bom ter uma esposa — murmura com os lábios enfiados em meu pescoço e demora só alguns segundos para que esteja ressonando alto e vulnerável como nunca o vi. Então me ajeito em seu abraço, adequo meus batimentos aos seus, puxo a coberta sobre nós e me deixo levar pelo momento.

CAPÍTULO 20

SMITH

"Esquecer é uma necessidade. A vida é uma lousa em que o destino, para escrever um novo caso, precisa apagar o caso escrito."
Machado de Assis

    Todas as latas de biscoitos estão vazias, até mesmo a garrafa de leite está esgotada sobre a pia. Busco qualquer coisa comestível dentro da dispensa, mas também não tenho sorte.
    — Mamãe, eu estou com tanta fome — digo enquanto as batidas à porta continuam. Ainda tenho esperança de que seja o entregador trazendo uma pizza do tamanho do mundo.
    — Eu sinto muito, precisa fazer silêncio — sussurra em resposta.
    — Mas...
    — Tem até meia-noite para pagar o aluguel, sei que está aí dentro! — grita um homem do outro lado e encaro minha mãe que apoia a cabeça sobre as mãos.
    — Você está chorando?
    — Por favor, Anthony, para de falar! — grita comigo.
    — Desculpa. Posso ir brincar na casa do Bill? Talvez a mãe dele me deixe lanchar lá de novo.
    — Não! — diz muito brava, mas eu realmente estou com muita fome, não comi nada hoje. — Vá se vestir, coloque o casaco marrom que é o mais quente.
    — Vamos à lanchonete de novo?
    — Só faça o que mandei, Anthony, agora!

— *Por que estamos fazendo as malas?*
— *Já está pronto? Coloque a touca também.* — Fecha a mala rapidamente e veste seu casaco. — *Nós temos que ir.*
— *Vamos voltar pra cá, não é?*
— *Não podemos, Anthony.*
— *Mas eu gosto daqui, não quero mudar de novo!*
— *Eu sinto muito, mas não temos opção.*
— *Temos, sim! Não quero mais me mudar, gosto daqui. Tenho um amigo.*
— *Estou fazendo o que posso, tá legal?! Também não queria sair daqui, mas não temos escolha. Acredita em mim, gostaria muito de não ser a pessoa responsável pelas decisões, mas sou. Estou muito cansada disso tudo, mas não tenho a opção de sentar e chorar, então pegue sua mochila agora!* — grita e suas lágrimas chegam com as minhas. Encaro a cama de que tanto gosto pela última vez e deixo o quarto colocando minha mochila.

— *Eu disse que não, Rebecca!* — o homem nega avidamente, bloqueando o caminho em sua porta.
— *Por favor, Rick, é só por alguns dias, estamos congelando, não tenho para onde ir.*
— *Isso não é da minha conta! Eu fodi você duas noites e já quer se enfiar na minha casa com seu...*
— *Ele é meu filho, está tarde, por favor, só por esta noite, então prometo que amanhã vamos embora* — minha mãe implora e minha vontade é apenas socar esse desgraçado.
— *Só por esta noite.*
— *Obrigada. Vem, filho.* — Travo em meu lugar.
— *Anthony, não! Este não é o momento para me desobedecer.*
— *Não quero ficar aqui, ele falou coisas feias de você.* — Ela segura meus ombros

135

e seus olhos estão tão irritados quanto os meus, seu rosto está mais vermelho que o normal, um alerta das muitas horas de caminhada no frio. Sei disso porque o meu também fica assim quando brinco muito tempo na neve.

— Entende uma coisa, Anthony: o orgulho só é válido quando podemos pagar por ele, e neste momento precisamos aceitar a oferta que temos. Eu amo você, filho, e estou lutando como posso. Por favor, você pode fazer isso por mim?

— Tudo bem, eu também amo você, mamãe.

— Eu sei que sim, meu amor, eu sei que sim. — Pego sua mão e ela me conduz para dentro...

Por alguns minutos, permaneço de pé abraçado à minha mãe. A casa do homem é bagunçada e ele se comporta ao inverso do que minha mãe prega sobre ser uma pessoa educada. Ele se sentou de frente para a TV e sequer nos convidou para fazer o mesmo ou ofereceu um copo-d'água. Eu aceitaria se o fizesse porque estou morrendo de sede e de fome.

— Vão ficar parados aí como duas estátuas? Tem pão e pasta de amendoim na bancada, podem ficar com o quarto.

— Obrigada — minha mãe agradece e ele volta a prestar atenção à tela. Ainda o acho mal-educado e permaneço encarando-o em meu lugar, então sinto o solavanco em meu braço...

— Desculpe-me, eu tentei não acordá-lo. — Encaro os olhos preocupados depois de despertar da *porra* do maldito sonho assombroso, e algo nela faz com que eu não esteja enfurecido como ficava em todas as vezes que sonhava com meu passado desgraçado. Sua respiração segue o mesmo curso de um rio permeado de correntezas e isso transparece em seu corpo, a exasperação faz com que seu peito suba e desça rápido demais. — Acabamos pegando no sono, nem sei dizer por quanto tempo. Eu só ia...

— Apenas dormimos, Lori. Acontece. Não tem que se justificar em tudo agora. — Assente e baixa os olhos com a maldita postura submissa que odeio. — Sabia que essa lingerie ficaria perfeita, mas devo confessar que prefiro você nua?

— Anthony? — Para minha mão que subia por seu quadril.

— Não quero conversar agora, Lori — interrompo-a e a puxo para os meus braços.

— Não vamos definir as coisas?

— O acordo continua, vamos nos casar, nada mudou.

— Não é isso...

— Não terá outra mulher, Lori. É essa a questão? Pronto, resolvida.

— Eu...

— Deveria estar fazendo valer a pena. — Beijo seu pescoço e o seu corpo perfeito estremece com o toque.

— Promete? — pergunta e ergo seu queixo para que seus olhos se prendam aos meus.

— Sou um homem de palavra. — Sugo seus lábios e fico feliz quando me recebe com a paixão esperada. Minhas mãos se engancham na tira lateral da calcinha e puxam o tecido para baixo.

— Não vai rasgar essa?

— É o que quer? — Puxo a tira fazendo o tecido ruir sem esperar sua resposta, quero ser o *filho da puta* de sorte que possa atender a todos os seus desejos e eu posso. Puxo seus cabelos e devoro a pele alva e macia de seu pescoço.

— Ah, Anthony... — O gemido e tudo nela faz meu controle ruir.

— O que você deseja? — Encaro seus olhos nublados pelo desejo, deixando-me levar pelo descontrole.

— Você — sussurra. *Porra*! É o suficiente para me enlouquecer e me fazer perder o raciocínio lógico. Jamais desejei uma mulher com tamanha intensidade.

— Estou aqui. — Passo uma das mãos por seu rosto enquanto meus olhos se conectam aos seus e é impossível não recordar o dia que os vi pela primeira vez.

Se fosse qualquer outra pessoa a esmagar meu pé dentro da minha própria empresa, teria recebido o pior de mim, mas, assim que encarei seu rosto surpreso e assustado, algo me aprisionou e me desarmou. Desejei beijá-la e faria isso se não tivesse aprendido a dominar minhas emoções.

Estar naquele elevador com ela naturalmente foi a melhor parte daquele dia de *merda*. E, desde então, Lori jamais deixou de habitar meus pensamentos e minhas contradições. Mesmo que tivesse algo muito melhor para pensar, é ela que vem distraindo-me da pior notícia que recebi. Até esse fato, diante da fissura por ela, ficou irrisório.

— Não vai me beijar? — pergunta sôfrega e é o suficiente para que eu perca a capacidade de formar pensamentos coerentes novamente. Ainda estou tentando entender que poder é esse que exerce sobre mim.

— É claro que vou. — Desço minha boca sobre a sua e meu peito parece pequeno demais para todos os sentimentos conflitantes. Seu beijo é de longe o melhor que já provei. Seus dedos se cravam em minhas costas com ansiedade. Talvez eu nunca tenha experimentado alguém que realmente não colocasse meu dinheiro como o estimulante para o desejo.

Desço meus lábios por seu pescoço saboreando o arfar de sua respiração e a ansiedade instaurada em sua pele. Amo o fato de seu corpo reagir ao meu dessa forma. Reverencio cada centímetro até chegar à renda transparente do sutiã que havia escolhido para ela. — Linda, mas ainda é muito mais bela sem nada. — Apresso-me em remover o fecho de suas costas com uma das mãos e logo a peça é colocada de lado. Não deveria deixar a *porra* do desejo assumir, mas é impossível resistir a ele. Sugo um dos seus seios...

— Ah, Anthony! — Sorrio convencido, pois a sensação de tê-la assim tão entregue é indiscutivelmente melhor do que qualquer uma das vitórias que já tenha obtido. — Podemos pular essa parte? — Sua necessidade faria com que eu gargalhasse se também não partilhasse do mesmo sentimento.

Leva apenas alguns segundos para que eu esteja dentro dela e o entusiasmo ainda é o mesmo da primeira vez...

Qualquer outra me fazia perder o interesse depois da primeira foda, mas, com Lori, ele só progride.

— Ahhh! — Ela busca meus lábios e seu desespero se estende ao meu, a conexão me assusta, mas já me privei de coisas de mais e, no fim, para quê? — Isso é tão bom! — sussurra em forma de gemido enquanto me movimento lentamente aproveitando cada milésimo de segundo. Viver nunca foi tão bom e necessário.

— Sim, é maravilhoso, Lori. Você é viciante. — Aprofundo o beijo e, se dependesse de mim, seria assim que gostaria de morrer.

O simples pensamento me leva ao sentimento de impotência e privação, algo que não fazia parte do meu sistema havia muito tempo. A conformidade já me encontrou havia algum tempo, pois não adianta lutar contra um fato irreversível, isso só nos suga energia.

Sentir Lori sob mim e estar dentro dela me faz revisitar cada motivo que fez meus argumentos tão substanciais.

Saio de dentro dela e a falta instantânea me faz voltar em uma só arremetida.

— Ah, não para.

— Não vou parar. — Arremeto forte, com a vida que ainda está disponível para mim, quero sugar cada gota da que ainda tenho direito.

Invisto cada vez mais rápido, meus dedos se cravam em seu quadril e talvez a pressão seja excessiva e deixem marcas, mas quero que tenha tudo, que se lembre de cada pequena fração em que estivemos assim. Estou sendo egoísta *pra caralho*, mas nunca lhe disse que não era.

— Ah, Anthony, eu...

— Goza! — urro o comando mal conseguindo conter meu próprio gozo.

— Ahhh — grita alguns segundos depois enquanto estremece sob mim e é o suficiente para me libertar dentro dela.

Deixo o corpo cair sobre o seu, mas logo me jogo para o lado e o puxo sobre mim.

O sexo nunca foi tão completo como é com ela.

Puxo a coberta sobre nós e ela apoia a cabeça na curva do meu pescoço.

— Eu te machuquei?

— Foi perfeito — sussurra e deposita um beijo casto em meu pescoço.

— Vai dormir mais?

— Hum hum e, quando acordar, vou precisar daquele chocolate quente. — Sorrio mesmo que ela não possa ver.

— Não será um problema — respondo enquanto acaricio suas costas e ela se aconchega mais a mim.

Não me lembro da última vez que tudo estava em perfeita harmonia como agora. Mas não sou ingênuo a ponto de não saber que é apenas a redenção pós-coito.

Não demora muito até que adormeça em meus braços. É notável que estou ferrando as coisas muito mais do que já estão ferradas para mim e esse não era o plano.

Por um longo tempo, velo seu sono tentando entender em que ponto permiti que sua presença fosse tão necessária. Talvez a Rebecca esteja certa...

— *Desde quando leva funcionárias para sua casa e, pior ainda, promete casamento?*

— *Não lhe devo satisfações!* — *Não estou surpreso por sua interferência mesmo depois de eu tê-la expulsado ontem.*

— *Sou sua mãe!*

— *Infelizmente não posso esquecer esse fato.* — *Ergo a tela do notebook.*

— *Acabou de contratá-la e agora...*

— *Tenho uma reunião em dez minutos, pode me deixar trabalhar, por favor?*

— *O irmão dela não é você, não tem nenhuma responsabilidade sobre isso, não pode se enfiar em mais um problema se...*

— *Se não sair da minha sala...*

— *O quê? Vai despedir a sua mãe?*

— *Estou realmente tentado. Tenho trinta anos e não preciso da sua preocupação agora.*

— *Nunca vai me perdoar, não é?*

— *Sai, Rebecca!*

— *Já parou para pensar que essa cena de pobre menina abandonada, com o irmão que concidentemente tem a história bem parecida com a sua, pode ter sido bem arquitetada e uma jogada de mestre? Não é difícil descobrir sobre seu passado, meu filho, qualquer boa golpista...*

— Ok, eu saio! — *Pego minhas chaves e faço o caminho até a porta.*

— *Não tive escolha, mas você ainda tem, Anthony. Não pode dar atenção a problemas dos outros quando você...*

Levanto-me devagar para não acordá-la e logo estou encarando o céu já escuro pela enorme vidraça da minha suíte que é mais luxuosa do que já desejaram meus melhores sonhos.

É notório que isso é a única coisa que o dinheiro lhe garante. Poder comprar o que se deseja é talvez a única coisa boa, pois ele jamais lhe dará acesso a tudo e certamente agregará a desconfiança, já que parece um imã para sanguessugas em busca de poder a qualquer custo.

Viro-me de volta para a cama e meus olhos já saudosos buscam Lori. Seu rosto lindo e sereno só demonstra fragilidade, mas não sou tão inocente a ponto de achar que isso é o suficiente para descartar a desconfiança de Rebecca, ainda que seja exatamente o que eu queira fazer, afinal, não posso ter incertezas em relação à mulher que será minha esposa em uma semana. Ok, talvez eu queira esquecer a negociação prévia por um instante, mas não vou me limitar a esperar mais do que isso, já que o tempo é o que tenho de mais precioso agora.

CAPÍTULO 21

LORI

"Com todas as mentiras que estão disputando a atenção nesse momento, escolho as minhas verdades, os meus valores, o que aprendi que é certo e o que escolhi como certo para mim. E por isso é preciso muito cuidado, pois há flechas voando por todos os lados, acertando culpados e inocentes."
Tico Santa Cruz

Não foi surpresa acordar sozinha na cama, mas tive uma das grandes ao encontrar meu banho preparado com água perfeitamente agradável e temperada com os sais mais relaxantes que já experimentei. Talvez os considere assim, pois nunca conheci outros.

Não quero pensar em como ele soube exatamente o momento que eu acordaria nem se esse banho era mesmo para mim, a questão é que preferi pensar que Anthony realmente teve esse cuidado, por isso estou submersa e aproveitando o meu momento.

Depois de alguns minutos, decido que é hora de encerrar o banho, o silêncio é meu único companheiro, visto o roupão que estava apoiado sobre a bancada e dedico mais algum tempo a escovar meus cabelos e ao restante da higiene para que me sinta completa e renovada.

Um som insistente adentra o banheiro e lembra o meu... celular.

— Cadê você? — Josh exige antes mesmo que eu diga alô.

— Oi...

— Estou mofando aqui, Lori! É a noite do lixo e tenho certeza de que a senhorita tem muito lixo para colocar para fora. Diga que já está chegando porque já estou na segunda caneca de cerveja. — *Merda*.

— Josh, eu... — Não sei como dizer ao meu amigo que faltaria a primeira noite do lixo em anos e neste exato momento ouço passos atrás de mim. — Ainda estou no Anthony.

— O quê? Virou prisioneira dele agora? Estou indo te buscar, passa agora o endereço! — Fecho os olhos enquanto sinto meu momento *relax* evaporar.

— Eu me atrasei, estou terminando de me arrumar, chego aí em alguns minutos.

— Ok, não se atrase muito porque aquele vocalista gato já chegou aqui.

— Prometo que serei rápida, estou bem perto. — Não posso abandonar meu amigo. Anthony vai entender que noites de amigos são sagradas. — Viro-me e ele está paralisado com uma xícara na mão.

— Aonde pensa que vai?

— Tenho um compromisso com Josh, esqueci completamente. — Tento passar por ele, mas dá um passo para o lado bloqueando minha passagem.

— E quem é Josh?

— Meu melhor amigo. Não finja que já não sabe sobre ele porque sei que sim. — Seus olhos frios me encaram.

— Marque outro dia.

— Não! — explodo.

— Por que não?

— Porque não se abandona os amigos.

— Não me diga. — A raiva está sufocada em seu tom. — E onde é que ele estava mesmo quando precisou de um marido para tirar seu irmão do abrigo?

— Não! Não terei essa relação com você! Temos um acordo, estou grata por isso, mas não serei sua prisioneira e você não sabe nada sobre minha relação com Josh — revido ciente do que tenho a perder, mas não posso deixar que me coloque nessa posição. Uma vez nela, jamais conseguirei sair.

— Ainda não assinei o papel, Lori. — Sua ameaça velada desce como ácido por minha garganta, então assinto ciente de que realmente me tem nas mãos para fazer o que bem entender. Encaro a tela do celular para retornar a chamada a Josh e desmarcar. — Na minha posição, não posso permitir que te flagrem na companhia de outro homem sozinha em plena sexta à noite. Isso daria assunto aos tabloides por semanas e não quero essa mancha na minha empresa. Ainda não sabem sobre o casamento, mas é questão de tempo, então vou com você.

— O quê? — Sei que enxerga a surpresa em meu rosto.

— Era um encontro romântico? O acordo de não transar com outros era só *pra* mim? — Reviro os olhos.

— Você é um idiota! — Não controlo a boca desta vez. — Acha mesmo que alguém ficará tirando fotos de garotas em pubs para que, no dia que você anunciar um noivado, tenha arquivos contra você? Sinto muito lhe informar, mas o mundo não gira ao seu redor.

— Bom, ou eu vou, ou ficamos aqui e esperamos o jantar.

— Não posso levar você ao dia de lixo. Namorados são proibidos.

— Não me lembro de te pedir em namoro, temos apenas uma relação comercial. Já deixei isso bem claro, não é, Lori? — dispara com a soberba que normalmente o possuía.

— Foi modo de dizer, pois não sei ainda como definir nossa relação.

— Negócios, nada mais. — A determinação de suas palavras me causa uma pontada de dor, mas prefiro não alimentá-la agora.

— O lugar não é luxuoso.

— Não esperava que fosse — retruca com desdém.

— Ok, vou me vestir. Tenta usar uma roupa mais descontraída.

— Vou tentar. Seu chocolate. — Entrega-me a xícara e a menina romântica dentro de mim quer fazer uma festa, mas sou eficaz em freá-la a tempo.

— Obrigada — digo depois de pegá-la de suas mãos. — O banho também estava perfeito! — grito já do corredor, mas não tenho dúvidas de que me ouviu.

Depois de tomar o melhor chocolate quente que já experimentei, visto o vestido vermelho que tem um decote em V bem exagerado. Talvez eu jamais o usasse em uma situação assim se não estivesse tentando desesperadamente recuperar minha autoestima que ficou no quarto de Anthony. Completo o *look* com o *louboutin* preto e certamente é uma combinação inadequada para o pub em que a melhor escolha seria jeans e camiseta, mas para que serve toda essa roupa no armário senão para ao menos melhorar meu estado de espírito?

Em alguns minutos, finalizo a maquiagem e deixo o quarto. Assim que me deparo com Anthony usando jeans e uma camiseta branca, estanco em meu lugar com a sensação que o estilo jovem e casual provoca em mim. Ele se vira e parece lutar contra seus pensamentos. Seus olhos esquadrinham meu corpo por longos segundos e me sinto exposta demais.

— Está pronta? — A pergunta soa acusatória e faz meu sistema se revirar.

— Sim — respondo usando o mesmo tom. O quê? Agora terei que lhe pedir permissão de qual roupa usar? Faz um gesto de mão e caminho para o elevador enquanto me segue. O silêncio nos cerca até que minha dificuldade para não mostrar a calcinha ao entrar no carro o faz bufar ruidosamente. Fecho a porta e ele dá a volta.

— Achei que era para vestir algo mais casual — diz assim que entra em seu lugar e não disfarça a raiva.

— Tenho muitas opções agora, fica difícil ser tão básica — provoco. Ele balança a cabeça em negativa e engata a marcha. Então viro a cabeça para o lado para que não pegue meu sorriso.

— Qual é o endereço? — pergunta ao acionar o GPS.

— Eu coloco *pra* você. — Digito no painel integrado ao console, inclinando meu corpo muito próximo ao seu, a ponto de meus cabelos e ombro roçarem em seu braço.

— Se continuar me provocando, vamos voltar para casa.

— Só quis ajudar, senhor mal-agradecido. Poderia causar um acidente. — Meu desejo por ele faz com que eu tenha ações impensadas e perigosas para a posição vulnerável que me encontro. — Mas, se não quiser... — O tom sedutor surpreende até mesmo a mim. Então o carro desacelera e para completamente em seguida. Sua mão se enrosca em meus cabelos e logo minha nuca é puxada em direção ao seu rosto. O olhar endurecido desperta certa dormência em minha barriga, mas nem de longe a sensação é ruim.

— Se quiser mesmo ver seu amigo hoje, é melhor se comportar ou terá que resolver isso. — Puxa uma das minhas mãos, aperta-a sobre seu jeans e isso faz com que eu sinta sua ereção. — Agora. — É possível identificar o desejo reprimido em seu rosto.

— Acho que posso tentar me comportar. — Ele morde o lábio demonstrando o anseio, então beijo o canto de sua boca e ele fecha os olhos. — Mas devo dizer que você é bem pervertido, Sr. Smith. — Sorrio dessa vez e ele revira os olhos em resposta, voltando ao seu lugar e colocando o carro em movimento novamente.

Quando Anthony desce do carro em frente ao pub que, ao que parece, está em um dos seus melhores dias de movimento, pede-me para esperar. Em seguida, minha porta é aberta. Desço com ele servindo de... barreira? Logo entramos no lugar que já tem a música alta e uma superlotação. Ele envolve minha cintura com um dos braços e se cola às minhas costas.

    — Esse é o tipo de lugar de que gosta? — grita enquanto caminho com dificuldade graças à aglomeração e a ele que está grudado a mim.

    — Sim, este é exatamente o lugar de que gosto — rebato, em seguida avisto a mesa cativa que meu amigo conseguiu segurar como em todas as vezes que vínhamos.

    — Até que enfim! A banda do nosso vocalista gostoso é a próxima! — grita, mas não demora um segundo para seus olhos se fixarem no homem colado a mim e a confusão assumir seu rosto.

    — Josh, esse é o Anthony. — Desfaço o contato, dando um passo para o lado do meu amigo. — Anthony, esse é meu melhor amigo, Josh. — Eles se encaram por longos segundos até que os olhos do meu amigo se voltem para mim com todas as malditas acusações.

    — Não era para trazer o lixo literalmente — sussurra em meu ouvido ao me abraçar.

    — Por favor! — sussurro de volta.

    — Bem-vindo à nossa noite especial, Anthony. Espero que se divirta tanto quanto nós. — Respiro aliviada com sua receptividade, mesmo sabendo que seu esforço é por nossa amizade.

    — Diversão aqui? Realmente é subjetivo.

    — Como tudo na vida — Josh rebate, e não há humor ou benevolência em nem um dos dois, *merda*!

    — Eu estou morrendo de sede! — grito entre os dois que parecem cães ferozes prestes a se atacarem.

    — Vou buscar sua bebida.

    — Qual é a desse cara?

    — Você se enfiou na nossa noite, lembra? Então seja educado!

    — Não espere tanto de mim, Lori, muito menos tente me controlar.

— Josh é meu melhor amigo e faz parte do pacote.
— Faz? — zomba.
— Anthony...
— Aqui. — Josh me entrega a caneca com cerveja e entrega uma também para Anthony.
— Estou dirigindo — rebate e eu viro o líquido de minha caneca quase de uma vez só para engolir a forma petulante como se reporta ao meu amigo. Se fosse em qualquer outro momento de minha vida, estaria mandando-o para a *puta que o pariu*, mas fazer isso significa abrir mão também do meu irmão e isso não posso fazer, nem mesmo por Josh.

O álcool domina meu sistema quase que instantaneamente, nossas noites de lixo são as únicas em que eu me permito deixar a sobriedade de lado.

— Eu fico com a dele também, Josh, obrigada. — O olhar de meu amigo repreende tudo em mim, porque ele me conhece demais para saber que não estou agindo como deveria. Viro-me de costas para Anthony em repulsa. Uma coisa é agir dessa forma comigo; outra, é tratar meu amigo também assim.

Apenas me forço a continuar bebendo, Josh não precisa verbalizar todos os seus questionamentos porque sei exatamente cada um deles, conhecemo-nos demais.

Nossa noite mal havia começado e já estava fracassada. Nosso *crush* sobe ao palco, mas nem isso é suficiente para nos animar. — Vamos dançar? — pergunto tentando parecer animada e quebrar o clima que se instaurou.

— Não. — Anthony é incisivo.
— Sim — rebate Josh e me puxa para a pista de frente ao palco, deixando-o para trás. — Qual é a desse cara? — A primeira pergunta chega quando nos mexemos ao som da música agitada.
— Por favor, dá uma chance a ele?
— Eu nem estou te reconhecendo, Lori! Que porra de submissão é essa? Esse cara é doente! — Fecho os olhos por um segundo.
— Ele é a única chance de tirar o Jase daquele lugar.
— Vamos dar um jeito, sempre demos. Você vai voltar lá e mandá-lo procurar sua turma.
— Eu sei que parece ruim...
— É ruim! Você não pode ser o brinquedo de nenhum *filho da puta*!
— Ele só não sabe lidar muito bem com certas coisas, Josh, mas não é um cara ruim. Se fosse, não ajudaria alguém como eu.

— Lori, pare! Não tente achar um cara quebrado que tem atitudes ruins por seu histórico de vida e que acaba tendo redenção por um grande amor, porque isso só acontece nos romances bobos que você lê.

— Não são bobos.

— *Puta que o pariu*! Você se apaixonou por ele?

— Não, claro que não! Não posso me apaixonar, é uma das suas regras — solto sem conseguir frear as palavras a tempo.

— Mas não significa que você cumpriu, porque não seria você se a cumprisse. — Seus olhos me condenam e sei que não sou capaz de esconder nada dele. Então apenas engulo em seco. — Isso é paixão da primeira transa, então precisa transar com outro para exorcizar esse babaca do seu sistema.

— Para com isso, não estou apaixonada.

— Então não vai se importar por ele estar se esfregando em outra mulher agora.

— O quê?

Tudo em mim fica paralisado no momento que me viro e vejo Anthony sussurrando algo bem intimamente no ouvido da mulher que está grudada demais a si. Demoro alguns segundos para perceber que não estou permitindo que o ar chegue até meus pulmões.

— Parece que ele não está em busca de redenção.

— Não pensei que estivesse — minto para o meu amigo pela segunda vez. Depois da entrega de hoje à tarde, é claro que a idiota romântica em mim acreditou estar no caminho certo. — Nós temos uma transação comercial, Josh, não é um relacionamento — digo a verdade dessa vez, mas não a minha verdade. Engulo a todo custo a necessidade paradoxal de ir até lá e reivindicar uma satisfação. A ira explode em meu peito enquanto ele sorri e move uma mecha do cabelo dela para trás. O mundo ao meu redor parece evaporar rápido demais.

— Não o deixe fazer isso com você. — Escuto o comando de Josh aturdida e sem conseguir desviar meus olhos do alvo. — Ele é a *porra* de um masoquista, sabe exatamente o efeito que provoca em você e o que tem a perder, está te usando, Lori.

— Não está. Você não o conhece — revido com o tom permeado de ressentimento.

— Se continuar encarando-o com essa cara, ele vence a partida. Veio até aqui para se divertir, não foi? — Encaro meu amigo em um instante de lucidez.

— Sim — concordo de forma medíocre.

— Então o trate como ele pediu que fizesse. Ele é apenas um negócio e você está em seu dia de folga.

— Preciso de mais uma rodada — retruco, virando-me e abandonando a visão que me atormentou.

Já no bar com Josh, viro minha sexta caneca da cerveja ruim. Uma caneca sempre foi o suficiente para mim, mas hoje não estou bebendo apenas para fazer companhia ao meu amigo, e sim para esquecer por algum tempo a *merda* de vida que eu tenho.

Meus olhos não buscaram mais Anthony, pois é claro que eu não queria fazer isso e atestar que ele é a *porra* de um mentiroso. Óbvio que um homem na sua posição não se contentaria apenas com uma mulher como eu. O que tenho na cabeça para propor algo assim para um cara como ele?

Meu casamento é um negócio ou caridade para ele, não temos a *porra* de uma relação amorosa, então preciso enterrar meus sonhos adolescentes de uma vez por todas, já que esta é a minha vida e nela nada jamais foi bonito e fácil. Viro o restante do líquido e ergo o dedo pedindo outra.

— Acho que está exagerando!

— Estou ótima! — Palavras ecoam na minha cabeça, mas não consigo juntá-las com coerência. — É a hora do seu lixo, chega de despejar o meu.

— Caminhar bêbada sobre esses saltos 15 será mais difícil.

— Não... tô... bêbada... Nós não... Perdemos a bunda do vocalista! — grito e logo gargalhamos juntos, mas obviamente meu amigo não está rindo por termos perdido a visão da bunda gostosa descendo do palco, e sim da minha primeira embriaguez. — Você conhece a... bunda do... vocalista? Digo, o vocalista? — Sorrio mais ainda ao perguntar ao *barman* e ele apenas nega com um gesto de cabeça. — Eu tentei, Josh.

— Está bem, hora de encerrar a noite. — Retira o copo da minha mão com o olhar esquisito.

— Não... está... não. — Puxo o copo de volta.

— Está, sim! — O tom irritado surge atrás de mim, então me viro no banco, mas cairia se não fosse pelo seu braço me rodear e me manter em meu próprio eixo.

— Olha ele aí! A transa foi... uma rapidinha? Você... levou a moça... *pra* casa? — Sorrio com o pensamento. — Claro que não! Você não é... esse tipo. Avisou que... ela era só uma... transação comercial?! — A fina camada de mortificação surge em seu rosto, mas ainda assim permanece impassível.

— Lori, chega! Vamos embora. — Meu amigo tenta me levantar, mas o braço de Anthony permanece firme à minha volta.

— Ela já tem carona. — Seu tom é frio como sempre.

— Não acho que seja uma boa ideia.

— Não? Ela veio comigo e vai embora comigo. Se queria preservá-la, não deveria deixá-la beber tanto. — A ira é despejada sem esforço.

— Ela é livre e você não precisa chegar aqui achando que vai ensinar algo sobre minha amiga! — Josh explode. Foram poucas as vezes que o vi sair do sério.

— Seu cuidado é invejável.

— Qual é a sua? — Josh parte para cima de Anthony.

— *Tá* tudo bem... Josh... Para ele... eu sou um negócio. Vou ficar bem — rebato em posição vulnerável, tentando esconder a dor em meu peito.

— Ela te liga assim que recuperar a sobriedade. — Desço do banco com o apoio de Anthony e me jogo nos braços do meu amigo.

— Tem certeza de que quer ir com ele? Não confio nesse cara, isso está errado, Lori. — Queria poder dizer que estava enganado, que Anthony é melhor do que aparenta, mas nesse momento não tenho argumentos a meu favor.

— Eu vou ficar bem. — Beijo o canto de sua boca e não demora um segundo para que seja puxada por Anthony e esteja sendo conduzida para fora com seu apoio, já que os saltos realmente foram uma péssima escolha e falham ao me dar estabilidade.

— Não precisava... ter tratado Josh... daquela forma — retruco quando me encosta no carro para abrir a porta.

— Entra! — diz incisivo e minha mente, ainda que comprometida pelo álcool, revisita os motivos para que eu faça isso e apenas um deles é soberano: Jase. Seus olhos estão endurecidos e um frio percorre minha espinha. — Entra no carro, Lori.

Desabo no banco quase torcendo meus pés pelos malditos saltos, então, com o pouco de lucidez que me resta, retiro-os e encosto minha cabeça ao banco.

— Você é... um maldito... mentiroso! — acuso, mas não tenho forças para abrir os olhos e encará-lo. Sequer consigo reclamar da velocidade excessiva do carro. Apenas me deixo ser conduzida pelos efeitos da embriaguez.

CAPÍTULO 22

ANTHONY

"Onde fica a saída?, perguntou Alice ao gato que ria.
Depende, respondeu o gato.
De quê?, replicou Alice.
Depende de para onde você quer ir..."
Alice no país das maravilhas - Lewis Carroll

Meu peito parece pequeno demais para a raiva excessiva e conflitante. Lori me desestabiliza como ninguém nesse mundo. Manter a compostura naquele maldito lugar enquanto a via se esfregar com o execrável amigo exigiu muito de mim.

Há algo de honesto na maneira como ele a protege e foi isso o que mais me irritou, pois ela deveria estar sob a minha proteção. Será minha mulher!

Mesmo que o prazo seja pré-estabelecido, não a abandonarei nunca, cuidarei para que sempre tenha o que precisa. Ela e seu irmão não ficarão à própria sorte, não terá que mendigar atenção de nenhum *filho da puta...*

— *Eu te ajudo com o aluguel, só nos deixe ficar por mais alguns dias? Por favor, cuido da casa. Anthony é um menino esperto, também pode ajudar. Não vamos incomodar.*

— *Eu disse uma noite* — o maldito responde sem ao menos olhar para minha mãe.

— *Por favor, Rick, não tenho para onde ir, estamos no meio de um inverno rigoroso. Uma semana e prometo que vamos embora.*

— *Isso não é problema meu. Agora vá e, se voltar, não serei tão educado. Não me leve a mal, mas você é um problema que não quero na minha vida.*

— Rick?
— Tudo bem, mamãe, não precisamos dele. — *Puxo seu braço e seus olhos encontram os meus, então com um leve aceno de cabeça ela consente a minha sabedoria inerente de 8 anos...*

Fecho a caixa das dolorosas lembranças assim que estaciono na minha vaga, e o suspiro ruidoso estimulado pela ira reverbera de mim assim que meus olhos se concentram no rosto que dorme despreocupadamente no banco ao meu lado. Deixo o carro e a cada passo minha raiva é alimentada. Logo a pego em meus braços e o fato de buscar aconchego em meus braços, mesmo que esteja inconsciente, tem um efeito arrebatador.

Retirar seu vestido depois de deitá-la em minha cama se torna um pouco complicado e um teste de resistência porque meu desejo por ela é indomável. Deixo-a apenas com a minúscula calcinha de renda que fica perfeita nela, então a cubro.

Debaixo da ducha forte, questiono-me sobre o porquê de Lori mexer tanto assim comigo a ponto de me deixar irracional. Talvez a Rebecca esteja certa e ela seja a porta para me resgatar do meu passado. Sua história se interliga à minha de uma forma assustadora, mas não sabia do seu passado nas primeiras vezes que a vi, contudo em nem uma dessas vezes o desejo foi menor do que o que sinto agora.

Ver seu amigo de *merda* tocando-a tão livremente e seu sorriso tão espontâneo com ele quase me fez cometer uma loucura, entretanto ainda não estou cem por cento convencido que me conter e me afastar foi o correto. Deveria tê-la reivindicado para mim e a arrancado daquele lugar. A medida desesperada e adolescente de lhe oferecer uma cena para que me mostrasse quaisquer ciúmes, já que eu estava quase enlouquecendo, não ter surtido efeito me deixou frustrado...

Meus olhos não se desviam dela enquanto caminha com o maldito amigo. Assim como a maioria dos homens aqui dentro. Até a maldita banda tem seus olhos em Lori.

— *Que tal continuarmos a noite lá em casa?* — pergunta a mulher com quem troquei algumas palavras e me sinto péssimo por ter lhe demonstrado qualquer interesse. Não uso mulheres, todas com as quais já transei sabiam exatamente onde estavam metendo-se e o que encontrariam na manhã seguinte.

— Não posso, estou acompanhado.
— Mas...
— Sou noivo — *rebato encarando Lori no bar.*
— Babaca! — *Sai de perto de mim e, por alguns minutos, permaneço focado no meu alvo: a mulher que está trazendo-me mais problemas sem soluções...*

151

A raiva perde sua força assim que me deito ao seu lado. Não foi assim que imaginei terminar a nossa noite. Na verdade, na posição que me encontro, planos deveriam ser inexistentes.

Fecho os olhos ao constatar que a vida não começaria a ser justa comigo agora ou que me deixaria ter tudo o que desejo.

Não consigo resistir e a puxo até que seu corpo esteja grudado ao meu. Ela se vira com alguns múrmuros incoerentes, esconde o rosto em meu pescoço e entrelaça uma das pernas entre as minhas. Nunca houve uma posição melhor para se dormir, então escondo o nariz em seus cabelos.

Sei que temos um prazo de validade, mas só por um segundo não gostaria de saber disso...

— *Olha, eu sinto muito, mas não temos como aceitar isso.*

— *É só por algumas noites até eu conseguir um novo apartamento.*

— *Não posso me enfiar em problemas, ele deveria estar na escola e aqui é uma lanchonete, não tem como abrigar uma criança.* — O senhor nos coloca para fora depois de negar o emprego à minha mãe.

— *Para onde vamos?* — pergunto, pois já faz algumas horas que estamos viajando no metrô e a refeição que fizemos na lanchonete já era quase inexistente.

— *Estou pensando.*

— *Pensando em para onde vamos?*

— *Sim.*

— *Podemos voltar ao nosso apartamento.*

— *Não podemos.*

— *Por quê?*

— *Nosso tempo lá terminou.*

— *E o que vamos fazer agora?*

— *Você não está com sono? Andamos o dia todo, tenta dormir.*

— *Queria dormir na minha cama.*

— *Eu também gostaria disso, Anthony, mas não temos como pagar o aluguel nesse momento e o Sr. Robert não nos deixa ficar sem o pagamento.*

— *E quando teremos o pagamento?*

— Eu não sei, filho, preciso conseguir um emprego.
— E nenhuma daquelas pessoas quis te dar o emprego, não é?
— Não se preocupe com isso, querido, eu só preciso pensar um pouquinho, nós vamos sair dessa, sempre saímos, não é?
— Sim, somos um time.
— Isso mesmo! Agora aproveita e dorme um pouquinho. — Minha mãe me aperta em seu abraço e beija minha cabeça como sempre fazia. Seu abraço é o melhor lugar do mundo...

Desperto com um barulho e percebo que estou sozinho na cama. A luz do banheiro está ligada, então constato que o som vem de lá...
— *Merda!* — esbravejo quando vejo Lori debruçada sobre o vaso vomitando. Agacho-me atrás dela e a ajudo com os cabelos. — Esse é o resultado de toda aquela porcaria de cerveja barata que bebeu! — Ela vomita mais e é óbvio que está impossibilitada de responder.
— Sai, Anthony! — Empurra-me quando se recupera um pouco.
— Está com dor de cabeça ou só enjoo?
— Mandei você sair! — explode irritada, então me levanto. Ela aperta a descarga, segue para o boxe, liga a ducha e retorna para escovar os dentes, mas logo retira a minúscula peça de renda sob meu olhar, enfia-se sob o chuveiro e ali permanece submersa por alguns segundos.
— Vou preparar um chá e pegar um analgésico.

Quando retorno, ela já está envolta no roupão e deixando o banheiro; seu rosto está pálido, é visível o estrago que a bebida ruim fez com ela.
— Tome, vai se sentir melhor. — Seus olhos ressentidos me encaram por alguns segundos, mas pega o comprimido e beberica o chá. — Aonde vai?
— Para o outro quarto.
— Este é o seu quarto agora e é melhor secar esse cabelo, senão, além de ressaca, pegará uma gripe.
— Ah, que gentil se preocupar tanto assim. — Sarcasmo? Foi isso no seu tom? — É claro, o senhor quem manda.
— Então seca os cabelos e deita — dito a ordem, reprimindo o sorriso.

— Mais alguma coisa? — retruca petulante e me aproximo.

— Uma massagem seria ótima. — Puxo-a pelo cinto do roupão.

— Meu expediente está encerrado — rebate.

— Que pena, posso pagar bem pela hora extra. — Sorrio, mas ela não é capaz de ver, pois escondo o rosto em seu pescoço.

— Você não tem um pingo de humanidade, não é? — Empurra-me e a pontada de desgosto me encontra.

— Que isso? — Revira os olhos, faz uma careta e segue para o banheiro.

Caminho até a cama com um sorriso preso aos lábios para pegar meu telefone e constato que são 5h da manhã, porém havia muito tempo que esse sorriso não me encontrava.

Lori não coloca meu dinheiro à frente de suas palavras. Com ela, eu sou o Anthony. Sei exatamente o motivo de estar tão irritada e é isso o que me fascina nela. Qualquer outra mulher em sua posição estaria aceitando todas as minhas imposições, mas ela, ainda que lute para se mostrar conformada por conta do irmão, não consegue disfarçar que também me deseja.

Sento-me na cama e penso em todas as consequências que acarretariam uma mudança de rota no acordo, entretanto não posso alimentar algo que está fadado a terminar. Seria maravilhoso ter tudo dela, mas esse é um preço que não posso pagar.

— Aonde vai? — pergunto quando sai do banheiro e segue até a porta.

— Vestir um pijama, posso?

— Eu a prefiro sem. — Pisco e ela sai. Minutos depois retorna com um maldito conjunto de seda de calça e blusa que nem sei por que foi adicionado às nossas compras, deita-se e puxa a coberta sobre si. — Está melhor? — Puxo-a para os meus braços.

— Não quero conversar agora.

— Não precisamos conversar. — Beijo seu pescoço, embriagando-me com seu cheiro delicioso. Minha mão desliza por sua barriga sob a seda. O desejo por ela é visceral.

— Não vou transar com você. — A frieza em seu tom me faz paralisar e suspende minha respiração.

— Sobre essa noite, eu...

— Boa noite, Anthony! — O desprezo faz meu corpo retroceder e o bolo que se forma em minha garganta é uma sensação desconhecida. Em todas as vezes que transamos, ela também queria e estava entregue. Até mesmo em sua primeira vez...

Naquele dia fiquei profundamente irritado comigo mesmo por ter sido daquela forma, pois, se soubesse que era virgem, óbvio que seria diferente, mas Lori me surpreendeu mais uma vez. Fiquei em choque e agi como um *filho da puta* depois, já que é o que eu faço sempre que me sito acuado.

Aprendi muito novo ainda que a melhor defesa é o ataque, não se pode esperar ser surpreendido. Mesmo sabendo que está errado despejar todas as minhas *merdas* nela, não consigo evitar...

— *Ei! Esse é o meu lanche!* — *revido aos três idiotas.*

— *Não tem seu nome aqui, Anthonela.* — *Sorriem em zombaria.*

— *Meu nome é Anthony!* — *reafirmo.*

— *A Anthonela está irritada.* — *Sorriem mais ainda.*

— *Me deixem em paz!*

— *Ah, deixa ele senão vai contar para a mamãe fantasma.*

— *Ela não é fantasma! Vai voltar para me buscar.*

— *É claro que vai. Todas voltam. Só que não!* — *Sorriem mais ainda.*

— *Não fala da minha mãe!* — *Parto para cima deles, mas me seguram, pois são maiores e mais fortes do que eu.* — *Me solta!*

— *Nós é que mandamos aqui, ouviu bem? Sua mamãe não quis você e não vai voltar.*

— *Não é verdade, ela vai, sim!* — *Debato-me.*

— *Ei! Soltem ele!* — *a Madre intervém e eles saem correndo como covardes que são.* — *Eles te machucaram?* — *Nego com a cabeça.*

— *Minha mãe vai voltar, não é?*

— *É claro que vai, querido. Ela só precisa acertar algumas coisas, vamos rezar para que tudo dê certo logo.* — *Assinto. Minha mãe prometeu e ela sempre cumpria suas promessas, então só preciso ser forte e logo estaremos juntos de novo.*

— Bom dia, Lori. — Beijo seus cabelos e me recuso a me afastar dela.

Ninguém vai tirá-la de mim. Ela é minha e será até o dia... Engulo em seco, talvez o melhor seja mesmo dormir.

CAPÍTULO 23

LORI

"Quando os ventos de mudança sopram, umas pessoas levantam barreiras, outras constroem moinhos de vento."
Érico Veríssimo

Desperto sentindo-me muito melhor do que me senti essa madrugada. Minha cabeça parece ter encontrado seu eixo novamente e o enjoo é inexistente. Aquela cerveja certamente estava vencida. Espreguiço-me e, dois segundos depois, as batidas do meu coração ficam suspensas quando o braço forte envolve minha cintura, puxando meu corpo para trás.

Anthony ainda está na cama?

Por minutos permaneço inerte como se alguém tivesse roubado toda a minha capacidade de raciocínio. Ainda estou com raiva dele, mas é difícil ter tanta raiva nessa posição. Esgueiro-me até me desvencilhar de seu abraço, levanto-me, pego meu telefone, mas ele permanece dormindo, então sigo para a sala depois de visualizar as muitas mensagens e chamadas perdidas de Josh.

— Até que enfim! Estava ficando louco de preocupação — retruca assim que atende o celular.

— Estou bem, liguei para te deixar tranquilo.

— Não ficarei tranquilo enquanto não se afastar desse louco.

— Ele não é uma pessoa ruim, só não sabe se expressar. — Jogo a desculpa que nem sequer me convence.

— Eu sei que tenho uma grande parcela de culpa nessa loucura toda, praticamente te empurrei na direção desse cara.

— Josh...

— Não tem Josh, Lori! Eu sei que você acredita que pode conviver com alguém lunático pela experiência terrível com seus pais, mas não é assim que funciona. Ele vai engolir você! Conseguiu se apaixonar por um louco só porque...

— Não estou apaixonada por ele, Josh. Já disse que a única coisa que me prende aqui é o Jase — minto mesmo sabendo que não acreditaria por me conhecer bem demais. — Não posso pensar que não fiz tudo para ter meu irmão de volta. Ele é só uma criança que não tinha que estar passando por tudo isso.

— Você também não tinha, querida. Não precisa mentir *pra* mim para me convencer de que essa maluquice está certa. Eu a conheço, amiga, e você é uma péssima mentirosa. Nunca olhou para ninguém como olha para ele, muito menos já teve crise de ciúmes como fez ontem.

— Eu estava bêbada e, além do mais, não é muito legal ver o cara com quem está transando fazer isso com outra pessoa, ainda que seja uma relação de negócios...

— Quando admitir que ele faz parte do seu sistema, pode ser tarde demais. Mas estarei aqui para recolher os cacos. — Respiro fundo, desistindo de tentar convencê-lo.

— Por que comigo, Josh? Por que minha vida não pode ser normal como a das outras garotas da minha idade? Eu não suporto mais tudo isso. — Desisto de tentar segurar as lágrimas.

— Eu sei. Na tentativa de preparar uma mulher para a vida, acabam errando quando afirmam o tempo todo que ela deve ser forte e que não pode se deixar abater pelos obstáculos impostos diariamente. Entretanto, diante dessa afirmação constante da mídia e da sociedade, ela acaba suportando muito mais coisas do que deveria, dá conta de mais tarefas do que qualquer um poderia, escondendo-se, ainda que seja atrás de suas emoções. A mulher está sempre se camuflando e adaptando para suportar a dor da sobrecarga. Você não tem que ser uma fortaleza o tempo todo, Lori. Vez ou outra, precisa deixar a porta destrancada e se embriagar com a brisa suave. Chorar com filmes bobos, deixar a louça para o outro dia pelo simples fato de não estar a fim de lavá-la naquele momento. Não tem que dar conta de tudo, ninguém tem, você também precisa de colo. — Meus joelhos se dobram e por sorte há um sofá atrás de mim. Os soluços há muito tempo inibidos e soterrados ganham força. — Seja uma jovem de 22 anos, viva e não carregue bagagens que não são suas.

— Não posso abandoná-lo, Josh.

— Não estou dizendo para fazer isso, mas sim que a forma que escolheu lutar vai destruí-la mais rápido do que poderia supor.

— Por mais que lute sozinha, irei até o fim. Lutarei por ele até minhas últimas forças. — O soluço escapa forte e meu choro sai livre. Então sinto o celular sendo removido de minha mão, mas não tenho forças para impedir.

— Ela não está lutando sozinha, Josh — o tom inabalável profere ao meu lado. — E eu só sairei dessa batalha morto. Pode descansar até lá porque, depois disso, ela vai precisar do amigo. — Com movimentos metódicos, ele deixa o aparelho ao seu lado, então me puxa para os seus braços e parece ser a única coisa de que eu precisava. Escondo-me em seu pescoço e deixo toda a carga excessiva escoar junto às lágrimas. — Nós vamos trazer o Jase *pra* casa e, depois disso, você vai deixar toda essa dor para trás e será muito feliz. — Encaro seus olhos e eles são de uma honestidade brutal. Apenas assinto implorando aos céus para estar certo.

Por longos minutos, permanecemos abraçados, pois é como se a separação fosse me matar. Não lembro em que momento entreguei o controle a Anthony, mas, ainda que isso seja errado de várias formas, nunca me senti tão amparada assim. Além de Josh, ninguém jamais quis lutar por mim.

Sei que posso estar sendo completamente contraditória e tendo a visão bem distorcida do que realmente está acontecendo, mas a verdade é que neste instante só desejo ficar aqui em seus braços, o lugar que me transmite mais segurança.

— Não transei com ela. — Uma batida autoritária soa em meu coração, mas permaneço na mesma posição. — Não sei o que exatamente acha que viu, mas nem sequer a beijei. Eu não minto, Lori. Posso ser um desgraçado às vezes ou na maioria das vezes, mas mentira não faz parte de mim. Dei a minha palavra e...

— E está se desculpando? — Jogo-me para trás para encarar seu rosto em um momento épico para mim.

— Não, estou apenas tirando qualquer dúvida que possa ter. — Engulo em seco.

— Quem era ela? Se é que tenho o direito de perguntar.

— Não conheço. Ela se aproximou e apenas trocamos algumas palavras.

— Tão intimamente?

— Você me pareceu bem íntima também do cara que diz ser só seu amigo. — Sorrio porque esse tipo de vingança vindo dele é hilário. — Que foi?

— Você sabe que o Josh é gay, *né*? Ele é tipo: muito gay! — A confusão em seu rosto me faz rir mais ainda.

— Como eu saberia disso? A orientação sexual dele não está em questão aqui.

— Está, sim, porque achou que nós éramos o tipo de amigos que transam.

— Não achei, não!

— Você realmente mente muito mal. — Sorrio mais ainda.

— Não tem cabimento sua colocação. Não tinha como estarem transando, sabe disso.

— Eu sei, mas...

— Para! Não estamos no colegial e isso está um tanto ridículo. Não fiquei com ciúmes se é o que quer alegar.

— Pois eu acho que ficou. — Ele faz uma careta.

— Faz bem pensar assim? — Confirmo com um gesto de cabeça. — Então não serei eu a tirar isso de você.

— Estou falando de uma forma bem comercial. — Pisco.

— Acho melhor pedir algo para comermos. — Tenta se levantar.

— E eu acho melhor gastarmos um pouco de calorias antes.

— Lori... — A advertência sai quase em um sussurro.

— O quê? Tenho que assinar outro acordo antes? — Sua boca suga a minha com posse, reverenciando cada pedacinho como se a adorasse.

O beijo é profundo e eu não posso dizer que essa conexão se deve a um acordo comercial.

Seus dedos ágeis retiram minha blusa de seda e a necessidade com que seu toque alcança meu corpo libera um frenesi, fazendo com que meu coração encontre o ritmo do seu.

Em poucos segundos, estou despida sobre si, mas ele não desperdiçou um segundo do nosso beijo para isso...

— Enquanto nosso acordo estiver ativo, você é minha. — Rosna e puxa um pouco os cabelos em minha nuca para que eu o encare. — Você entendeu isso, Lori?

— Sim! — sussurro e a instabilidade emocional em relação a Anthony me faz desacreditar de cada provável sentença que me espera em um futuro próximo. Mesmo ciente de que serei completamente destruída por ele, é impossível resistir.

— Por cada fração de segundo até o fim, você será minha. — Seu tom passeia pela urgência e devoção.

— Desde que não seja unilateral e a regra se aplique também a você, não serei devota sozinha — exijo mesmo ciente de que não estamos falando de uma relação comum e na qual a monogamia tenha seu espaço declarado.

— É uma exigência? — Mordisca meu pescoço enquanto sua mão chega até meu sexo.

— É... — sussurro com a pouca coerência que o desejo insano me permite ter. Imaginá-lo na mesma posição com outra é letal para os meus sentidos. — Você também será apenas meu por cada segundo do nosso acordo.

— Eu já sou. — Não tenho tempo para assimilar o baque causado por suas palavras, pois sua boca volta para a minha e ele me joga sobre o sofá, vindo junto comigo. O beijo consome cada parte de mim e é inevitável sentir-me dele. Tocamo-nos o tempo todo como se fosse impossível nos afastarmos. Nesse momento não restam dúvidas, precisamos um do outro.

— Ahhh, Anthony! — sussurro em forma de gemido quando ele me penetra, o prazer vem em ondas intensas. O desejo é primitivo e real.

— Gosta disso?

— Sim! — respondo e ele estuda minha reação por um instante. A intensidade de seus olhos aprofunda minhas sensações.

Anthony arremete forte e, ao mesmo tempo, seus movimentos são metódicos. Arranho suas costas em uma medida desesperada, quero cada parte dele. Os primeiros tremores percorrem meu corpo como uma corrente elétrica...

— Goza! — O comando é minha perdição.

— Anthony! — grito sem me importar se qualquer vizinho possa ter ouvido.

Meus olhos continuam nos seus e bastam mais algumas investidas para que seu prazer também seja liberado. Seu corpo pende sobre o meu e tê-lo assim tão vulnerável é uma sensação indescritível.

Por minutos nossos corações permanecem na mesma frequência. Sei que não estou preparada para a gama de emoção que me oferece, mas também não estou pronta para deixá-las.

— Acho que agora devemos comer. — Seu tom sai doce como nunca.

— Por quê? — A pergunta pula para fora sem que eu tenha tempo de raciocinar.

— Porque não comemos nada ainda, já é de tarde e você está de ressaca.

— Não é isso. Por que está fazendo isso por mim? — Ele me encara por longos segundos parecendo considerar sua resposta.

— Não foi nenhum sacrifício, também foi bom *pra* mim. — Pisca.

— Você entendeu o que eu quis dizer.

— Entendi, mas você não está pronta para a resposta, então vamos encerrar o assunto.

— Anthony?

— Prefere canja ou uma refeição digna? — Levanta-se.

— O que pedir está ok, comida é comida. — Ele assente e faz o caminho de volta à suíte, deixando-me com todas as perguntas que viriam após a primeira.

Respiro fundo. Talvez seja melhor não saber mesmo. O importante é que estou muito perto de ter meu irmão de volta, então o essencial agora é apenas o próximo passo.

CAPÍTULO 24

LORI

"Talvez as pessoas não me decepcionem. Talvez o problema seja eu, que espero muito delas."
Bob Marley

Seguir para a empresa na companhia de Anthony é estranho, assim como foi o resto do final de semana. Almoçamos juntos, assistimos a filmes e passamos a maior parte do domingo entre refeições e sexo. Parecíamos um casal de recém-casados. Bom, imagino que casais em lua de mel ajam de forma parecida com a que vivemos. Fomos só nós dois testando nossos corpos, limites, conexão e alimentando-nos nos intervalos. Não existiu nenhuma conversa mais profunda além de "eu não gosto muito dessa comida" ou "eu amo esse sabor". E agora que estamos lado a lado no banco de trás do carro luxuoso parece que toda a conexão e a emoção ficaram em sua cobertura.

Em um telefonema atrás do outro ele parece realmente se esquecer de que estou aqui. Tudo bem, estou parecendo a garotinha romântica e boba de novo, pois sei que, para manter uma empresa do tamanho da sua, ele não se pode ter o luxo de ficar tão desconectado como fez nos últimos três dias, então é obvio que muitas questões se acumularam.

— Eu subo depois — digo quando o carro estaciona e Anthony, que já estava abrindo a porta, paralisa e abaixa o celular que teve sua atenção durante todo o percurso.

— Por quê? — Encara-me parecendo confuso.

— É melhor que os funcionários não nos vejam chegando juntos.

— Não entendi.

— Não quero ser tema das conversas de corredores e...

— Temos uma reunião em dez minutos, Lori. — Desce do carro e arreganha a porta para mim. Sua postura altiva não me permite declinar, então desço e ele retorna o celular ao ouvido, voltando sua atenção ao interlocutor enquanto caminha ao meu lado.

— Confirme os dados e me encaminhe. — Desliga o celular e entramos no elevador. — Deve satisfações a alguém aqui na West?

— O quê? Não! — Ele me puxa para si e sua boca se cola à minha. O beijo é mais rápido do que eu gostaria, mas não deixa de provocar cada célula do meu corpo.

— Ótimo, porque estou pouco me fodendo para a opinião de alguém. Assunto resolvido?

— Sim — sussurro e colo meus lábios aos seus sem conter meu desejo. Sua mão escorrega pelo meu quadril e aperta minha bunda, minhas mãos adentram seu terno e passeiam por suas costas...

— *Merda!* — rosna quando o sinal sonoro do elevador nos interrompe. — Temos a *porra* de um dia cheio! — Afasta-se como se eu o queimasse.

— Anthony! — sua mãe nos intercepta quando deixamos o elevador.

— Bom dia, Rebecca!

— Bom dia, filho. Vim da sua sala agora, precisamos conversar. — Ela não me encara.

— Não tenho horário disponível hoje — diz e dispara em seus passos, ignorando-a, mas ela o segue.

— Estive com o Sebastian! Não vou permitir que faça essa loucura.

— Não tem que permitir nada, pois abriu mão dos seus direitos, esqueceu?

— Você é meu filho! E, ainda que me odeie e não compreenda que tê-lo deixado naquele lugar doeu mais em mim do que em você, não permitirei que...

— Lori? — Engulo em seco com o grito de Anthony. — Deixe-nos sozinhos.

Saio da sala e fecho a porta atrás de mim, mas não vou negar que minha vontade é ficar e escutar a conversa, contudo não tenho esse direito, ninguém tem.

Por alguns minutos, permaneço na recepção apreensiva, então noto a presença de Rebecca, e não é difícil constatar que está chorando ainda que tente disfarçar com certa elegância.

— Ele pediu que retornasse.

— Está tudo bem? Posso pegar uma água... — Sigo em sua direção.

— Lori! — O grito estrondoso nos alcança.

— É melhor você ir, apenas me diga se algo com ele não estiver bem, ok?

— É claro, eu sinto muito. — Ela assente e faz seu caminho até o elevador, então eu caminho de volta à sala. Não estou consternada o suficiente para ficar tão assustada, já que cresci em meio a brigas estrondosas, mas gostaria de entender o motivo pelo qual ele vive repelindo a mãe. Será que foi tão tóxica como a minha? Se sim, por que não a mantém longe?

— Resolveu tirar folga? — vocifera assim que retorno à sala.

— Você me mandou sair — retruco.

— E faz muito tempo que mandei retornar! Trabalhamos com agilidade. Não confunda as coisas, porque aqui você é minha assistente e eu preciso de uma. — É notório que quer expelir sua ira ou revolta de alguma forma e que está usando-me para isso.

— Já estou aqui. — Ele me encara e a mágoa está sufocada em seus olhos.

— A agenda está uma bagunça, a recepcionista...

— Já reformulei tudo. — Fica surpreso. — Cuidar da sua agenda não é uma ciência tão complexa assim.

— Ótimo, manterá seu emprego — diz incisivo e sei que algo dentro de si está muito errado, pois esse não é o Anthony que acordou comigo.

— Quer conversar? — Seus olhos endurecidos me encaram, mas ainda assim ele parece vulnerável.

— Acredito que já demandei bastante tempo a você, não é? E o meu tempo é precioso e tem um alto custo. — Sua característica arrogância está de volta e ela é letal para os meus sentidos.

— Eu sinto muito.

— Então cumpra a sua função e trabalhe. Os engenheiros já devem estar aí fora. — Sua atenção se volta para a tela à sua frente, mas sei que ele entendeu perfeitamente o meu lamento. Não sinto por seu tempo perdido, e sim por sua inconstância emocional. Sei exatamente como pais narcisistas e egoístas podem ferrar a nossa cabeça.

— Não existe demanda! — Anthony grita e todos se assustam. — É notável que a ideia genial dos senhores naufragou. São meses trabalhando num aplicativo que não tem um *payback* que justifique a persistência.

— Mas o conceito é...

— Conceito não paga seu salário! — ele vocifera e todos se entreolham.

Nunca o vi agir assim e, pelo que parece, ninguém aqui também. Ergo uma das mãos e sua atenção se volta para minha direção.

— Talvez o problema seja apenas a intenção.

— O quê? — Encara-me desdenhoso assim como a maioria.

— Posso? — Ele faz um gesto permitindo minha intromissão, então me levanto e vou até o datashow. — Temos um componente que faz tudo girar em torno dele, já que é o motivo do aplicativo — Anthony assente em zombaria —, mas, se retirarmos esse motivo específico e deixarmos de atender a apenas um nicho, vamos alcançar um grupo muito maior. O algoritmo se multiplicará e, consequentemente, atingiremos o mercado como um todo.

— Dá para fazer assim? — Anthony pergunta ao programador responsável.

— Claro, é genial!

— Ótimo, então devo substituir sua vaga pela da minha assistente? Quero a comprovação de que podemos continuar com o investimento em 24h. — Ele assente e o silêncio enquanto deixam a sala é sepulcral.

Essa foi a última reunião do dia e em nenhuma delas eu realmente identifiquei Anthony presente. Sua soberba foi a comandante e é notável que se sente seguro atrás dela.

— Parece que aproveitou algo em sua faculdade — alfineta e sei que o espinho em seu pé o faz tentar me ferir também.

— Parece que sim. Talvez, se me tivesse aceitado como estagiária, saberia mais sobre meus conhecimentos acadêmicos.

— Difícil! Já teria sido aceita se realmente fosse boa. — Apenas baixo a cabeça, ele está empenhado.

— Eu realmente sei como é estar ferido e achar isso injusto de todas as formas. A cada segundo nos perguntamos: por que comigo? Por que apenas eu tenho que passar por essa dor? Então isso começa a afligir de tal forma que precisa avidamente que as pessoas à sua volta também a sintam. Sei que é uma opção irresistível machucar o outro para que ele compreenda como se sente. Mas, no fim, se escolhe também infligir dor, essa escolha

165

apenas fará com que a sua seja alimentada e o ciclo nunca termine. — Sua boca sorri, mas o sorriso não chega aos olhos.

— Temos um acordo, Lori. Somos muito bons fodendo, bons *pra caralho*. Mas é só isso, não somos a *porra* de um casal. Não venha buscar qualquer conexão sentimental porque não existe. Vou arcar com a minha palavra até o final porque sei exatamente como é te prometerem algo, e não cumprirem. Só não fantasia, pois já tenho tudo de que preciso. — Assinto sentindo meu peito pequeno demais. A negação ainda está aqui, já que não posso acreditar que o homem que me proporcionou um final de semana tão incrível é o mesmo à minha frente. — Vou pedir ao motorista que a deixe em casa. Tenho um compromisso para essa noite e não quero companhia.

— Tudo bem, posso pegar um táxi...

— Você vai com a *porra* do motorista! — grita e gostaria muito de revidar e de colocá-lo em seu devido lugar, mas como faria isso se eu mesma ainda não o defini?

— Posso ir agora? — Apenas assente sem erguer os olhos para me encarar.

Pego minha bolsa com uma repentina falta de ar. As lágrimas ganham força em meus olhos, mas me recuso a chorar por uma história que eu mesma criei.

Sabia como terminaria, e, mesmo assim, investi em suas linhas e parágrafos, esboçando ou implorando para que qualquer um dos contextos me indicasse a palavra esperança, mas não se pode mudar uma ação concluída, ela é o que é e a regra apenas deve ser seguida.

A inércia me guia até o carro onde o motorista já me aguarda, mas o desespero ainda não me permite respirar. Existe uma linha ainda que muito tênue que não me permite gritar e fazê-lo entender à força que sua dor ou qualquer *merda* que o perturbe não lhe dá o direito de tratar ninguém assim. Não, ele não é só a forma de eu conseguir Jase de volta ou uma boa *foda* e isso já está muito claro para mim.

Deito minha cabeça no encosto do banco e não consigo mais evitar a gravidade, lágrimas silenciosas escorrem por meu rosto e talvez assim um pouco dessa dor em meu peito se dissipe.

Não posso permitir que Anthony me fira também. Por mais que esteja acostumada à dor, não a quero mais no meu sistema, não posso continuar permitindo que pessoas que eu ame... Sim, eu o amo. Mas não posso permitir que ele também use meu amor como desculpa para me ferir. Foi assim com meus pais. Eu os amava tanto que por anos justifiquei suas atitudes como aceitáveis, pois era sua filha, então deveria entendê-los. Não! Não devemos permitir que alguém se esconda atrás do amor para nos machucar...

— Chegamos, senhorita.

— Obrigada. — Desço do veículo ciente de uma coisa: não posso abrir mão da chance de ter meu irmão de volta, mas também não permitirei que Anthony me machuque.

Quando deixo meu prédio pela manhã para ir ao trabalho, avisto o luxuoso carro e o motorista de pé ao seu lado. Penso em realmente ignorá-lo e seguir meu caminho, mas nunca tive tempo para permitir que a menina birrenta assumisse o controle da minha vida. Minha noite foi devastadora e longa demais, então não será tão ruim assim ter uma carona. É contraditório ele não ter me feito nenhuma ligação e ainda assim se preocupar em mandar seu motorista me buscar, mas desde quando Anthony foi coerente?

— Bom dia! — digo assim que me aproximo.

— Bom dia, senhorita. — Ele abre a porta e é inevitável não sentir o solavanco em meu coração quando percebo que não farei a viagem sozinha. Respiro fundo para que as batidas encontrem um único ritmo e sento ao lado de Anthony.

— Bom dia! — Parece exausto.

— Bom dia! — respondo formalmente como se me reportasse apenas ao meu chefe. Ele me encara por alguns segundos, suas pálpebras estão pesadas, sua expressão é medíocre, mas a única pessoa que deve me preocupar é Jase, esse, sim, não sabe se defender ainda. Então ignoro qualquer sensação de pena que queira apossar-se de mim e abro sua agenda em meu celular, ignorando suas indagações silenciosas.

— Um profissional preparará o quarto para o seu irmão hoje, também pedi para que fizessem sua mudança para o meu closet. — Assinto como se estivéssemos falando de uma pauta empresarial. — Alguém cuidará do resto da sua mudança hoje, irão pegar a chave do seu apartamento na West.

— Prefiro me mudar depois do casamento.

— Vamos nos casar na sexta, então achei por bem adiantar o processo para que seu irmão...

— Na sexta então — interrompo-o incisivamente e ele se cala, jogando sua cabeça para trás em seguida. — Não precisa continuar com isso, Anthony. Já será de grande ajuda manter meu emprego, libero você da sua palavra.

— É? — Seu rosto se volta em minha direção. — E vai se casar com seu amigo gay ou com o vocalista do pub? — Um ódio lento e fumegante brota em meu sistema.

— Talvez isso não seja da sua conta.

— Não seria se você não tivesse implorado por isso há algumas noites. — Encaro-o tentando enxergar qualquer atitude parecida com as dos mocinhos dos livros, mas a coisa não é tão bonita assim quando sai do papel e isso já ficou mais do que provado.

Viro-me para fugir dos seus olhos e da necessidade brutal de vomitar. Sinto-me soterrada onde portas e janelas não existem, então só me resta respirar o mais lento para prolongar minha vida o máximo de tempo possível.

O dia seguiu arrastado com uma reunião atrás da outra e o silêncio que ele impôs naquele carro depois de sua última frase ainda não foi quebrado.

Encaro o visor do meu celular e já são 19h, ele permanece sentado à sua mesa, mas a última reunião, assim como todo expediente da empresa, terminou há duas horas. Estou exausta e morrendo de fome, já que comi apenas meio sanduíche no almoço.

— Posso ir?

— Aonde? — Dedica sua atenção a mim.

— Para casa.

— Nós já vamos, estou apenas fechando uma planilha. — O cinismo está configurado em seu tom. Não retruco o "nós", não lhe darei mais munição para suas grosserias. Ele ergue uma das sobrancelhas parecendo confuso e busco meu telefone para fugir de seu olhar.

— Vamos? — A pergunta afasta a sonolência que vencia.

Pego minha bolsa e meu casaco, então sigo a passos longos pelo corredor. Ele se aproxima demais quando entramos no elevador. Sua mão enlaça minha cintura quando tento manter a distância. — Com fome? — Roça o nariz por meu ombro e pescoço.

— Por favor, Anthony.
— O quê?
— Não faça isso.
— O que eu estou fazendo?
— Sabe muito bem, não se faça de desentendido, nem tem idade para isso. — Assim que as portas se abrem, saio disparada e logo entro em seu carro.
— Lori...
— Eu tenho ciência do nosso acordo e sei exatamente o que tenho a perder se você cancelá-lo, mas, se realmente vamos seguir seu plano de negócio sem conexões emocionais, não faça isso. Não terei um relacionamento tóxico além do que já está sendo por toda a situação. Não pode ser um cara genial em uma noite, mas me tratar como uma aquisição na manhã seguinte. Não sou isso, ainda que todos os fatos nesse momento estejam contra mim. Não deixarei você destruir meu coração como fez com a minha dignidade.
— Seremos marido e mulher e...
— Seremos mesmo? Ao que tudo indica, você só se lembra disso quando lhe convém. Não vou transar com um cara que me trata como lixo.
— Não te trato como lixo! — Parece indignado.
— É exatamente isso o que faz. Se temos um acordo e você acha que nele está disposto o sexo para quando você quiser, ok, serei sua prostituta particular...
— Lori! — interrompe-me parecendo chocado. — Seus olhos se desviam por um segundo para o motorista à nossa frente.
— É isto: cumprirei seu acordo, mas não espere nenhuma retribuição calorosa e, quando quiser transar, avise-me o dia para que eu prepare meu psicológico. — Ele meneia a cabeça o tempo todo parecendo em transe.
Dane-se! Viro para a janela, já que a paisagem do lado de fora é muito melhor. Não permitirei que me machuque além do necessário.
Dou graças a Deus quando o carro para em frente ao meu prédio.
— Obrigada, Sr. Gusmão — reporto-me ao motorista e abro a porta. Anthony não intervém minha saída e essa é a maior alegria do meu dia.

169

CAPÍTULO 25

LORI

"Malditas promessas feitas hoje sem pensar no desespero de amanhã!
Malditas juras quebradas por falta de tempo!
Maldito aquele que olha para trás e diz querer apagar o que já foi feito!"
Callyon Imortallis

Os últimos dois dias seguiram em uma normalidade anormal. Anthony não me buscou nem me levou mais com o seu motorista. Na verdade, ele mal me tem encarado e isso vem sendo estranho. A certeza de que vai pular fora a qualquer segundo se fortalece, mas não podia permitir que continuasse com suas inconstâncias, pois não era certo me sentir a mulher mais especial do mundo em um momento e no outro, algo descartável.

Seu advogado nos informou pela manhã que a papelada na justiça corre bem e que é questão de dias para que Jase volte para casa, contudo as visitas não foram mais permitidas e Bob alega ser a proteção da justiça ao menor, já que seria mais difícil se ele tivesse que se adaptar à outra família. Isso não pode acontecer com o meu irmão. Eu o queria tanto no meu casamento, mas a verdade é que nem é um casamento verdadeiro, vamos apenas assinar alguns papéis...

— Suas malas estão prontas?
— Oi? — É a primeira vez que fala comigo desde o episódio no carro.
— Posso pedir alguém para buscar sua mudança?
— Não, quer dizer, ainda não estão prontas, não arrumei nada, não tenho muitas coisas, mas há as coisas de Jase também.
— Vou pedir ao Gusmão que a leve para casa.

— O quê? Ainda são 3h da tarde.

— Gostaria muito que pudesse ir e resolvesse sua mudança, amanhã não terá tempo.

— Claro que terei, posso resolver isso à noite. Ainda tem mais duas reuniões.

— Não é nada muito sério, só revisões de projetos. Por favor, Lori, você pode fazer isso? — De onde surgiu o "por favor" e a permissão?

— Posso — respondo no automático.

— Ótimo. O Gusmão ficará à sua disposição. Aqui — aproxima-se e me entrega um cartão —, a chave da cobertura. A senha é 1808. Qualquer coisa, liga para o meu celular. — Engulo em seco e o pego de sua mão. — Se precisar de qualquer ajuda extra, *me* avise.

— Ok, acho que dou conta. Certamente Josh também irá me ajudar.

— Claro. — Baixa os olhos e parece incomodado, mas não agravo minha percepção e pego minha bolsa.

— A gente se vê mais tarde. — O cumprimento não pareceu tão simples, mas não quero mais me importar com as suas complexidades ou alimentar qualquer fator que leve nossa relação a outro nível. Já aceitei meu destino e cumprirei minha pena até o último segundo.

— Tem mesmo certeza? Ainda dá tempo de mandar aquele lunático para a *puta que o pariu*. — Sorrio por meu amigo não enxergar que não tenho outra escolha.

— Está tudo bem, Josh. Será só por um ano e já aprendi a lidar com ele. Suportei vinte e dois anos com meus pais, não será tão difícil passar um ano com o lunático. — Ele me observa enquanto fecho a última mala.

— Você sabe que pode contar comigo para qualquer coisa, não sabe?

— É claro que sei.

— Você me liga e estarei lá antes que pisque.

— Eu sei. — Abraço-o. O conforto dos seus braços sempre me deu forças. — Um dia terei um casamento de verdade e contrataremos a banda da bunda mais linda para minha despedida. Prometo que no próximo casamento não te chamarei para uma mudança na véspera.

— Você vai, baby! Vai encontrar um cara incrível e será muito feliz. Toda essa bagunça na sua vida vai passar.
— Vai, não vai?
— Amor, passamos pelo Sr. Bruce, então qualquer coisa é superável. — Sorrio como não fazia havia muito tempo, Josh tem esse poder.
— Eu te amo, Josh.
— Eu também te amo e estarei sempre aqui.

Chegar sem Anthony à sua cobertura me causa desconforto. Sinto-me invasiva e deslocada. O lugar está todo escuro, o que indica que ele realmente não chegou...
— A senhora precisa de mais alguma coisa? — Senhora?
— Não, Gusmão, muito obrigada por tudo e desculpa por todo esse trabalho.
— Que isso?! É o meu trabalho, tenha uma boa noite.
Despois que ele desce, pego o controle e aciono a iluminação da sala. O lugar é maior do que deveria ser para uma única pessoa e o luxo é excessivo.
Estava tão feliz com meu novo apartamento, estava começando a me reconhecer nele. Mas tudo isso é provisório, esta não é a minha vida e eu não quero que seja, pois odiaria me tornar arrogante ou vazia como Anthony.
Retiro o casaco e o apoio sobre o sofá, o mesmo sofá em que fizemos... em que transamos algumas vezes durante o último final de semana. É impossível deixar as lembranças de lado aqui, elas estiveram comigo durante toda a semana, mas não as quero nem posso alimentá-las.
Já passam das 22h, ele já deveria estar em casa, mas talvez esteja em sua despedida de solteiro. Meneio a cabeça com o pensamento ridículo e, no mesmo segundo, o som do elevador me alerta que não estou mais sozinha.
— Oi!
— Oi! — respondo sentindo-me desconfortável.
— Está tudo bem?
— Sim, também acabei de chegar.
— Eu sei. — Retira seu terno e é visível o quanto está cansado. — Já tomou banho? — Oi?

— Sim, tomei banho em casa, quer dizer, na minha antiga casa. — Ele assente enquanto desfaz o nó da gravata.

— Também já comeu?

— Pois é, Josh e eu pedimos comida chinesa.

— Bom, vou tomar uma ducha, a casa é sua.

— Posso preparar alguma coisa *pra* você, caso esteja com fome.

— Estou faminto. — Seus olhos descem por meu corpo, naturalmente está reprovando meus tênis e jeans surrados. — Não quero dar trabalho...

— Não é trabalho. — Ele sorri, mas baixa a cabeça em seguida.

— Faltou o beijo de boas-vindas! — grita já no corredor. Idiota!

Macarrão com queijo não é nenhum prato de chefe, mas é a minha especialidade, já que é a refeição preferida de Jase. Misturo a massa ao molho no segundo exato, pois sinto a presença de Anthony atrás de mim.

— Você não tem uma roupa?! — Quase deixo o prato cair no chão com o susto e o efeito que a visão me causa. Ele está perto demais e apenas de cueca.

— Já passo muito tempo do meu dia vestido, hum, parece ótimo.

— Espero que te agrade.

— Agrada. — Seu nariz roça meus cabelos, mas me afasto.

— Quer algo para beber?

— Eu posso pegar, não se preocupe.

— Eu sei que pode, só quis fazer uma gentileza.

— Suco de laranja. Hum, isso está maravilhoso! — Parece realmente admirado.

— É só macarrão com queijo. As reuniões foram até tarde — solto e ele ergue as sobrancelhas. *Merda*! Por que isso é da minha conta?

— Não, tive uma reunião pessoal em outro lugar.

— Ah! — Viro-me e ele segura meu braço antes que eu me afaste.

— Não foi sexo nem *drink* com mulheres. Nosso acordo continua valendo.

— Não disse nada.

— Mas pensou — retruca.

— Vou te deixar comer sossegado. — Fujo de sua acusação e ele não me impede.

Sigo para o quarto que eu ocupava, mesmo que tenha transferido as roupas para o seu, pois é melhor dormir lá até Jase efetivamente o ocupar...

Meu coração perde todas as suas batidas assim que abro a porta...

O mundo parece pequeno demais para abrigar todas as sensações que percorrem meu sistema. Aturdida, busco o ar avidamente para que ao menos a função respiratória volte. Tento controlar a sensação em minha garganta, mas não sou eficiente o bastante com minhas lágrimas, pois já caem sem qualquer cerimônia ao ver que tudo aqui dentro nem ao menos lembra a antiga decoração.

Diante de mim, está o quarto mais lindo que já vi na vida! Cada detalhe e até mesmo as miniaturas dos jogadores do Yankees são a cara de Jase. Parece o quarto que ele escolheria se pudesse.

Meu irmão sempre dormiu comigo, mas, se eu ousasse cogitar um quarto perfeito para ele, seria esse...

— Os carrinhos são colecionáveis, eu os achei em um...

— Obrigada! — Jogo-me em seus braços sem conseguir conter a gama de emoções que explode em meu peito.

Seus braços me apertam exatamente com a força de que eu precisava para atestar que tudo que vi aqui é realmente real.

— Se ele gostar assim como você, já será o suficiente.

— Ele vai amar, Anthony! — Afasto-me para olhar o cômodo de novo. — Está perfeito! Como conseguiu algo assim em apenas dois dias?

— Uma das vantagens de se ter dinheiro.

— Ele vai ficar tão feliz!

— E você está feliz? — Enlaça minha cintura, colando-se às minhas costas, mas não posso permitir que ele me leve por esse caminho ou use um momento para me dominar.

— Sempre estarei feliz com a felicidade do meu irmão. Vê-lo feliz é tudo o que importa para mim. — Afasto-me. — Mas confesso que ficaria mais feliz se as miniaturas fossem dos Mets — provoco.

— Não ficaria, não. — Seu rosto ganha uma palidez evidente.

— Ficaria, sim — rebato, controlando-me para não sorrir da careta que ele está fazendo.

— *Pera aí...* Você não pode torcer pelos Mets.

— Vivemos em um país livre. — Ele meneia a cabeça em negativa o tempo todo parecendo consternado, então não me controlo mais e sorrio.

— Ah! Você?! — Sorrio mais ainda quando a compreensão da minha pegadinha o atinge. — Isso não vai ficar assim!

— Não! — grito quando me joga sobre os ombros. — Está bem, *me* desculpa, estava brincando!

— Não se brinca com algo assim, Lori. — Bate em minha bunda enquanto caminha e eu continuo sorrindo.

— *Me* solta! — Bato em sua bunda também. — Vou tirar sua cueca. — Arrependo-me da ameaça ridícula.

— Fará isso. — Quando me joga em sua cama, ainda estou sorrindo feito uma adolescente.

— Não vou, não! — Subo mais na cama.

— Vai, sim. — Puxa meu calcanhar com um sorriso bobo no rosto.

— Vai me obrigar?

— Não, você vai querer isso tanto quanto eu. — Retira meu tênis de um pé, em seguida faz o mesmo com outro e também retira as meias lentamente, mas seus olhos permanecem nos meus o tempo todo.

Não consigo recuar ou frear os hormônios que borbulham ao seu toque. Tudo em mim o deseja avidamente e, mesmo sabendo que é mais uma dose para a minha ruina, não consigo resistir.

Seu corpo se curva sobre o meu e suas mãos se concentram no cós da minha calça, então ele a desce lentamente e me pego erguendo o quadril para ajudá-lo. Assim que remove a peça do meu corpo, sua boca sobe por minha perna tão devagar que parece cruel demais esperar completar todo o percurso.

Ele mordisca o interior da minha coxa e já é suficiente para que meu corpo esteja clamando por ele e desejando ter qualquer coisa que possa oferecer.

Seus dedos se engancham na lateral da minha calcinha e logo a rasga. Nesse momento, ainda que meu lado racional queira muito pará-lo, não tenho forças para concordar com esse pensamento, na verdade, ele até parece radical demais...

— Anthony — sussurro seu nome quando sua língua passeia pelo lugar certo. Ergo o quadril para recebê-lo melhor enquanto ele lambe e suga com exatidão... *Merda!* Eu não deveria permitir isso, mas é tão gostoso...

— Está bom?

— Sim! Não para...

— Não vou. — Suga mais forte como se estivesse alimentando-se de mim e qualquer desavença entre nós certamente não está presente nesta cama. É inegável quão maravilhoso é nisso...

175

— Anthony...

— Goza, *honey*.

— Ahhh! — Minhas mãos puxam seus cabelos quando alcanço um dos melhores orgasmos que tive.

— Senti sua falta *pra caralho*! — Seus dentes correm por minha barriga e, enquanto ergue a camiseta que estou vestindo, busco pela coerência, mas é evidente que me deixou sozinha quando mais precisava dela. — Não quero transar com você sem que queira isso também, Lori. — Remove minha blusa e eu o ajudo, então suga um dos meus seios.

— Ahhh!

— Quer isso também? — sussurra já em meu pescoço.

— Sim... — Arranho suas costas, sedenta por mais.

Ele se afasta um pouco e seus olhos se conectam aos meus.

— Você não é uma prostituta, sabe disso, não é? — Assinto. — Você será a minha mulher e eu não posso admitir que nem mesmo você se deprecie dessa forma. — Concordo com um gesto de cabeça e ele volta a me beijar. — A cueca — sussurra em meu ouvido e engancho meus dedos ávidos para remover a barreira entre nós, então ele não espera um segundo livre e arremete lentamente, mas parece desesperador esperar. — Não posso abrir mão disso, Lori, disso não. — Investe mais fundo.

— Não, não pode. — Mordico seu ombro, extasiada.

— Você é minha, entendeu?

— Sim! — confesso o óbvio e ele segura meu rosto para que meus olhos não saiam dos seus enquanto arremete.

— Até meu último segundo de vida, você será apenas minha.

— Ahhh!

— Isso, seu prazer é meu. — Mais uma arremetida e ele também goza.

Nossas respirações ainda estão na mesma frequência quando ele se joga para o lado e me puxa para os seus braços. Ficamos um de frente para o outro e a maldita da minha consciência chega atrasada afirmando quanto sou fraca para cumprir promessas. — Não deveríamos fazer isso um dia antes do casamento, dizem que dá azar o noivo ver a noiva antes.

— Talvez sejamos a exceção.

— Gostaria de acreditar que sim — confessa com o tom embargado e não demora muito a estar ressonando. Ele está enrolado a mim como se eu fosse sua tábua da salvação e, por um segundo, permito-me acreditar, pois já quebrei a maldita garrafa, então posso recolher os cacos mais tarde.

CAPÍTULO 26

ANTHONY

"Não existe nada de completamente errado no mundo, mesmo um relógio parado consegue estar certo duas vezes por dia."
Paulo Coelho

As palmas forçadas e excessivas me deixam irritado. A chama ofusca meus olhos e causam desconforto. Nada à minha frente é substancial o suficiente para me fazer sorrir, já que não quero estar aqui, muito menos quero esse maldito bolo!

— Não vai apagar as velinhas? — O fingimento da mulher me causa repulsa. Sei muito bem que só está fazendo tudo isso por causa da presença da Madre.

— Não! Eu quero a minha mãe! Aqui não é minha casa, você e sua família de bosta são uns fingidos.

— Anthony! — a Madre me repreende, parecendo sem graça com meu comportamento. Já os aproveitadores estão morrendo de medo de perder a mesada que o governo oferece para que cuidem de mim.

Saio correndo e gostaria de ser corajoso o suficiente para fugir desse lugar.

— Filho? — A Madre se aproxima.

— Ela não vai mais voltar, não é? Já tem tempo demais, deve ter me esquecido.

— Nenhuma mãe esquece seu filho, Anthony.

— Então por que não me busca? Já faz três anos! Não quero outra família, quero a minha mãe... Eu me esqueci do cheiro dela, não consigo mais lembrar. — Abraça-me e choro em seus braços. — Ela prometeu.

— Eu sei, querido, mas a vida não é justa. Tenho certeza de que ela ainda está lutando. Você precisa lutar também.

— Não quero ficar aqui, eles não são bons.

— *Vou ver o que consigo fazer, mas até lá precisa me prometer que vai se comportar.*

— *Eles me tratam como lixo.*

— *E você é um lixo?*

— *Não.*

— *Então não importa o que façam ou o que pensem de você, pois ninguém tem o poder de transformá-lo naquilo que não é. Olha para o céu.* — Faço o que ela pede. — *Consegue ver um limite ou um final?*

— *Não.*

— *Sabe no que eu acredito?* — Nego com um gesto de cabeça. — *Que Deus o fez assim para que nós entendêssemos as nossas infinitas possibilidades e que somos livres para chegarmos aonde quisermos. Todos os dias, ganhamos uma nova chance de fazer diferente.*

— *Odeio minha vida!*

— *Você tem uma escolha: pode alimentar essa raiva até que ela se torne tão gigante que não sobre mais espaço para esse Anthony aqui ou você pode explorar as outras infinitas possibilidades e se tornar a sua melhor versão a cada vez. O mal só se vence com o bem, querido. Se não for assim, você se torna igual a eles...*

— Desculpe, eu não queria acordar você. — Encaro a mulher que tem o poder de tirar meu raciocínio e que fez minha vida parecer já findada nos últimos dias. A imagem de como me olhou e suas palavras ao me deixar naquele dia vêm atormentando cada segundo do meu dia e da noite.

— Está tudo bem. Que horas são? — Tento me curvar sobre ela para olhar meu celular, mas me recuso a me afastar do seu corpo.

— Ainda é de madrugada, só estava tentando puxar a coberta, estou com frio.

— Então vamos te esquentar. — Puxo o cobertor sobre nós. Tudo nela me mantém preso e tê-la assim em meus braços me faz sentir o *filho da puta* de mais sorte e azar desse mundo. Azar, porque gostaria de ter encontrado Lori na época em que o *timer* não tivesse sido disparado e uma enorme âncora não estivesse envolta em meu pescoço.

O universo é mesmo um *pé no saco* e, por mais que tenhamos fé, jamais poderemos conquistar sua imensidão. Não podemos ter tudo e isso ficou evidente mais uma vez.

Escondo meu nariz em seus cabelos para capturar minha nova essência favorita e a puxo mais para mim se é que é possível.

— Vamos dormir — sussurra quando subo a mão por seu quadril, meu desejo por ela é insano.

— Vamos — concordo e beijo seu pescoço. Também estou esgotado, pois o medo de desperdiçar qualquer segundo que eu possa tê-la acaba vencendo, já que mal dormi durante esses dias, mas também sei que nosso dia será longo e que, depois disso, vou tê-la só para mim durante algum tempo...

Mesmo com apenas quatorze anos, já entendi que a minha vida é uma verdadeira bosta...

— Os pratos não se lavarão sozinhos! — Na verdade, é um esgoto inteiro. — Anda, moleque! Para de mexer nesses lixos, isso não traz futuro! — Empurra do balcão o controle do sistema de energia que levei semanas me dedicando à invenção e à busca de peças nos lixos da vizinhança.

— Não sou seu empregado! — vocifero, destilando o ódio por ver minha criação espatifada no chão.

— Tem que pagar pelo que come! Quer voltar para o abrigo?

— É só o que desejo! Estar lá é muito melhor do que aturar lixos como você!

— Eu vou te ensinar o respeito, moleque! — Puxa-me pelo pescoço e o espancamento já não é mais uma novidade em minha vida, como também não era o que viria depois: minha volta para o abrigo. Já passei por doze "lares adotivos" e todos sem exceções tiveram o mesmo fim, claro que alguns foram bem piores... — Dei um teto a você e é assim que me retribui?! — O soco nas costelas quase me faz perder o ar por completo. Ele desfere vários outros golpes contra mim e ainda estou esperando a parte bonita do universo chegar, mas pareço ter despencado em um enorme buraco negro e talvez não exista uma corda grande o suficiente para me resgatar... — Não preciso criar um bastardo ingrato, vai voltar amanhã mesmo para aquela espelunca e aí vai se dar conta do que perdeu!

Eu sorriria se isso não fizesse as dores aumentarem. Jogado no chão frio e sujo, estou me perguntando que tipo de criação é possível em apenas vinte dias e o que eu poderia perder se não tenho nada há muito tempo...

— Anthony — o sussurro doce e o toque suave me despertam —, seu celular.

— Acho que perdemos a hora. — Beijo-a e a abraço mais forte, trazendo minha realidade de volta para espantar meus fantasmas. — Bom dia! — Mais um beijo e pego meu maldito telefone. — Smith — atendo e ela se levanta, seguindo para o banheiro, então a visão me faz perder as primeiras palavras do meu interlocutor.

— Posso acompanhá-los, Sr. Smith?

— Sim. Peça ao Richard para subir também e cuidar para que sejam rápidos. O juiz chegará em uma hora.

— É claro, senhor. — Desligo e sigo para o banheiro, mas não antes de pegar a caixa em meu closet.

— Deveria estar imersa na banheira no seu dia de noiva. — A visão que tenho de Lori sob a ducha me desestabiliza como se fosse a primeira vez.

— Sabemos que não é um casamento de verdade. — Vira-se de costas, ignorando-me deliberadamente, então apoio a caixa com o laço vermelho sobre a bancada e logo me junto a si no chuveiro.

— Eu vou assinar documentos verídicos. — Envolvo sua cintura e beijo seu ombro.

— Sabe muito bem do que estou falando. — Inspira ruidosamente e meu coração martela em meu peito.

— O casamento é de verdade, Lori. Pode não estar encaixado exatamente dentro do que idealizou...

— E você acha que em qualquer um dos meus sonhos eu estaria me casando com um cara que não me ama e que me vê como uma aquisição? — Seus olhos duros e frios me deixam entorpecido. — Eu sei os termos, o que estou ganhando com tudo isso e, sim, o sexo é ótimo, mas não me peça para compreender.

— Não posso dar mais, Lori, não tenho temp...

— Eu sei, sempre deixou isso claro — interrompe-me e, de certo modo, agradeço, mas algo em seu desapontamento me fere de mil formas diferentes. Viro-a e por segundos seus olhos pedem clemência aos meus que lutam para atendê-los, mas como eu os socorreria sem sucumbir primeiro?

— Sei que tudo isso feriu seus sonhos românticos, mas podemos encontrar um meio-termo e tentar levar nossa relação de uma forma amigável...

— É o que eu espero. — Empurra-me e logo me deixa sozinho sob o chuveiro. — Obrigada pelo grande esforço que está fazendo. — Envolve seu corpo com o roupão. — Desculpa, eu só... Deixa *pra* lá — completa, parecendo alguém que já aceitou sua condenação.

— Lori! — grito antes que saia, mas o que poderia dizer-lhe que mudaria minha condição e a impossibilidade de lhe dar o que almeja? — A caixa é sua. Se puder esperar um pouco, já vou sair e dar privacidade a você. Peço que não ande pela casa agora, porque estamos com visitas. — Seus olhos parecem buscar por mais do que eu poderia oferecer.

— É claro — concorda, em seguida captura a caixa sobre a bancada e não demora muitos segundos para me deixar sozinho.

Enfio a cabeça sob a água na esperança de que todo o peso em meus ombros seja levado por ela. Jamais almejei me casar, sempre soube que minha bagagem era pesada demais e que ninguém suportaria carregá-la comigo.

Sou fodido de muitas formas e, justamente por isso, entendo que a decisão de Deus, se é que Ele existe mesmo, foi bem coerente. Mas, ainda que eu não queira pensar sobre isso ou justificar de todas as formas, o que vai acontecer aqui hoje continua sendo a *merda* de um casamento, então, por mais louco que pareça, apenas estou desejando ver minha noiva feliz e com um sorriso sincero em seus lábios enquanto caminha em minha direção.

Ok, essa *porra* está mesmo afetando meu cérebro!

CAPÍTULO 27

LORI

*"A cada manhã, exijo ao menos a expectativa de uma surpresa, quer ela aconteça ou não. Expectativa, por si só, já é um entusiasmo.
Quero que o fato de ter uma vida prática e sensata não me roube o direito ao desatino."*
Martha Medeiros

A inércia certamente foi o mecanismo de defesa que meu corpo assumiu como mais seguro. A noite com Anthony foi incrível! Ele realmente parece ter diminuído ao menos um pouco sua arrogância e isso com certeza facilitará nossa convivência, mas não convence meu coração que já lhe está totalmente entregue.

Como posso estar apaixonada por um cara assim? Não sei, mas eu me apaixonei e isso ficou claro demais enquanto fazíamos amor. Sim, mesmo que tenha sido um sentimento solo, essa noite eu fiz amor com ele e foi mágico demais, assim como foi maravilhoso dormir em seus braços.

Apoio a caixa sobre a cama.

Agi novamente como uma boba apaixonada, mas ele parece exercer um poder sobre mim, é como *kryptonita*, não posso resistir.

Passo os dedos sobre o laço vermelho da caixa que já está intacta na cama por alguns minutos...

— Não vai abrir? — O sussurro irresistível desperta certa dormência em minha barriga. Assim que seu braço envolve minha cintura, cada parte do meu corpo se entrega a ele. — É um presente! Gostaria que fosse especial, mesmo dentro de todo esse contexto caótico. Nosso casamento não tem que ser um martírio. — Viro-me de frente para ele sem acreditar no que acabou de dizer.

— Está debochando?

— Não, estou falando muito sério, assim como falei no banheiro. Nós podemos levar isso de uma forma melhor...

— Até sua soberba dominar e você passar por cima de tudo.

— Não será um relacionamento como deseja, mas podemos encontrar um meio-termo. — A ira explode em meu peito.

— A única coisa que desejo é ter meu irmão de volta e infelizmente você é meu passaporte. — É possível identificar o desgosto passeando por seu rosto.

— Tudo bem. Então por ele devemos levar toda essa situação com o máximo de naturalidade possível. Exatamente por isso o presente e a pequena recepção para a assinatura do documento. Precisamos justificar uma relação verdadeira caso o juiz responsável pelo caso desconfie...

— Não entendi — corto-o.

— Um casal apaixonado não se casa sem ter no mínimo uma recepção íntima, principalmente tendo um noivo na minha posição. Isso pode causar desconfiança na assistente social.

— Você realmente pensa em tudo. — Sorrio, mas meu sorriso está longe de ser satisfatório.

— Penso. — Ele beija meu pescoço. — Vou me vestir e a espero na sala. O juiz chegará logo. — Puxo seu braço.

— Tem certeza mesmo de que... — Engulo em seco enquanto busco as melhores palavras. — Está mesmo disposto a fazer isso por uma pessoa que mal conhece?

— Estou. — Puxa-me para o beijo que surte o mesmo efeito de uma bela dose de calmante. — Eu tenho certeza do que estou fazendo, Lori — sussurra em meus lábios e as palavras ecoam em minha cabeça, derrubando todas as dúvidas e receios.

— Obrigada, eu...

— Pare! Não é nenhum sacrifício estar com você, Lori. Não me agradeça por isso, ok?

— Ok — concordo e ele pisca em resposta de uma forma que nunca o vi fazer, fazendo meu coração suspirar.

Demora apenas alguns minutos para ele deixar o quarto com seu terno cinza de marca italiana e preço obsceno demais para sequer cogitar mencionar. Enfim, puxo o laço da caixa e, assim que abro a tampa, tento controlar a sensação em minha garganta e segurar as lágrimas.

Passo os dedos trêmulos pela renda *chantilly* branca e admiro sua delicadeza, mesmo que ainda esteja perfeitamente dobrada na segurança da caixa.

Depois de alguns segundos, removo-a e, assim que a dobra se desfaz, um lindo vestido me é apresentado: longo, de alças finas, com um decote em V na frente e um bem generoso atrás. Parece clássico e uma peça que eu escolheria. Por segundos, meus olhos não se movem em outra direção e a emoção me sufoca de tal maneira que é impossível não chorar...

Ele havia se preocupado com um vestido para mim? Um vestido lindo apenas para a assinatura de um acordo?

Isso tem que dizer alguma coisa!

Mesmo que não queira admitir, ele não está tão indiferente assim e eu não estou delirando em uma fantasia romântica dessa vez. Sinto sua entrega quando estamos transando e, mesmo que eu não tenha tido outras experiências, não acredito que alguém seja capaz de fingir aquele olhar...

Sorrio com esperança, porque, se ele estiver sentindo só uma parte do que sinto, esse acordo precisará ser refeito em breve.

Volto minha atenção para a caixa e retiro o espartilho branco com o conjunto de lingerie *sexy* também branco.

— Noivinha *sexy*, hein, Sr. Smith? O senhor é bem safado! — sussurro sem conseguir conter o sorriso.

Leva apenas alguns minutos para estar sentindo-me a mulher mais linda e especial desse mundo. Josh sempre me alertou sobre o poder de uma roupa, mas apenas hoje consegui vivenciar isso.

Uma última conferida no espelho e me sinto a noiva mais linda de todas que já conheci, até mesmo mais que as de Hollywood ou a Meghan Markle. Sinto-me extraordinária.

Respiro fundo antes de deixar a suíte de Anthony e, por incrível que pareça, nem um resquício de dúvida habita em mim neste instante. Bom, mesmo com todas as circunstâncias, eu me caso também por amor e isso me faz ter um pouco de paz, pois não estou traindo em tudo as minhas convicções.

Caminhar pelo corredor leva uma eternidade, mas, assim que chego à sala e meus olhos encontram os seus, meu mundo para junto ao meu coração e por segundos não me preocupo com o fato de estar sorrindo feito uma boba enquanto encaro os únicos olhos que me interessam aqui.

O ar parece deixar meus pulmões quando ele começa a caminhar em minha direção...

— Você está linda! Perfeita! — Sua mão toca meu rosto com a maquiagem leve e eu poderia jurar que seus olhos também estão marejados.

— Você também está lindo, Sr. Smith. — Pisco e ele responde com um sorriso encantador que faz meu coração sorrir.

— Vamos, o juiz já nos aguarda. — Seus dedos entrelaçam-se nos meus e preciso de muita concentração para não parar a cada suspiro pelas surpresas no caminho.

A sala nem parece a mesma. Belos arranjos de rosas brancas e orquídeas estão espalhados por todos os lados, ajudando a compor a decoração intimista perfeita.

Vejo que sua mãe e seu advogado estão presentes, assim como seu amigo Alex, então, no momento que meus olhos avistam meu melhor amigo, meu coração transborda e é impossível não chorar...

Josh assente, entendendo como me sinto. É incrível como nos conhecemos e temos enormes diálogos apenas com os olhos.

Meu futuro marido aperta minha mão levemente e isso me tira da inércia...

— Obrigada — sussurro quando meus olhos encontram os seus.

— Espero que tenha amenizado ao menos um pouco o peso desse momento para você — sussurra em meu ouvido depois de beijar a lateral da minha cabeça.

— Está perfeito. — Ele assente.

— Vamos. — Mais alguns passos e paramos de frente para o juiz que nos aguarda atrás de uma mesa que não faz parte da decoração de Anthony.

— Podemos começar? — pergunta.

— Sim — Anthony responde.

Por alguns minutos, o juiz nos esclarece os termos e faz um breve discurso sobre o matrimônio. É provável que ele pense que é um casamento convencional, todos ao nosso redor também parecem concordar, pois se mantêm em silêncio.

Anthony é o primeiro a assinar os papéis sobre a mesa, e, em nenhum segundo, parece titubear. Ele me estende a caneta e também faço o mesmo, mas confesso que minhas mãos não estão tão firmes como as suas.

Quando o juiz chama as testemunhas, fico surpresa por ele ter adicionado sua mãe e o amigo...

— Vai mesmo fazer isso sem contar a ela? — O tom de Rebecca é alarmado e seus olhos fulminam o filho que, por sua vez, parece pálido.

— Por favor, Rebecca. — O comando sai frio como a mais densa geleira.

— Ela tem o direito de saber, precisa decidir se...

— Mãe! — ele vocifera e por segundos os dois se encaram como se estivessem tendo a maior discussão do mundo. Então, como se tivesse perdido a disputa, Rebecca se curva e deixa sua assinatura no papel.

— Vamos, Bob, não posso fazer parte disso. Eu sinto muito, Lori. — Pega minha mão com compaixão e lágrimas estão acumuladas em seus olhos.

— Anthony? — imploro por uma explicação.

— Agora não, Lori. Alex, é a sua vez. — A arrogância misturada à ira é uma combinação letal para o seu sistema, mas ele não as deixa irem.

Alex deixa sua assinatura no papel e encara o amigo por alguns segundos.

— Sua mãe tem razão, você deveria...

— Obrigado, Alex — corta-o.

— Bom, tenho que voltar para a West. Felicidades ao casal! — É possível identificar o cinismo em seu tom.

— Sendo assim, pode beijar a noiva — completa o juiz e Anthony me puxa pela nuca cumprindo o ritual, mas o beijo é frio, nem de longe lembra qualquer um dos nossos beijos anteriores.

Ele se afasta assim que finda o beijo e me sinto mais perdida do que já me senti em sua companhia. Existe uma peça bem importante desse quebra-cabeça que eu nem sequer poderia imaginar que não estava com o jogo que me foi apresentado.

— Você é a noiva mais linda de todo o universo! — Abraço Josh. — O lunático ganhou um ponto por me convidar, mas...

— É, foi uma surpresa *pra* mim também, não achei que ele faria tudo isso. — Meus olhos estão em Anthony enquanto se despede dos fotógrafos e do juiz.

— É o mínimo do que você merece. O que será que a mãe dele quis dizer? — *Merda*, é claro que ele também ouviu.

— Não faço ideia.

— Toma cuidado! Apesar do ponto, as coisas ainda não fazem sentido.

— Eu sei...

— Josh, ficamos felizes com sua presença, mas, como disse, seria rápido, pois temos que embarcar. — Seu braço possessivo enlaça minha cintura. Embarcar?

— É claro, obrigado por ter me convidado. Lori, *me* liga quando desembarcar, ok?

— Eu... — Olho confusa de um para outro.

— Ela liga — ele responde por mim e Josh me abraça.
— *Se* cuide — sussurra em meu ouvido. — Cuida bem dela, Anthony.
— Cuidarei.

Aceno para o meu amigo no elevador ainda sem reação, estou tentando a todo custo juntar todas as peças para tentar identificar o que está errado, mas simplesmente não consigo. Encaro meu agora marido e sei que as perguntas estão bem nítidas em meus olhos.

— Não podemos nos atrasar — diz assim que volta a se aproximar.
— Para onde vamos?
— É uma surpresa.
— Que tipo de surpresa? — Sinto-me em posição vulnerável e odeio essa sensação.
— O tipo que se faz em uma lua de mel. — Um nó se forma em meu estômago.
— Eu realmente amei a sua disposição para tornar tudo tão real, mas sabemos que este não é um casamento convencional, não é, Anthony? — Ele me encara com olhos endurecidos.
— Assinei um papel bem real — diz estudando minha reação e não há um resquício de humor em sua frase.
— Pois bem, se quer dessa forma, pode começar me dizendo o que a Rebecca e o seu amigo acham que eu devo saber? — Seu rosto perde a expressão e pareço ter lhe feito a pior pergunta desse mundo.
— Vou buscar nossas malas, o voo sai em uma hora. — Vira-se e começa a fazer o caminho para a sua suíte.
— Se não responder a minha pergunta, vai precisar me amarrar para que eu saia daqui com você.
— Isso não será um problema, querida esposa! — grita sem se dar o trabalho de me encarar. Minha respiração fica suspensa enquanto o medo se apossa de mim e de repente a única coisa de que preciso é ar, então não penso muito antes de acionar o botão do elevador e deixar a vista da sala luxuosa para trás...

Assim que saio do prédio, o ar gelado lembra que também não pensei em pegar um casaco, mas a ideia de congelar não me parece tão ruim agora. Também não estou com minha bolsa, muito menos tenho um celular, porém só preciso de uma resposta substancial que justifique meu lapso não intencional, contudo ela não chega, por isso continuo caminhando apesar dos olhares à minha volta. É logico que não pode ser normal esbarrar em uma noiva caminhando com apenas um vestido de alças em temperaturas negativas e sozinha.

Depois de vários minutos, é impossível não constatar o frio, então cruzo os braços à frente do corpo para apartar um pouco o vento gelado e cortante. Em breve a neve começará a cair.

Não sigo uma direção e não faço ideia de quão distante estou da cobertura de Anthony, mas posso dizer que a distância de certa forma me faz bem.

— Eu sinto muito, mas tenho que fechar. — Encaro a balconista do pequeno café que foi meu refúgio durante as últimas horas. — Eu tenho um casaco sobrando, posso te emprestar. — Encara-me em modo conspiratório. A palavra sororidade se aplica bem a ela, já que até chocolate quente me serviu mesmo eu negando avidamente.

— Eu prometo que devolvo logo. — Sorrio mesmo sem vontade porque é o mínimo que poderia oferecer à sua empatia. Ela assente e logo volta com um casaco marrom que parece grande demais para ela e também para mim, mas que é uma opção bem agradável agora.

— Tem certeza de que não quer ligar para alguém? — Penso no meu amigo. Certamente ele estaria aqui antes que eu finalizasse a chamada, mas não posso continuar envolvendo-o em meus problemas. Por horas tentei pensar em qualquer solução que não envolvesse meu retorno à cobertura de Anthony, mas fui ineficaz em todas as tentativas, então a conformidade continua sendo a melhor opção.

— Tenho, sim. Já estou melhor, obrigada por me deixar ficar, pelo chocolate e pelo casaco.

— Está tudo bem. Promete que volta e me dá notícias?

— Prometo. — Ela me abraça e, de certa forma, é um conforto e tanto.

— *Se* cuide.

— Eu vou. — Saio da loja quase às 20h. O dia passou diante dos meus olhos como se eu não fizesse parte dele, apenas fiquei ali naquela pequena mesa no canto da janela como se eu fosse a analista da minha própria vida, entretanto, ainda assim, não consegui ser imparcial.

Minha vida sempre esteve fadada à tragédia, sequer tive chance de escapar da única opção reservada a mim. A guerra já estava vencida pelo meu oponente mesmo antes de eu começar a lutar.

Você não ensina o mundo a sobreviver, o mundo ensina você, e, na maioria das vezes, esses ensinamentos deixam cicatrizes irreversíveis.

Quando adentro o saguão do prédio de Anthony, os dois seguranças e o porteiro parecem ter visto um fantasma.

— Dona Lori, a senhora está bem?

— Estou ótima, esqueci meu cartão antes de sair...

— Claro, vou inserir o código para a senhora. — Praticamente corre em minha direção.

— O Sr. Smith está...

— Obrigada — corto-o e logo as portas se fecham.

Sinto um alívio imensurável quando entro e tudo está silencioso, então sigo direto para a suíte, mas não antes de constatar as duas malas na entrada e que a decoração com as flores ainda se encontra da mesma forma.

Ligo a torneira da banheira e retiro o casaco emprestado que me ajudou bastante na caminhada de quase uma hora até aqui. Retiro os sapatos, em seguida o vestido e logo a cinta-liga, a calcinha e as meias também se juntam ao vestido.

Entrar na água fumegante é um refrigério muito bem-vindo. Fecho os olhos enquanto me permito esquecer minha *merda* de vida por alguns segundos...

— Onde diabos você se enfiou, *porra*!

O grito enfurecido reverbera dentro de mim, disparando meu coração entorpecido pela dor, então abro os olhos e encaro um Anthony transtornado como nunca o vi. Seus cabelos estão uma bagunça, sua roupa ainda é a mesma, mas sem o terno, sua blusa não está mais tão alinhada e seu rosto tem a expressão desesperada. Sua respiração é ruidosa o suficiente para que ultrapasse os limites do banheiro.

— Vou perguntar mais uma vez, onde você se enfiou a *porra* do dia todo? — Encara-me, esperando que eu responda, mas estou emudecida. — Ao menos tem noção de que coloquei metade de Nova York atrás de você?

— Tenho noção de que são bem incompetentes — digo com a calma de um monge.

— Não estou brincando, *porra*! — grita fora de si.

— Eu muito menos.

— Você queria me enlouquecer, não é? Pois bem, conseguiu!

— Jamais tive tal pretensão.

— Onde *caralho* estava? — Saio da banheira e ele me encara como se quisesse sugar meu sangue e usurpar minha alma.

— Por aí. — Puxo meu roupão.

— Por aí? Essa é a sua resposta? — Pega o casaco e o encara como se fosse uma blasfêmia estar ali.

— Também tenho meus segredos. — Pisco e ele me puxa pelo braço antes que eu vista meu roupão.

— Está me machucando! — grito.

— Estou? — Arrasta-me até o quarto e logo me atira na cama. — Você quer me testar, Lori? — Arranca sua camisa, fazendo os botões ricochetearem no chão. — Tem a *porra* de um avião nos esperando o dia todo porque você resolveu sair por aí como a *merda* de uma menina birrenta. Você saiu no frio sem a *droga* de um agasalho que é o que mais tem no seu armário, então chega aqui com o casaco de outro no dia do nosso maldito casamento...

— Que não é de verdade...

— É de verdade, *caralho*! — Puxa-me pelos tornozelos antes que eu possa supor que faria isso.

— *Me* solta, Anthony! Você está me machucando. Chega! — grito, deixando o pavor assumir.

— Chega? É isso? Como acha que me senti ao procurar você em todos os cantos deste apartamento e depois de caçá-la pela rua o dia inteiro como um idiota? Responda!

— Eu não fiz de propósito...

— Não fez de propósito? Escorregou no pau de outro por acidente?!

— O quê?! Me solta agora! — A ira explode em meu peito e é impossível domá-la agora.

— Você é minha mulher!

— Não sou.

— Ah, é, você é!

— Anthony, eu juro por Deus que, se não me soltar agora, assim que terminar de fazer o que deseja e se não me matar, sairei por aquela porta e você nunca mais encostará o dedinho que seja em mim ou sequer voltará a me ver. — A compreensão parece surgir em seus olhos e ele se afasta dando-me o espaço de que preciso para pegar meu roupão e fugir para o outro quarto.

Fecho a porta atrás de mim e é o tempo suficiente para que as lágrimas ganhem força e o choro descontrolado chegue. Abraço os joelhos na cama que foi remodelada para Jase. Sinto-me miserável e incapaz de encontrar qualquer solução para sanar meu desespero. Por minutos o choro é substancial demais para que eu tente pará-lo...

CAPÍTULO 28

ANTHONY

"Nossas dúvidas são traidoras e nos fazem perder o que, com frequência, poderíamos ganhar, por simples medo de arriscar."
William Shakespeare

Foi inevitável não quebrar o maldito juramento que me fiz quando retornei à sala com nossas malas e Lori não estava.

O medo, a insegurança e o abandono retornaram para a minha vida, ruindo toda a fortaleza que construí à minha volta.

Durante todo o maldito dia, enquanto procurei por Lori feito um viciado em busca de sua droga, todos esses sentimentos foram meus algozes. Achei mesmo que ela me havia abandonado. Talvez seja exatamente o que deva fazer, mas sou egoísta demais para permitir. Não posso perder mais nada, mesmo tendo jurado que não me tornaria dependente de ninguém e que jamais permitiria que meu coração fosse novamente responsável por minhas escolhas.

Toda a minha angústia enquanto a procurava deixou claro meu fracasso. Supor que me tivesse abandonado para ficar com outro no dia do nosso casamento me levou à completa ruína e ao descontrole, deixando evidente que sou totalmente dependente dela.

Isso não pode estar acontecendo, mesmo que tudo tenha perdido o sentido quando encarei seu sorriso pela manhã. Fiquei hipnotizado e pularia de um penhasco se me pedisse. Ainda que não estivesse usando um paraquedas, eu pularia.

Suas palavras e seu olhar me fizeram ter asco de mim mesmo. O que vi em seus olhos há alguns minutos me fez paralisar, pois era como se estivesse enxergando-me em meu próprio desespero sempre que fui encurralado por meu algoz, mas eu não quero ser isso para Lori, não quero que precise fugir de mim para se sentir melhor ou que não se sinta segura ao meu lado. Sou seu marido, não um monstro. Jamais a machucaria. Mesmo na pior face da minha ira, não seria capaz de feri-la ou infligir sua integridade física de qualquer forma.

Passo as mãos pelos cabelos em uma medida desesperada. Sei que nosso tempo tem um prazo de validade, mas não quero que passemos por ele da forma que foi hoje, entretanto, para que isso ocorra, vou precisar lhe entregar o Anthony de verdade, senão vou perdê-la antes do tempo...

Depois de informar ao seu amigo, à minha mãe e a toda a segurança que ela já está em casa, libero o piloto para que tenha uma noite de sono descente para que esteja disposto pela manhã e sigo para a ducha me sentindo o mais miserável dos homens e sem ter ideia de como reverterei tudo isso...

— *Não fico mais aqui!*

— *E para onde vai? Não pode ficar vagando pelas ruas, não vai conseguir sua documentação ainda, não tem dinheiro...*

— *Vou vender meu aplicativo e, em uma semana, faço 16 anos.*

— *Então espera, já vamos entrar no inverno, cara.*

— *Não, Alex! Não vou ficar aqui, muito menos voltar para aquele abrigo de merda e você deveria vir comigo, eles não são seus pais!*

— *Mas aqui temos comida, liberdade para sair e...*

— *E somos espancados quando não bebem o suficiente para desmaiar. Não passarei mais por isso! Venderei meu aplicativo, irei para a porra da faculdade e abrirei minha própria empresa. Ninguém nunca mais vai encostar a porra do dedo em mim.*

— *Fecho a mochila com as poucas peças de roupa que me pertencem.*

— *Sabe bem que não funciona assim.* — *Meneio a cabeça em negativa.*

— *E como é que funciona? Ficamos inertes enquanto somos massacrados e abusados física e emocionalmente? Não! Eu decidi lutar! Não deixarei mais ninguém matar o meu sonho ou me matar. Terei o dinheiro necessário para ter minha mãe comigo de novo e para que ninguém nunca mais nos tire do nosso lugar.*

193

— *Você nem sabe se o programa está mesmo pronto...*

— *Está. Eu sei que está e o primeiro passo para mudar a situação em que se encontra é a coragem. Posso morrer congelado daqui a uma semana, mas vou em busca do que eu acredito. Vem comigo?* — Abro a janela da casa que vem torturando-me há alguns meses, a mesma casa que acrescentou outra marca fodida em minha vida.

— *Foda-se! Eu vou com você!*

Caminhar até o quarto que decorei para Jase leva uma eternidade e, mesmo que esteja paralisado em frente à porta, ainda não sei o que dizer, quer dizer, eu sei, só não tenho ideia de como começar...

— Lori? — Bato à porta que está trancada, mas não escuto qualquer resposta de volta. — Abre, por favor! Sei que está assustada, mas eu juro que só quero conversar. Por favor, Lori. — Por minutos permaneço colado à porta ainda fechada, mas sei que ela está perto, pois ouço seus soluços e isso faz meu coração sangrar como se estivesse sendo passado em um moedor.

— Fui entregue pela Rebecca a um abrigo depois que fomos obrigados a deixar mais uma moradia por falta de pagamento. Passamos dias vagando pelas ruas. Ela tentou arrumar um emprego, mas ninguém queria uma criança no pacote, então prosseguíamos em nossa busca ouvindo um não após o outro e aquele foi um dos invernos mais frios de Nova York. A Rebecca não queria me entregar, eu sei, mesmo nunca tendo admitido isso a ela por ter acumulado raiva por tempo demais, sei que lutou quanto pôde. Dormimos em banheiros de metrô e de rodoviária, passamos uma noite ou duas escondidos no Walmart, mas na minha cabeça estávamos vivendo uma aventura e tanto. Demorei alguns anos para compreender de fato que minha mãe foi mais do que apenas corajosa, ela foi resiliente e persistente demais em uma batalha que não tinha a menor chance de ganhar. Entrávamos nas filas dos abrigos para que, quando chegasse a nossa vez, já tivesse esgotado a vaga. No dia que ela me deixou naquele abrigo, eu senti em meu coração que não a veria mais, mas ela me prometeu que me buscaria. O que um menino de oito anos pode fazer a não ser acreditar em sua mãe? Eu esperei, acreditei, confiei e isso era tudo que eu podia fazer. Mesmo quando me diziam que ela não voltaria, eu não pude duvidar dela.

Respiro fundo tentando controlar o bolo em minha garganta e continuo:

— Até ser enviado para o primeiro lar provisório... — Fecho os olhos tentando acalmar meus batimentos. — Quando o mundo verdadeiramente se revela a você pela primeira vez, é bem difícil, principalmente quando isso é feito antes do tempo. Foram mais vinte depois do primeiro e eles se tornaram parte de mim. Sou fodido de muitas formas, Lori, e talvez isso tenha tornado o conserto irreparável, mas não posso permitir que isso ocorra também com o Jas... — A porta se abre e a visão de seu rosto está mais turva do que deveria, então percebo que também estou chorando, coisa que não fazia havia muito tempo. — Não posso permitir que toda essa *merda* o alcance, não quero que ele olhe para você como olho para minha mãe, não quero que nenhuma barreira ou ferida os separem. Não sei lidar com o que é bom demais, pois nunca tive isso e eu não posso dar amor porque desaprendi a fazer isso, mas...

Ela se joga em meus braços e nunca um abraço foi tão necessário. Meu rosto se esconde em seu pescoço por segundos enquanto nossos corações são guiados no mesmo ritmo...

Afasto-me, pego seu rosto entre minhas mãos e nada nunca pareceu tão certo.

— *Me* desculpa? Por favor, *me* desculpa. — Ela parece atônita com meu pedido, eu também estaria se não se tratasse de Lori. — Não sei fazer isso, mas você não deveria preferir o frio ao seu marido. Sim, Lori, sou seu marido e quero fazer isso dar certo pelo tempo que ainda temos. Por favor, eu sei que não esteve com outro, fiquei transtornado, não posso perder você, Lori.

— Eu sinto muito por tudo, Anthony. Sinto mesmo, mas você não pode ferir as pessoas toda vez que se sente acuado.

— Eu sei. — Encosto a testa na sua.

— Desculpa por sair daquele jeito. Eu só queria fugir de toda essa inconstância, pois não suportava mais a distância que coloca entre nós. Fiquei sufocada. Sei que o combinado era não esperar nada, mas não pode me dar uma noite incrível, uma surpresa linda e de repente me ignorar, agindo como se nada tivesse acontecido.

— Eu sei. Prometo que não vai mais se repetir. Achei que tinha me abandonado e isso quase me enlouqueceu. — Ela me abraça e a sensação é inexplicável. — De quem é o casaco? — A pergunta pula de minha boca sem que eu tenha tempo de formulá-la melhor.

— Passei o dia em um pequeno café e a balconista foi muito generosa ao me emprestar para que eu não caminhasse mais uma hora no frio.

— Por que não ligou? Eu iria buscá-la.

— Porque eu estava com muita raiva de você e do seu ego idiota.

— E ainda está com raiva? — Beijo o canto de sua boca e desço meus lábios por seu pescoço.

— Estou avaliando essa parte — sussurra.

— É? — Desfaço o laço de seu roupão. — Podemos começar a nossa lua de mel agora? — Minhas mãos espalmam-se em sua bunda.

— Estou morrendo de fome — responde.

— Eu também. — Puxo os cabelos em sua nuca para que sua boca se cole à minha.

— Fome de comida — rebate com uma das mãos no meu peito.

— Deveríamos estar jantando ao luar em Cancún, mas vou pedir...

— Oi? — Ela puxa meu braço antes que me afaste parecendo surpresa.

— A nossa lua de mel, lembra? Já era para termos consumado nosso casamento no belo resort que reservei, mas, em vez disso, procurei minha noiva o dia inteiro nesse frio insuportável.

— Eu sinto muito. — Parece realmente arrependida. — Nós perdemos a viagem? *Merda*, eu queria muito que tivesse dito.

— Era uma surpresa. — Ela sorri e envolve meu pescoço com as mãos.

— Você sabe exatamente como fazer o nosso casamento dar certo, só precisa exercitar. — Beija meu pescoço.

— Vou comprar mais pacotes para Cancún.

— Não é sobre isso, seu bobo, mesmo que queira muito conhecer, pois nunca saí de Nova York. É sobre a sua atitude. Não precisava fazer nada disso, já que o nosso casamento...

— Lori, os motivos podem não ter sido ideais, mas a *porra* do nosso casamento é real e eu não quero que você pense o contrário.

— Quero que seja, Anthony. Sei que prometi, mas... — Ela encara os pés fugindo dos meus olhos e o medo volta a me atormentar.

— Mas?

— Eu me apaixonei por você. — O mundo para, assim como o meu coração, se é que realmente tenho um. — Eu não consegui evitar, mas eu sei os termos e...

— Lori — interrompo-a mesmo estando em choque.

— Não vou misturar as coisas. Sei que você... — Calo-a com meus lábios.

Sei que deveria dizer-lhe toda a verdade neste instante, o motivo de eu não poder alimentar o seu amor, mas sou egoísta o suficiente para não querer abrir mão deste momento.

— Vamos ter que adiar o nosso jantar uns minutinhos, porque agora eu preciso devorar a minha mulher...

— Ah! — grita quando a pego em meus braços. — Eu posso ir andando.

— A tradição manda que o noivo carregue a noiva. — Praticamente corro até nossa suíte e a minha vida nunca pareceu tão perfeita.

Sento-me na cama com Lori ainda em meus braços e meus lábios não deixam os seus. Meu desejo nunca esteve tão latente e, todas as vezes que ele se aproximou ao que estou sentindo agora, foi culpa da minha esposa.

Conduzo seu corpo junto ao meu até que estejamos deitados, minha mão passeia pela pele macia e perfeita demais para que seja mesmo de verdade, mas ela é, e eu preferiria ter apenas mais um minuto de vida a ser privado de tocá-la.

— Eu não sei mais não ter você, Lori — sussurro em seus lábios. — Sei que tenho sido um completo imbecil, mas prometo tentar entregar apenas o meu melhor, mesmo que as circunstâncias afirmem que essa forma é errada. Não quero sentir o que senti hoje de novo...

— Não é errado, Anthony. Somos só duas pessoas quebradas tentando recuperar o equilíbrio para ficarmos de pé. Vamos fazer dar certo e, enquanto estivermos do mesmo lado, não há motivos para que eu queira fugir. — Beijo-a porque não posso mentir ou lhe dar a esperança que não me pertence olhando em seus olhos, isso não. Ela puxa meus cabelos, entregue como sempre faz e é a força necessária para mudar o curso dos meus pensamentos. Agora apenas o desejo e essa necessidade louca importam.

CAPÍTULO 29

LORI

"Em nossas loucas tentativas, renunciamos ao que somos pelo que esperamos ser."
William Shakespeare

O tremor percorre meu corpo enquanto a ansiedade controla meu sistema. Meus dedos se cravam nos braços da poltrona e eu não me atrevo a encarar a paisagem da janela por nenhum segundo sequer, então minha vista fica resumida a Anthony, que neste momento disfarça um sorriso. Seus olhos estão fixos em mim...

— Vem aqui. — Estende a mão.

— Está louco? — O solavanco faz o avião subir mais um pouco.

— É só uma pequena turbulência, vou te fazer esquecê-la — declara sedutor.

— Estou muito bem aqui e segura em meu cinto.

— Ficará mais segura em meus braços.

— Nesse momento me dou o direito de duvidar. — Ele sorri.

— Ainda temos mais três horas de viagem...

— Não me lembre. — Retira o cinto...

— O que está fazendo? Volte para o seu lugar, Anthony!

— Um marido tem o dever de ter a *expertise* para sanar qualquer problema que sua esposa tenha. — Ajoelha-se à minha frente e seus dedos percorrem minhas coxas desnudas pelo vestido.

— Anthony, por favor, volte para o seu lugar.

— Estou exatamente no meu lugar. — Suas mãos adentram meu vestido e não demora muito para que minha concentração esteja toda nele e em seus dedos que se engancham na lateral da minha calcinha.

— Não! A comissária pode nos ver — alerto.

— Ela não vai entrar aqui, dispensei seus serviços. — Começa a remover a peça de renda, escorregando-a lentamente por minhas pernas junto ao meu raciocínio lógico. Anthony tem o poder de dominar meu corpo ao menor toque.

Ele desafivela meu cinto...

— O que está fazendo?

— Você esquecer o voo. — Aperta um botão e meu encosto reclina um pouco, então seus lábios correm por minhas pernas e é impossível pensar em qualquer outra coisa que não seja nele.

— Anthony — sussurro quando mordisca minhas coxas, logo suas mãos apoiam-se sobre meu quadril e o puxam mais para si.

— Linda *pra caralho*! — Apoia uma de minhas pernas sobre seu ombro e, mesmo envolta na penumbra do desejo e ansiando por mais e mais dele, consigo contemplar o cara por quem me apaixonei e que agora é meu marido.

Sua língua circula meu sexo, então ergo meus quadris para me oferecer sem pudor algum e ele parece receber a oferta de bom grado.

Meus dedos enroscam-se em seus cabelos enquanto lambe avidamente e parece se alimentar de mim...

— Gosta assim? — O desejo é nítido demais em sua expressão.

— Sim, continua. — É possível ouvir o som de seu riso de satisfação, assim como é inevitável não ser conduzida pelo prazer que ele me oferece, não levando mais que alguns minutos para que eu seja arrebatada por ele...

— Ah, amor. — Puxo seus cabelos enquanto o gozo reverbera por meu corpo de uma forma que apenas Anthony sabe conduzir.

Quando abro os olhos depois de alguns segundos, meu marido está me encarando paralisado e leva apenas dois segundos para a compreensão me atingir.

— Desculpa — peço ciente do que havia deixado escapulir, mas ele também já usou um apelido carinhoso e eu considerei que fosse algo que já tivesse entregado também a outras mulheres, entretanto "amor" é realmente íntimo demais e é provável que eu o esteja assustando.

Embora tenha sido incrível essa noite até aqui e eu já lhe tenha revelado estar apaixonada, não sei se quer investir nisso.

— Pelo quê? — Quebra o silêncio. — A palavra não era direcionada a mim?

— É claro que era, mas eu sei que para você pode parecer... — Não sei como formular a frase.

— O quê? — Puxa minha mão e me conduz em sua direção, então seu corpo fica entre minhas pernas e seus lábios passeiam por meu pescoço.

— Você não é o tipo que gosta de apelidos carinhosos.

— Não sou, mas a minha esposa tem esse direito. Gosto de tudo que venha de você, Lori. Amo essa boca e tudo que sai dela... — Puxa um dos meus lábios, e ainda estou paralisada com sua revelação. Tudo bem, não foi um "eu te amo", mas, vindo do *senhor soberba*, é como se fosse. — Essa boca linda me deixa alucinado e ansioso para fodê-la... — Acaricia meu rosto e, no segundo seguinte, afasta-se, voltando à sua poltrona. — Vem aqui — ele me chama e é possível identificar o medo da minha recusa em seus olhos, mas me sinto poderosa demais para fazer isso, então lhe obedeço e deixo minha poltrona, ajoelhando-me à sua frente e levando minhas mãos para o botão da sua calça jeans, então é possível sentir o exato momento em que sua respiração fica suspensa.

Quero lhe dar tudo de que precisa e ser tudo de que ele precisa.

Anthony enrosca uma das mãos em meus cabelos e desço meus lábios lentamente por sua ereção...

— *Porra!* — ele rosna, parecendo extasiado, e me sito orgulhosa por de alguma forma estar fazendo a coisa certa. Por alguns minutos, dedico-me a lamber, sugar e levá-lo até o seu limite. — *Caralho*, Lori! Se continuar assim, vou gozar.

— Não queremos que faça isso ainda, Sr. Smith. — Pisco e volto a me concentrar em seu prazer.

— Amor! Aqui eu sou o seu marido e o seu amor — corrigi-me.

— Só aqui? — Desço minha língua por sua ereção enquanto o encaro.

— Em qualquer lugar, eu sou seu, só seu.

— Bem melhor, amor. — Abocanho-o, sentindo-me realmente sua dona. Dedico-me a ele por mais algum tempo, seus gemidos e a respiração pesada me revelam que está bem perto...

— *Porra*, Lori! — grita quando não resiste mais e libera seu gozo em minha boca. Seus olhos me encaram com satisfação por longos segundos. É a primeira vez que lhe ofereço prazer dessa forma, assim como é a minha primeira vez, mas apenas segui as teorias do Josh e da minha intuição.

— Foi bom?

— Vem aqui. — Puxa-me para o seu colo. — Você foi perfeita. — Meu coração perde algumas batidas, contudo não sei mesmo se tenho o direito de estar tão feliz. — Vamos tirar um cochilo, a senhora anda me sugando muito. — Bate em minha bunda e puxa uma manta sobre nós.

Mal dormimos essa noite, já que, depois que nosso jantar chegou, fizemos amor mais algumas vezes e, quando Anthony me disse que nossa lua de mel ainda aconteceria, a ansiedade não me permitiu dormir.

Estou agarrada a um dos homens mais ricos do mundo, um que tem seu próprio avião, mas nem uma dessas coisas está à frente do seu coração para mim. Por mais que ele diga que não pode mais sentir amor, eu sei que pode, pois foi exatamente isso que o fez ajudar meu irmão e jamais deixarei de amá-lo por isso.

— Ei! — O toque suave no meu rosto me desperta. — Já vamos aterrissar, então é melhor se sentar e colocar o cinto.

— Já?

— Sim, eu disse que iria acalmá-la. — Pisca. Eu me levanto, visto a calcinha e ajeito meu vestido, em seguida me sento em minha poltrona.

— Você é bem convencido.

— Não me casaria com você se não fosse persistente e convencido. — Meneio a cabeça sorrindo.

— Teremos que exorcizar essa arrogância algum dia, Sr. Smith.

— Algum dia, Sra. Smith. — É difícil controlar a sensação de contentamento quando ele me intitula com seu sobrenome pela primeira vez.

Não quero acreditar que estou sendo tão ingênua a ponto de pensar que o nosso casamento pode, sim, encontrar o caminho de um futuro longo e feliz. Mas estou, porque não quero que tenhamos um prazo de validade.

Nunca o vi tão entregue, leve e espontâneo e isso me dá, sim, esperança de mais.

— É perfeito, Anthony! Meu Deus, nunca vi algo tão lindo assim! —

revelo assim que entramos na enorme suíte rodeada de vidros que nos dão a vista perfeita do mar cristalino.

— Como dizem por aí: esposa feliz, marido feliz?

— Seu bobo! Eu amei tudo. Nossa, nunca imaginei poder estar em um lugar assim.

— Agora você pode estar no lugar que quiser. — Aproxima-se e ainda estou admirando o mar à minha frente.

— Podemos dar um mergulho? — pergunto parecendo uma menininha de cinco anos em sua manhã de Natal.

— Agora?

— Sim, por favor? Nunca entrei no mar.

— Achei que pudéssemos almoçar primeiro.

— Rapidinho. — Meio que faço a cara do *Gato de Botas*.

— Tudo bem.

— Ah! Eu te amo! — Pulo em seu pescoço e ele parece sem reação. — Vou colocar o biquíni. — Sigo em direção à mala e Anthony ainda permanece paralisado em seu lugar.

Abro a mala, que não fui eu que arrumei, esperançosa que realmente tenha um biquíni, mas é obvio que existem várias opções. Escolho o rosa e não demora mais que alguns minutos para que esteja pronta. — Vamos? Precisa se trocar!

— Não tem outro biquíni? — Seus olhos varrem meu corpo.

— O que tem de errado com este?

— Não devia ter deixado a Rebecca arrumar a sua mala.

— Pois ele é lindo, sua mãe tem muito bom gosto. — Dou uma volta. — Vamos?

— Isso não vai dar certo. — Meneia a cabeça em negativa e abro sua mala.

— Já deu, amor! Toma, veste essa, está ótima. — Pego uma sunga do meio de suas roupas e jogo para ele. — Vamos! — digo ansiosa e ele aceita minha sugestão.

Alguns minutos depois, ele retorna ao quarto já vestido só com a sunga.

— Você está um gato, gostoso *pra cacete*! — Um sorriso maroto surge em seu rosto. — Podemos ir. — Puxo sua mão. — Só um pequeno lembrete: nosso casamento é super de verdade, então nada de ficar desviando os olhos por aí.

— E por que eu faria isso?

— E por que não faria? — retruco e ele parece avaliar demais minha réplica.

— Tem razão... Ai! — grita quando meu tapa atinge suas costelas. — Eu estava só brincando, você não tem humor? — Alisa a lateral de seu corpo.

— Não tente me manipular, Anthony! — Pisco, devolvendo sua frase fajuta.

— Tenho algumas formas de manipulá-la e fazer você desistir do mergulho. — Seu braço me puxa até que eu esteja colada ao seu corpo e sua outra mão aperta minha bunda.

— Ficarei feliz com sua manipulação quando retornarmos, agora vamos. — Seus olhos não se desviam do meu rosto e sua expressão fica carregada novamente.

— Diz de novo?

— O quê? Vamos?

— Não.

— Não tente me manipular?

— Não.

— Ah! Gostoso *pra cacete*? — Ele sorri e nega com a cabeça, então encosta sua fronte na minha e seus olhos deixam claro o que quer ouvir de novo. Ele não passa de um menino assustado que se escondeu demais para não se machucar de novo.

— Eu te amo. — Seus lábios sugam os meus e o beijo sôfrego me deixa ciente de duas coisas: a primeira é que lhe dei a resposta correta dessa vez e a segunda é que o mergulho terá que esperar mais um pouco.

CAPÍTULO 30

LORI

"Para suportar a tristeza, basta um, mas, para desfrutar a felicidade, são precisos dois."
Elbert Hubbard

Encaro meus pés sob a água morna e cristalina enquanto absorvo a sensação da areia macia e alva sob meus dedos. Viro um pouco para encarar Anthony em sua espreguiçadeira usando seus óculos de marca badalada e cara demais.

Não é difícil para qualquer um aqui enxergar o protótipo que ele desenhou para si: o cara milionário, arrogante, fútil e digamos gostoso também, porque não há uma só mulher que passe por ele, e não o admire. Mas não é assim que eu o vejo... Ok, talvez a soberba ainda o domine e, de certo modo, construir o que construiu é para se ter um *puta* orgulho mesmo.

Meu coração doeu com sua revelação. Gostaria de tê-lo resgatado de alguma forma. Não poderia imaginar um passado tão cruel para ele. Acho que a maioria de nós acaba julgando apenas pelo que se pode enxergar no momento e isso é um fato que devemos trabalhar diariamente.

Uma alma massacrada nos transforma, e não temos absoluto controle sobre a mudança. É difícil tratar uma dor quando não existe remédio para ela. Eu enxergo Anthony. Ele se exilou onde ninguém pudesse alcançá-lo e feri-lo novamente, mas como eu poderia machucá-lo?

Meu coração nunca se entregaria a alguém cruel e perverso. Confesso estar aliviada por não me ter enganado. Aprendi a identificar corações feridos, já que o meu sempre esteve sangrando.

Mergulho no mar convidativo e a sensação é única, memorável e revigorante. Quando retorno, pareço realmente estar mais leve.

É o nosso segundo dia neste paraíso, mas ontem como previ não consegui sair da suíte a não ser para o jantar incrível que Anthony reservou. Foi mesmo um sonho!

Pareço estar em um sonho romântico, meu marido me surpreende a cada segundo, inclusive hoje pela manhã, quando levou nosso café para cama. Tem sido tão perfeito de uma forma que não poderia prever...

— Oi? — Levo um susto com o cumprimento do cara ao meu lado.

— Oi — respondo cordialmente enquanto seus olhos me encaram com curiosidade.

— Primeira vez aqui? — Puxa conversa.

— É, sim.

— Gostando?

— Ah, sim, é um paraíso.

— É mesmo, eu venho sempre que posso. Se quiser, podemos combinar um *drink* e...

— Tudo bem, amor? — Anthony envolve um dos braços em minha cintura de forma possessiva.

— Sim — respondo tranquilamente.

— Bom, *nos* vemos por aí.

— Será bem difícil — meu marido rebate com sua característica soberba.

— Desculpa aí, não quero problemas.

— Então é melhor ficar longe das mulheres casadas. — O cara meneia a cabeça sem graça e se afasta.

— Anthony! — Viro-me de frente para si.

— O quê?

— Precisava dessa grosseria? Ele...

— Aquele *filho da puta* estava de olho em você desde que se levantou e veio para a água — corta-me.

— E como sabe disso?

— Porque eu não sou cego! Ele sabia que você estava acompanhada e que é casada, mesmo assim veio cantar você! — A ira explode em seu rosto, então envolvo seu pescoço com os braços.

— Ele não me cantou e talvez não soubesse que eu estava acompanhada e que sou casada. — Beijo o canto de sua boca e é possível sentir quanto está irritado.

— E como ele duvidaria? Um segundo antes de se levantar, eu estava com a mão na sua bunda!

— Talvez ele não tenha visto essa parte e como não estou usando uma aliança... — Um vinco se forma entre seus olhos e a compreensão parece alcançá-lo.

— Chega de sol, é melhor irmos. — Seus olhos estão frios.

— Vai me culpar porque um cara se aproximou? — exijo, deixando o bom humor de lado.

— Não estou culpando você. É uma mulher bonita e é natural que chame atenção. — A indiferença me machuca.

— Que bom que pensa assim, mas não quero ir ainda, vou ficar mais um pouco. — Afasto-me.

— Não está acostumada a tanto sol, vai se queimar demais.

— Estou ótima e, como disse, o sol é raro, tenho que aproveitar.

— Lori, vamos.

— Não vou me esconder do mundo apenas porque você está com ciúmes. — Ele sorri, mas não há humor em seu sorriso.

— Não preciso ter ciúmes de você, pelo amor de Deus! O cara só foi um sem-noção.

— E você não sentiu ciúmes?

— Óbvio que não! Isso seria imaturidade minha. Você é minha mulher.

— Quer saber? Acho que vou para aquele *spa* agora. Até mais tarde, querido marido! — A ironia se apossa de mim.

— Lori? — ele me chama, mas não me dou o trabalho de olhar para trás. É claro que estava morrendo de ciúmes, mas preferiu se esconder atrás de seus muros novamente. Comigo não, Anthony! Gosto das portas destrancadas.

Depois de alguns *drinks*, depilação, limpeza de pele, unhas vermelhas e uma massagem relaxante, estou submersa na hidro, com uma taça de espumante. Sempre achei isso tão chique nos filmes. Confesso que o álcool já domina meu sistema, mas me sinto empoderada demais para me importar.

— Temos uma hidro na nossa suíte.

— Estou no meu momento, Anthony! — rebato. Sabia que estava na sala de espera, os buchichos sobre ele chegaram aos meus ouvidos durante as quase três horas que estou aqui.

— Já está quase na hora do jantar...

— Estamos de férias! — Ergo a taça em sua direção e ele sai da sala, deixando-me sozinha novamente, mas isso não dura muito. — O que está fazendo?

— Esqueceu a parte da lua de mel. — Tranca a porta e retira sua camisa.

— Anthony, não! — Começa a retirar a bermuda... — Para, não pode, estamos em um lugar comum, alguém pode entrar.

— Não é justo uma esposa aproveitar sem seu marido, *honey*. — Começa a entrar na banheira.

— Amor, não. — A água se movimenta quando se senta.

— Tem outra parte bem importante que precisa ser explorada para o profundo relaxamento. — Retira a taça da minha mão e me puxa para o seu colo. Então fico de frente para ele. Seus dedos desfazem o laço do biquíni em minhas costas...

— Podem entrar — sussurro quando remove a peça de meu corpo e sua boca roça meu maxilar.

— Cuidei disso. — O beijo chega recheado de promessas, luxúria e paixão...

Sou louca por ele, então é impossível resistir...

Suas mãos trabalham na tira em meus quadris e eu tento me movimentar para ajudá-lo a descer a peça, mas...

— Parece que alguém bebeu além da conta de novo — sussurra quando me desiquilibro.

— Não deveria abusar de uma bêbada indefesa. — Mordisco seu pescoço.

— Ah, deveria, sim. — Suspende-me um pouco e com uma agilidade incrível me deixa completamente nua sobre si.

Sua boca abocanha um dos meus seios e é inevitável não expressar minha satisfação em um gemido.

Um de seus dedos me penetra, deixando evidentes minha excitação e meu desejo. Eu o quero com cada parte de mim.

— Só desta vez acho que está certo, Sr. Smith.

— Você é muito rebelde, Sra. Smith! — Seus dedos se cravam em meus quadris e, com uma só investida, ele me penetra.

— Ahhh! — Jogo a cabeça para trás extasiada.

— E a sua rebeldia me alucina como a droga mais eficaz desse mundo

— completa no mesmo segundo que apoio as mãos na lateral da banheira e começo a dominar o jogo.

Sinto-me livre com Anthony como nunca me senti. Seu corpo parece uma extensão do meu, não há ressalvas ou pudor.

Rebolo sobre meu marido buscando avidamente por libertação, mas também quero lhe dar prazer e deixá-lo louco assim como me deixa...

— *Porra*, amor! Isso... — Puxa um pouco meus cabelos e nossos olhos se conectam. Sua admiração e satisfação estão evidentes em seu rosto. — Não posso suportar mais, *honey*, vem comigo — implora em um tom rouco e seus dedos exercem a pressão no ponto certo...

— Ahhh, Anthony!

— Linda *pra caralho*! — vocifera quando o prazer também o alcança.

Deixo meu corpo cair sobre o seu e seus braços me apertam como se eu fosse fugir a qualquer momento. Em seguida, escondo meu rosto em seu pescoço ciente de que apenas um ano jamais será suficiente e que, por mais que eu lute, nunca esquecerei esta conexão e este momento.

— Eu te amo, Anthony, e vou amar para sempre — sussurro e seu peito se eleva com uma respiração forte demais, mas seu silêncio se mantém, assim como o abraço forte.

Sei que ainda está preso a seus fantasmas e que não está pronto para deixá-los irem. No fim, ele é, sim, como os mocinhos assombrados que tanto me fascinam nos romances. Eu encontrei meu próprio *CEO*!

Ainda não consigo medir o tamanho do estrago em sua alma e se ele pode ser consertado, mas eu tentarei até minhas últimas forças.

O caminho de velas e pétalas pela areia nos leva até a um pergolado enfeitado com flores e tecidos brancos em uma parte deserta da praia. Em seu centro, há uma mesa arrumada para dois, enquanto lanternas com velas e a Lua Cheia são responsáveis pela iluminação.

Meus dedos se apertam mais aos de Anthony enquanto respiro mais fundo para permitir que o ar encontre meus pulmões novamente...

— Não gostou? — Suas palavras me tiram da inércia.

— É lindo, amor! — Abraço-o emocionada.

— Esposa feliz, marido feliz. — Beija minha fronte. — Espero que goste do cardápio. — Ele me conduz até o meu lugar e logo se senta de frente para mim.

— Estou faminta! — Seu sorriso é espontâneo, parece vir de dentro e a alegria está estampada em seus olhos como na de um garoto que acerta sua primeira tacada.

— Não imagino o que tenha motivado seu apetite.

— Tenho certeza de que sabe exatamente o motivo — flerto com meu marido.

Depois que deixamos o *spa*, continuamos nossa tarde em nossa suíte e fazer refeições parecia a última coisa necessária ali.

Encaro o *ceviche* delicioso à minha frente e, ainda assim, meu apetite por Anthony parece maior. Nunca imaginei estar em uma cena como essa, muito menos com ele.

Degusto o jantar, mas minha atenção maior está no cara lindo sentado de frente para mim.

— Que foi?

— Nada, só admirando o meu marido, não posso? — Sorri como um menino envergonhado.

— Eu acredito que o direito é todo seu.

— E não abrirei mão dele. — Um pensamento parece relampear em seu rosto e seus olhos se voltam para a sua taça com vinho. — Eu disse algo errado?

— Não. — Algo em sua entonação muda.

— Estava uma delícia. — Mudo de assunto, pois sua variação de humor não será bem-vinda agora.

— Sim, estava. Sobremesa?

— Acho que vou dispensar a sobremesa hoje. — Ele arregala os olhos, parecendo... surpreso?

— Não vamos fazer essa desfeita com o *chef*. O jantar foi preparado apenas para nós. — Anthony está realmente se importando com os sentimentos do *chef*?

— Estou realmente satisfeita, mas se é assim... — Ele assente e ergue uma das mãos.

— Sua ideia para a correção do aplicativo parece estar tendo grandes resultados. Foi uma observação excelente.

— Meu cérebro também é aproveitável, Sr. Smith.

— Não tenho dúvidas.

— Mas me rejeitou algumas vezes, eu poderia estar na concorrência.

— Você sabe que não faço as seleções. Se as fizesse, já teria sido minha há mais tempo e... — Engole em seco.

— O senhor é bem convencido.

— Estou mais para irresistível. — Gargalho e ele me acompanha sorrindo também, mas seu sorriso logo cessa quando as sobremesas são servidas.

— Obrigada! — agradeço ao garçom, que logo se retira.

— Abre.

— Eu vou! — digo sorrindo, pois ele está mais ansioso do que eu pela sobremesa... — Que isso? — Fico surpresa com a caixinha preta ao lado da taça decorada com um doce que parece mais uma escultura de tão perfeito.

— Abre! — Sorrio com sua ansiedade e abro a caixinha...

— Anthony! — vocifero ao encarar o anel com a pedra magnífica. Nunca vi um assim.

— Nenhum *filho da puta* terá dúvidas de quanto a você ser minha.

— Amor! — Levanto do meu lugar, sigo em sua direção e, um segundo depois, estou em seu colo. — É maravilhoso!

— Foi o melhor que eles tinham aqui, mas podemos comprar outro quando retornarmos.

— Não quero outro, esse está perfeito! — entrego a caixinha a ele, então meu marido coloca a aliança em meu dedo.

— Foi uma falta grave, não poderia ter esquecido esse detalhe...

— Ei — pego seu rosto em minhas mãos e conecto meus olhos aos seus —, foi perfeito assim, obrigada.

— Não achei nada perfeito aquele *filho da puta* dando em cima de você. — Sorrio.

— Você realmente ficou com ciúmes...

— Você é minha mulher e eu não quero nenhum desgraçado achando que pode ter o que é meu.

— É? — Mordisco seu lóbulo. — Ainda parece ciúme...

— É exatamente o que parece! Feliz agora? — exige irritado.

— Muito feliz! Podemos pular a sobremesa? — sussurro, descendo meus lábios por seu pescoço.

— Devemos!

— Ah! — grito quando se levanta comigo nos braços. — Você vai me deixar cair — digo sorrindo.

— Nunca, *honey*! Jamais vou deixá-la cair...

CAPÍTULO 31

LORI

*"Mais do que de máquinas, precisamos de humanidade.
Mais do que de inteligência, precisamos de afeição e doçura.
Sem essas virtudes, a vida será de violência e tudo estará perdido."*
Charles Chaplin

Despertar nos braços de Anthony faz meu dia começar com a expectativa extremamente alta.

Admiro meu marido ainda adormecido por longos segundos. Meu coração martela em meu peito e é impossível não sentir a reconfortante sensação de felicidade que tive tão poucas vezes na minha vida. Justamente por isso, fico tentada a prendê-la e jamais deixá-la ir.

Já sinto saudades desses dias. Anthony está sendo tão perfeito que não quero ir, pois não posso arriscar perder essa magia, mas não tenho essa opção, então a única coisa que posso fazer é torcer para que ela vá na mala conosco.

Quando seu celular o desperta, a primeira coisa que faz é buscar por mim ao seu lado. Sua mão apoia-se em meu quadril antes mesmo de abrir os olhos e o gesto faz com que o potinho da esperança se encha mais um pouquinho.

— Smith — atende ainda de olhos fechados enquanto seus dedos percorrem meu quadril. Sei que está exausto, pois tivemos o dia de ontem cheio, nadamos com golfinhos, mergulhamos, fizemos trilha e até aprendemos a dançar alguns ritmos locais. Nossa noite também foi bem produtiva. Anthony tem me levado por caminhos deliciosos e é provável que a dependência já esteja presente em meu sistema. — Sim, nós estaremos aí em uma hora. — Desliga e, um segundo depois, seus olhos encaram os meus. — Perdemos a hora.

— Vamos ignorá-la. — Jogo uma das pernas em cima de seu quadril. — Bom dia! — Mordisco seus lábios.

— Parece muito tentador, mas realmente temos que ir. Tenho uma reunião muito importante em algumas horas.

Sua expressão não parece a do homem que adormeceu em meus braços; ela lembra mais a do cara que me irrita como ninguém neste mundo.

Achei que tivéssemos superado suas mudanças de humor, mas, pelo visto, foi apenas mais uma ilusão idiota da minha parte.

— Não tinha nada agendado para hoje — rebato.

— É a assistente falando ou está se declarando uma esposa grudenta e dominadora? — profere de uma forma frívola.

— Anthony? — Encaro-o sem conseguir evitar a perplexidade. Ele se levanta, deixando-me com o seu silêncio, e leva apenas alguns minutos para já estar vestido enquanto ainda estou estática, na mesma posição.

— Vou fechar a nossa conta. Se puder estar pronta em 30 minutos, evitaremos alguns transtornos — diz apático e seus olhos não encontram os meus.

— Vamos voltar a isso?

— Infelizmente não podemos estender nossa permanência aqui. Nem poderia ter deixado a empresa nesse período, estamos no final do ano. Você trabalha lá, Lori, não finja que não sabe que quatro dias foram um grande feito — de costas, ele argumenta, fugindo da real pergunta.

— É claro, Sr. Smith. — Levanto-me impetuosa e sigo para o banheiro a passos firmes...

— Lori! — ele grita, mas bato a porta e a tranco em seguida. — Abre! — exige, mas ignoro seu pedido em um lapso intencional, a frustração me faz companhia e não consigo me desfazer dela.

Levo alguns minutos para deixar o banheiro e, quando o faço, dou de cara com meu marido.

— Eu também não queria ir... — Puxa-me pela cintura e cola meu corpo ao seu.

— Prometeu que não me trataria mais assim.

— Eu sei, foi involuntário, *me* desculpa, não quero dormir no sofá. — Sorrio.

— Não precisa dormir no sofá, existem mais quartos na sua casa — alfineto e ele me vira com um só movimento.

— Agora é a nossa casa. — Meu coração perde algumas batidas. —

Podemos encontrar outro castigo que não inclua dormir longe de você ou greve de sexo?

— Não surtiria o efeito desejado. — Seus olhos se arregalam.

— Lori? — O medo está enraizado em seu tom.

— Consequências são inevitáveis. — Pisco, tentando me manter séria. Eu sei que a sua arrogância não será diluída tão rápido. É bem difícil se desfazer de tantas camadas repentinamente, mas não me vou deixar vencer ou me acostumar à sua maldita soberba e Anthony precisa decidir até que ponto vale a pena deixá-la entre nós. — Serei benevolente dessa vez, mas... — Seus lábios se juntam aos meus e, em frações de segundos, o beijo sôfrego e delicioso é aprofundado e faz com que todas as incertezas se desfaçam instantaneamente...

Meus dedos trêmulos apertam os de Anthony enquanto meus olhos estão fixos na porta envelhecida de madeira, a ansiedade perturba a certeza e quase a vence, estou emudecida preservando a melhor parte de mim.

Meu amigo tem a mão firme em meu ombro direito. Sinto-me privilegiada e amparada como nunca fui.

Mal consigo respirar e, por vezes, pego-me duvidando se meus pulmões realmente ainda podem cumprir seu papel.

Os segundos de espera se tornam maior que um longo dia e os minutos seguintes, uma eternidade. Certamente, se não estivesse amparada de ambos os lados, meu corpo já estaria no chão...

O primeiro rangido da dobradiça deteriorada faz todas as batidas do meu coração cessarem; minha respiração que seguia com dificuldade agora fica suspensa e, quando o primeiro deslumbre de seu rosto fica evidente, é inevitável segurar as lágrimas...

— Lori! — Jase corre em minha direção e isso me dá força para correr ao seu encontro...

— Vamos *pra* casa, meu amor! — De joelhos, abraço-o, reabastecendo-me do seu cheiro.

— Eu não quero mais voltar *pra* cá.

— Não vai, meu amor! Ninguém nunca mais vai separar a gente, eu prometo. — Limpo suas lágrimas sabendo da bagunça em meu próprio rosto.

— Não chora, Lori. — Abraça-me.

— Dessa vez, são lágrimas de alegria. O que você é *pra* mim?

— O seu presente.

— Sim, meu amor, você é o meu maior presente. — Por segundos permaneço com meus braços à sua volta alimentando a certeza de que ele realmente está comigo.

— Josh! — Jase se desvencilha e segue até meu amigo.

— Oi, amigão! Você foi muito corajoso. — Anthony me ajuda a levantar e seus braços se enroscam firmemente à minha volta como se ele também precisasse de um abraço.

— Obrigada — sussurro em seu pescoço.

— Agora acabou, ele será muito feliz. — Beija minha cabeça.

— Nós seremos — rebato e o aperto mais a mim sabendo que a gratidão nunca esteve tão viva em meu sistema.

Josh suspende Jase em seus braços e Anthony mantém sua mão firme na minha enquanto caminhamos para fora do lugar ao qual nunca mais pretendo retornar.

Hoje completamos uma semana de casados e nunca em minha vida tive dias tão maravilhosos. Anthony me faz apaixonar cada dia mais.

Desde que voltamos de nossa lua de mel, ele vem me surpreendendo. Sua arrogância habitual parece mesmo ter pedido férias e, depois do incidente na saída de Cancún, ele vem se redimindo a cada segundo.

No trabalho se tornou impossível passarmos pelos intervalos sem termos momentos íntimos. A química entre nós parece insaciável...

— Jase? — Aproximo-me quando Josh o coloca no chão, próximo ao nosso carro, e ele me encara. — Esse é o Anthony...

— Ele é seu namorado? — Jase sussurra e encaro meu marido, que parece sem jeito como nunca o vi.

— Ele...

— E aí, Jase, você gosta de *milk-shake*?

— Sim, com bastante *chantilly*.

— Eu sei onde vende um desses, vamos lá comemorar?

— Sim! — Meu irmão pula em resposta, meu coração segue seus saltos e meus olhos se desviam para Josh e o olhar de consentimento está lá. Sim, meu amigo está mesmo aprovando Anthony e isso era tudo de que eu precisava para estar realmente completa.

— A gente vai morar aqui? — meu irmão sussurra assim que entramos na cobertura.

— Sim, meu amor, nós vamos.

— É bem grande! — diz admirado. — A mamãe e o papai também vão morar aqui?

— Não, querido. Eu e o Anthony... — Encaro meu marido, que está concentrado em nós. Mesmo depois de vários minutos de descontração na lanchonete que eu nem diria ser um lugar que Anthony frequentasse, ainda não informamos a Jase nosso *status* e eu realmente não sei como explicar isso a uma criança...

— Você gostaria de conhecer seu quarto, Jase? — O toque suave em minha mão e o tom amistoso interrompem minha pausa estendida.

— Eu terei um quarto apenas meu?

— É claro que sim e estou torcendo para que goste. Vamos lá? — Anthony pega sua mão e, por um instante, eu não saberia dizer quem está mais ansioso. Eles praticamente correm até o quarto e me permito suspirar como uma romântica apaixonada...

— Lori! Vem aqui ver! — O grito maravilhado do meu irmão revela que ele realmente amou o quarto. — Eu tenho uma coleção dos jogadores do Yankees, olha! — Estende duas miniaturas em minha direção e eu assinto enquanto lágrimas enchem meus olhos. É impossível não notar o sorriso orgulhoso no rosto de Anthony. — Meu Deus! Eu posso jogar com esse bastão? — pergunta ansioso ao meu marido.

— Ele é todo seu. O que acha de treinarmos uns arremessos no domingo?

— Posso, Lori?

— É claro que sim, amor. — Limpo uma das lágrimas enquanto sorrio para Anthony.

— O Papai Noel realizou todos os meus pedidos antes de chegar o Natal. — Nesse instante me lembro de que só temos uma semana para a festividade e essa é a época do ano que sempre me concentrava com toda a minha fé e esperança para que de alguma forma meus desejos fossem atendidos, mas este ano o que mais eu poderia pedir? Já tenho tudo de que preciso bem diante de mim e isso nada tem a ver com dinheiro. Abraço meu irmão com a força necessária para atestar que realmente está aqui...

— Meu pedido também foi adiantado.

— Ele existe mesmo — Jase sussurra maravilhado.

— Sim, existe — confirmo. Mesmo que todos os meus Natais tenham sido difíceis, este certamente os está recompensando. Estendo a mão para Anthony. — Eu te amo. — Movo meus lábios assim que ele a pega e, ainda que não retruque com palavras, sei que também me ama.

Acordar nos braços de Anthony me reafirma todos os dias que minha sorte realmente havia mudado. Ele vem sendo tão incrível com Jase e meu coração quase entra em parada toda vez que assisto aos dois em alguma atividade ou numa simples conversa. Comigo ele também tem agido de forma apaixonada e encantadora, não lembrando em nada o homem que eu conheci. Agora, certamente, tenho meu mocinho de livro perfeito. A forma simples como explicou a nossa relação a Jase me fez amá-lo mais, como se fosse possível ter mais amor do que já sinto por ele...

— Lori! Lori! — Jase invade nossa suíte e é inevitável que desperte Anthony.

— Jase, você precisa bater. — Anthony acaricia meu braço em um gesto cúmplice.

— Bom dia, amigão!

— Bom dia. É manhã de Natal, já amanheceu! É hoje que o Papai Noel vem! — declara empolgado.

— Na verdade, hoje é a véspera — respondo e o sorriso ansioso se desfaz. A expressão triste a seguir me desmonta...

— Ele não vem aqui também, não é? É igual à nossa antiga casa...

— É claro que vem! — Tento parecer animada.

— Nem tem uma árvore e eu não fiz a minha cartinha, esqueci...

— Para isso serve o dia de hoje, para prepararmos tudo para a chegada do Papai Noel — Anthony rebate.

— E vamos fazer isso?

— É claro que vamos! Mas precisa se aprontar logo, para não perdermos a árvore mais bonita.

— Eba! — Jase sai correndo.

— Não precisava fazer isso, amor, eu...

— Ele é só uma criança e já passou por muita coisa, não custa lhe dar um Natal digno se podemos fazer isso. — Beijo-o.

— Fica difícil acreditar que não sabe amar quando faz esse tipo de coisa — sussurro em seus lábios.

— Nunca mais faltará nada a você e a seu irmão. Prometi isso, mesmo achando que a data é apenas comercial. Nunca tive interesse em comemorá-la, mas ele é apenas uma criança e...

— Vou te amar para sempre. — Beijo-o novamente evitando que continue tentando me convencer com suas desculpas furadas.

— Ele bateu a cabeça? — meu amigo sussurra ao meu lado, referindo-se a Anthony, que decora a árvore que escolhemos havia algumas horas com meu irmão. E não consigo decidir quem é o mais animado dos dois.

— Achei que tinha dado uma chance a ele. Pare de ser a tia chata! — Bato em seu braço.

— É, ele parece ainda ter salvação — diz quando meu marido suspende Jase para que ele coloque a estrela no topo da árvore.

— Olha, Lori!

— Está linda! — respondo e com a animação de Jase meu coração pede passagem em meu peito, pois não há mais espaço para tanta felicidade.

— Agora eu vou escrever a carta! — Corre para o seu quarto e Anthony vem em minha direção sorrindo como se toda a felicidade do mundo o tivesse alcançado.

— Você fica para jantar conosco, Josh? — pergunta ao meu amigo enquanto seu braço envolve minha cintura.

— Eu não perderia a chance de estar com a minha amiga, pois ela é a minha única família, então acho que vai ter que me aturar em algumas festividades. — Deito minha cabeça no ombro de Josh. É claro que ele tem família, mas não os vê há alguns anos, desde que assumiu sua sexualidade e seus pais não aceitaram.

— E quem ganha o presente sou eu, por ter todas as pessoas que mais amo comigo. — Beijo, Anthony. — Amor, vou precisar sair por uns minutos.

— Oi?

— Tenho que ir até aquele café devolver o casaco...

— Pedimos ao motorista — interrompe.

— Gostaria de fazer isso eu mesma, prometi que voltaria...

— Josh, você se incomoda de ficar com Jase? — meu marido pergunta ao meu amigo.

— Claro que não! Vou adiantar algumas coisas do jantar e ele é um ótimo *chef*.

— Obrigado, nós não vamos demorar, mas não o deixe entrar no nosso closet, o presente dele está lá. — É notória a sua preocupação pela surpresa.

— Ele não vai.

— Podia esperar as festas passarem.

— Eu sei, amor, mas ela foi tão boa comigo, queria lhe entregar o presente, devolver o casaco e lhe dizer que estou bem. Prometi que voltaria.

— Tudo bem. Gratidão é uma das qualidades que admiro em você.

— É? — Beijo o pescoço do homem que tem tudo de mim. — E quais são as outras? — Passo uma das mãos pela sua perna.

— Você está me provocando?

— Acho que é exatamente isso que estou fazendo, Sr. Smith. — Ele vira o volante e seu rosto ainda está sério quando estaciona o carro em uma aérea de estacionamentos.

— Vem aqui, Sra. Smith. — Estende a mão em minha direção.

— Não devemos fazer isso aqui...

— Ah, devemos. — A urgência em seu tom me faz sorrir. Mudar do meu banco para o seu colo é mais rápido do que poderia prever. — É muito feio provocar maridos, Sra. Smith. — Suas mãos sobem sob meu vestido e logo ele está embolado em minha cintura enquanto sua língua passeia por meu pescoço. — Acredito que não tenha outra calcinha com você?

— Não — sussurro.

— Então teremos que preservar essa. — Seus dedos se engancham na lateral do tecido...

— Sim...

— Eu sou louco por você, Lori. — Seus dentes percorrem meu maxilar enquanto abro seu jeans e liberto sua ereção, então ele afasta um pouco a renda para o lado, deixando óbvio que as preliminares não são bem-vindas agora.

— Eu preciso de você, amor. — Mordisco seus lábios enquanto meus dedos agarram seus cabelos.

— *Porra, honey*! — urra quando começo a descer lentamente sobre sua ereção. Uma de suas mãos capturam os cabelos em minha nuca e puxa minha boca para a sua, então nos beijamos ferozmente. Essa urgência que temos um pelo outro parece nunca passar, amo e desejo Anthony com todas as partes de mim. — Não vou conseguir me segurar por muito tempo — sussurra e parece mesmo estar fazendo muito esforço para se controlar, mas não posso julgá-lo, porque me sinto exatamente igual, o desejo é o único comandante agora...

— Amor, eu...

— Goza! — É o suficiente para que o orgasmo avassalador me encontre. — *Caralho*! — vocifera, liberando seu orgasmo um segundo depois, então deixo meu corpo cair sobre o seu no banco.

— Vamos repetir isso, não vamos? — Beijo seu pescoço.

— Não tenha dúvidas. — Acaricia minhas costas.

— Amor?

— Estou ouvindo.

— Obrigada por tudo que está fazendo.

— Não precisa agradecer porque o prazer é todo meu. — Beija a lateral do meu rosto.

— Estou falando do jantar de Natal.

— É só um jantar. — Aperta minha bunda.

— Promete que não vai ficar chateado comigo?

— Por que eu ficaria? — Seu tom tem humor e espero não o espantar.

— *Tá*, mas você promete?

— É Natal, não é? Ok, eu prometo.

— Eu convidei o Alex para jantar com a gente.

— Tudo bem, ele é meu melhor amigo e certamente ficaria sozinho essa noite.

— Também convidei a Rebecca e o Bob.

— Lori! — Afasta-me um pouco e se retira de dentro de mim rápido demais. É possível ver a expressão de desgosto.

— Prometeu que não ficaria com raiva.

— Não estou! Mas não pode fazer esse tipo de coisa sem me consultar! — explode.

— Ela é a sua mãe...

— Ah, é? E por que não chamou a sua?

— Eu gostaria que meus pais me olhassem como a sua mãe olha para você e que se importassem comigo e Jase como...

— O que sabe da Rebecca? Não pode achar que sabe alguma coisa pelo que te falei! — vocifera e saio do seu colo.

— É só um jantar e é...

— A *porra* do Natal e sua magia de bosta! — interrompe-me. — Lembra como você fugiu de mim por causa dela?

— Não foi por causa dela, foi pela sua reação.

— Não tenho controle sobre isso, Lori! Eu avisei, *porra*! Não tenho conserto! Pare de brincar de casinha e de romantizar tudo. Você não pode me salvar! Aceite essa *merda*! — esbraveja e em seguida fecha sua calça, é possível sentir a força de sua ira.

— Desculpa, não foi a minha intenção. — Liga o carro, não me encara mais e a viagem de apenas alguns minutos segue em silêncio.

Dessa vez eu sei que sua maior briga é consigo mesmo, porque ele precisa aceitar que o passado é apenas referência, mas ainda insiste em se manter no espaço que não lhe cabe mais. Encerrar essa luta é uma decisão que apenas meu marido pode tomar.

Desço do carro em frente ao pequeno café com o casaco e o presente que comprei para a mulher que foi tão acolhedora comigo. Nos primeiros passos, depois de fechar a porta, acredito que meu marido não me fará companhia, mas o barulho de outra porta batendo às minhas costas confirma o meu erro.

— Oi, boa tarde — reporto-me ao homem que ocupa a vaga atrás do balcão depois de constatar que ela não está aqui.

— No que posso ajudar?

— É... Eu não sei o nome dela, mas estive aqui alguns dias atrás e uma jovem me atendeu; ela é loira, olhos verdes, esguia e deve ter por volta de um metro e sessenta. — Ele revira os olhos e parece bem irritado.

— O que aquela sem-noção fez a você?

— Senhora! — o tom brusco de Anthony o retruca.

— Ela...

— Eu sinto muito! Eu a mandei embora, portanto não terá mais nenhum inconveniente no nosso café. — É rude e eu não gosto dele instantaneamente.

— Ela foi muito educada e prestativa comigo, por isso vim agradecer e lhe devolver o seu casaco.

— Meu casaco! — Ele sai detrás do balcão e retira a peça da minha mão. — Eu sabia que isso era coisa daquela...

— Onde podemos encontrá-la? — Anthony toma a minha frente.

— É uma ladra! Não percam o tempo de vocês!

— Gostaríamos de perdê-lo, ela ajudou minha esposa...

— Certamente à minha custa como vem fazendo. Mas isso acabou hoje! — vocifera, encarando o seu casaco que está envolto no plástico da lavanderia.

— Onde ela mora?

— Espero que já esteja na rua onde é o seu lugar. Eu a deixei morar nos fundos da loja, e ela me causou inúmeros prejuízos mesmo assim...

— Anthony! — Puxo o braço do meu marido quando vejo a mulher passar com apenas uma mochila do lado de fora.

— Ei! — grito depois de correr para fora da loja. Ela se vira e sigo em sua direção. — Oi? Você se lembra de mim? — Ela limpa as lágrimas mais rápido do que eu conseguiria e me apresenta um sorriso.

— É claro! Como você está? Conseguiu consertar as coisas?

— É, parece que sim, esse é o meu marido, Anthony. Eu vim devolver o casaco e te agradecer. — Ela dá um sorriso que não chega aos olhos em resposta.

— Não precisa, está tudo bem, fico feliz que deu tudo certo.

— O homem no café ficou com o casaco, disse que era dele.

— Pois é. Bem, foi bom te rever.

— Eu trouxe esse presente. — Ergo a bolsa com o sobretudo de grife.

— Não, está tudo bem, não precisa me recompensar por nada.

— Não é recompensa, é véspera de Natal, por favor, aceite. — Ela me encara desconfiada, mas pega a bolsa.

— Obrigada... — Parece tentar se lembrar do meu nome.

— Lori.

— Obrigada, Lori.

— E o seu nome, qual é?

— Maggie.

— Muito prazer! — Estendo a mão e ela a pega. — Podemos lhe dar uma carona, para onde vai?

— Ah, não precisa, eu agradeço, mas vou ficar bem, gosto de caminhar.

— Mas não nos custa nada, estamos livres agora.

— Eu realmente agradeço, mas não precisa.

— Você tem telefone?

— Eu perdi e ainda não consegui comprar outro.

— Entendo, quer anotar o meu?

— Eu sinto muito, obrigada pelo presente e por ter voltado, mas eu preciso ir... — Sai andando e é possível notar sua angústia.

— Lori? — Anthony me puxa pela mão quando faço menção de ir atrás dela.

— Só um segundo, amor, não vou demorar.

— *Merda*! — ele esbraveja às minhas costas, mas já estou correndo atrás de Maggie.

— Espere! Você está bem mesmo?

— Eu vou ficar, sempre fico. Não precisa se preocupar.

— Eu estava bem ferrada aquele dia e foi graças a você que não fiz uma besteira, então, se eu puder ajudá-la de alguma forma, por favor, diga.

— Se tivesse um emprego disponível que também viesse acompanhado de um lugar para morar, poderia me ajudar, mas como pode ver...

— Eu posso fazer isso! Quer dizer, posso tentar. Só me dá um segundo...

— Lori, não! — Corro de volta para Anthony sem esperar por sua resposta.

— Ela precisa de um emprego e um lugar para ficar.

— O quê? — Meu marido me olha indignado.

— Por favor, podemos conseguir uma vaga na copa ou entender quais suas reais qualificações para adequá-la melhor...

— Você está maluca, Lori?! — sussurra. — Não somos uma ONG, não pode oferecer emprego para todo mundo que encontrar na rua.

— Eu não a encontrei na rua. Ela não tem para onde ir, Anthony, e é véspera de Natal. — Ele passa a mãos pelos cabelos.

— Nem pensar! Você ouviu o que o homem disse sobre ela? É uma ladra.

— E quantas coisas já lhe atribuíram que não eram verdadeiras? Não acredito que Maggie seja isso. Às vezes, uma pessoa só precisa de alguém que abra a porta, você mais do que ninguém deveria saber disso. — A consternação está evidente em seu rosto. — Para que serviu tudo o que passou e conquistar um império como o seu se isso não pode ser um facilitador para sanar problemas de outras pessoas?

— Tudo bem — responde depois de vários segundos em silêncio me encarando com uma real mortificação. — Pede para ela nos procurar assim que o feriado terminar e pedirei ao RH para encaixá-la na vaga que mais se adequar a ela.

— Eu te amo! — Pulo em seu pescoço. — Mas...

— Mas o quê? — exige sem paciência.

— É véspera de Natal e, se ela não tem para onde ir, é provável que também não tenha onde jantar.

— E?

— Podemos convidá-la para jantar conosco...

— Basta, Lori! Não vou colocar uma estranha na minha casa, fora de cogitação!

— Contratou uma estranha e fez um acordo com ela.

— É diferente!

— Não é, não — revido. — Amor, seu prédio é infestado de segurança, o que ela pode fazer contra nós? Olha *pra* ela.

— O que eu faço com você, Lori?

— Está em suas mãos... Mulher feliz, marido feliz!

— Tudo bem, mas, depois do jantar, pagaremos um hotel para ela ficar, pois não vai dormir lá em casa. Temos o Jase e eu não vou expô-lo a qualquer perigo.

— Certo! — concordo e pulo em seu pescoço.

CAPÍTULO 32

ANTHONY

"Na realidade, trabalha-se com poucas cores. O que dá a ilusão do seu número é serem postas no seu justo lugar."
Pablo Picasso

Meses antes
— *Eu realmente preciso voltar à empresa, não vejo motivos para a sua insistência em...*
— *Anthony, não sei como lhe dizer isso...*
— *Tenho uma reunião em 20 minutos e, seja lá o que for, terá que ser breve.*
— *Você...*
— Amor! — O grito animado de Lori me traz de volta das minhas lembranças. Realmente gostaria que essa tal magia do Natal pudesse ser real e apagá-las. — Eles estão subindo, por favor, prometa que vai se comportar?
— O quê?
— Sua mãe e seu amigo. Não precisa criar confusões hoje. — É impossível evitar o meio sorriso em descrença quando encaro minha esposa que havia transformado minha vida inteira em poucas semanas.

Minha cozinha está habitada por seu amigo e a tal da Maggie, que usa um dos vestidos de Lori e se comporta como se nos conhecesse há anos. Jase está sentado sobre o balcão completamente entregue à calda de chocolate.
— Já sou bem grandinho, Lori.
— É Natal!
— Você ainda não me deixou esquecer. — Ela revira os olhos.
— Feliz Natal! Ho ho ho! — Agora é a minha vez de revirar os olhos com o cumprimento animado do meu amigo.

— Obrigada por virem! — Alex abraça minha mulher e, se não soubesse de sua lealdade a mim, certamente o afastaria dela.

— Obrigado pelo convite — ele diz e eu sei que vem de um lugar muito sincero, porque meu amigo sempre disse que os feriados comemorados em família têm um lugar de muita dor em sua vida. Não supera o fato de não saber sua real origem.

— Você está linda, Rebecca. Não precisava preparar nada — Lori diz enquanto retira a travessa de suas mãos...

— Não foi nenhum trabalho, Anthony ama esse bolo de frutas. — Os olhos apreensivos de minha mãe recaem sobre mim.

— Vou levá-lo para a mesa. — Lori se retira com um sorriso, mas é visível a tensão em seu corpo.

— Quer ajuda? — Meu amigo a segue e está realmente animado demais.

— Precisa contar a ela...

— Por favor, mãe, podemos esquecer isso esta noite? — É a primeira vez em anos que imploro algo como o menino de oito anos que confiava cegamente que a vida era uma grande aventura e é notável que Rebecca nota, porque raras foram as vezes que a chamei de mãe desde que nos reencontramos. — Ela acabou de recuperar o irmão e é véspera de Natal. Podemos não trazê-los para a escuridão?

— Ela te ama de verdade, Anthony — sussurra enquanto Lori de longe nos encara com um sorriso. — Como acha que vai se sentir quando...

— Ela sempre soube que seria provisório. — A soberba se alimenta do meu desespero e assume o comando sempre que me sinto acuado. — Fica tranquila que não lhe prometi o que não poderia cumprir — explodo e em seguida sigo para o meu escritório ciente de que deixei as coisas irem longe demais, mas como poderia renegar o que sempre desejei? Lori trouxe amor para a minha vida, a única coisa que tanto me fez falta e que a *porra* do dinheiro nunca pode comprar...

— O que foi? — O tom preocupado da minha mulher me faz sentir um maldito traidor.

— Nada, eu só precisava confirmar um e-mail. — Viro-me de costas.

— Tudo isso está sendo demais para você, não é? Eu sinto muito, achei...

— Não! — Volto-me e envolvo sua cintura, não quero transferir toda essa *merda* para ela, pois merece ser livre e feliz. — Eu sou ranzinza, mas, se você está feliz, eu também estou.

— É a Rebecca, não é? Precisa deixar isso para trás, amor, sua mãe não teve culpa.

— Eu sei, prometo que estou tentando.

— Então você pode começar sendo um ótimo anfitrião e servir uma bebida aos nossos convidados. Prometeu que não traria trabalho para casa no feriado. — Beija meu pescoço e é suficiente para incitar cada pequena terminação nervosa do meu corpo. Lori é meu ponto fraco e, ao mesmo tempo, meu ponto de equilíbrio. Eu sei, confuso *pra caralho*, mas ela tem esse poder.

— Lori! — o grito afobado de Jase do outro lado da porta nos intercepta antes que a abra.

— Precisa bater, querido. — Ela se vira de frente para ele e eu a abraço pela cintura, ficando às suas costas, e, ainda assim, é possível sentir a raiva de Jase, mesmo me escondendo para domar a ereção que minha esposa acabou de provocar.

— O Josh não quer me dar um pedaço do bolo — diz bem chateado.

— Isso porque o bolo é para a sobremesa, e nós não jantamos ainda.

— Por que não podemos comer a janta de sobremesa? — Sorrio com a bela ideia, mas a cotovelada me faz ficar sério novamente.

— A vida tem algumas regras bem chatas, mas elas existem por um motivo, amigão, e precisamos cumpri-las — digo.

— Tudo bem. — Parece convencido a fazer o correto e nos deixa sozinhos de novo.

— Do que você está rindo? — Lori exige.

— Esse moleque é inteligente, eu realmente nunca tinha pensado nisso.

— Ele é bem espertinho e o senhor o anda mimando muito.

— Ele tem a quem puxar. — Trago-a para os meus braços e enfim a beijo...

— Meu Deus! A torta! — Afasta-se mais rápido do que eu poderia impedi-la, mas ainda deixa evidente quanto gostaria de ter...

Fecho os olhos e solto o ar pela boca ciente de que fiz tudo errado. Deveria ter mantido minha postura até o final e, principalmente, deveria controlar meus sentimentos. Dessa forma, evitaria seu sofrimento. Odeio o fato de não ter uma solução...

— *Realmente não entendo o que espera que eu diga. Já lhe disse o que precisa fazer, Anthony. Você vem aqui semana após semana, mas a resposta não vai mudar. Só há uma solução...* — Engulo em seco.

— *Tentativa* — corrijo-a.

— *Tudo bem, mas é a única coisa que pode fazer, querido.*

— *Não posso simplesmente entrar lá e entregar tudo nas mãos deles.* — Passo as mãos pelos cabelos.

— *Essa é uma decisão que apenas você pode tomar...*
— Cara, é Natal! — Alex interrompe minhas lembranças.
— Não me diga! — soou mais áspero do que gostaria.
— Você deve isso a ela! Apenas tente lhe dar um Natal aceitável. Lori está feliz e sabemos que se ela o ama como demonstra. Essa felicidade está...
— Eu sei, *porra*! Não deveria ter ido tão longe! Avisei a ela que não poderia se envolver e aí...
— Você também se apaixonou...
— Ah, Alex! Pelo amor de Deus! Acha que tenho quantos anos? — explodo. A raiva é maior por ele ter razão. Eu a amo como nunca achei que pudesse amar um dia e saber que nosso tempo juntos é limitado está me destruindo antes da hora.
— Não existe idade para se apaixonar, muito menos é errado estar apaixonado pela própria esposa.
— Falou o guru do amor! Quando foi que se apaixonou mesmo? Ah, é, suas relações são programadas em uma agenda.
— Não é assim. Todas têm consciência de onde estão entrando, e, se um dia me apaixonar, não agirei como você. A Lori é linda, inteligente...
— Ela não tem um fio de cabelo submisso, então pode esquecê-la! — vocifero, o ciúme corrói cada pequena parte do meu sistema. Eu sei que logo ela estará livre, mas pensar no meu maldito amigo confortando-a me deixa furioso.
— Você passou do limite.
— Eu? Você vem aqui elogiar a minha mulher e eu passei do limite? Espera mais um pouquinho, pois ela logo estará livre.
— *Caralho*, Anthony! Essa *porra* está fodendo você, nem o reconheço! Sou seu amigo! Quando foi que passou a duvidar disso? Acha que eu daria em cima da sua mulher?
— A Lori sabe muito bem os termos, não a enganei, sabe que não posso amá-la e que esse casamento é provisório, droga! Então não precisa se doer por ela...
— O jantar está servido, estamos aguardando. — Lori se retira tão rápido quanto entrou e eu não consigo mexer um músculo sequer.
— Que *bosta fodida*! — o bastardo do meu amigo profere parecendo em choque. — Eu sinto muito.
— Não há mais pelo que sentir — rebato e faço meu caminho de volta à sala.

Jamais senti meu peito tão comprimido. Ondas de dor e de arrependimento por cada palavra proferida para manter a compostura de minha arrogância quase me fazem bloquear em meu caminho, mas Alex está certo, minha esposa merece ter as melhores lembranças.

Assim que chego à enorme mesa de jantar que nunca foi usada por tantas pessoas, sinto o toque em meu ombro, é o mesmo gesto que Alex usa desde criança quando precisa se desculpar.

Encaro minha esposa já sentada, ela sorri para o amigo, que está à sua frente e ao lado de sua mais nova amiga. Meu peito treme quando o sorriso que oferece a eles não chega aos olhos. Sei que as palavras que ouviu em meu escritório a feriram e isso desmonta o pouco que ainda restou de mim.

Seu irmão está ao seu lado e junto da minha mãe. Meu amigo senta ao lado da nova convidada, Bob ocupa uma das cabeceiras e a outra ponta próxima à Lori parece estar reservada a mim, então faço meu caminho até lá, mas, por nenhum segundo, os olhos da minha esposa me encontram.

— Podemos fazer uma oração? — minha mãe sugere assim que me sento.

— É claro — Lori concorda e em seguida fecha os olhos, assim como todos à mesa, mas, enquanto minha mãe profere as palavras de gratidão, eu apenas constato o quanto o mundo continua sendo injusto, pois, mesmo que lutemos com tudo de nós, jamais seremos capazes de alcançar tudo o que desejamos. Sempre existirá algo inalcançável.

A normalidade em que o jantar transcorre faz meu coração martelar o tempo todo. Todos sorriem, contam histórias natalinas como se tudo estivesse em perfeita ordem.

A não ser pelo momento em que me serviu, minha esposa não se dirigiu a mim por mais nenhum segundo e o causador dessa *porra* está num papo bem divertido com a tal Maggie enquanto, por sua culpa, minha mulher provavelmente me odeie.

A forma como Lori está desprezando-me afeta meu sistema mais do que posso suportar.

— Acho que agora está na hora da sobremesa! — A atenção que demanda ao irmão me causa inveja, já que está ignorando-me deliberadamente.

— Eba, até que enfim! — Jase grita animado e todos sorriem. Minha mãe o encara com admiração e é visível que também me enxerga nele.

— Eu te ajudo! — Josh diz quando Lori se levanta, mas eu o paro com um gesto de mão e sigo minha esposa.

— O que ouviu no escritório... — digo assim que entramos na cozinha.

— Eu jurava que tinha deixado as taças aqui. — Foge da minha proximidade e começa a abrir os armários.

— Lori? — Apoio a mão em sua cintura e ela trava em seu lugar, expira ruidosamente e logo seus olhos duros e frios encontram os meus.

— Está tudo bem, Anthony, eu sempre soube os termos. Estamos nos dando bem, portanto não vamos estragar tudo. — Seu tom sai permeado de mágoa, ainda que tente disfarçar.

— Eu...

— Você pode trazer a calda de chocolate? — Eu deveria lhe explicar o motivo de tudo isso, dizer o quanto a amo e como estou morrendo de medo, mas o fim chegará e será melhor que não esteja tão apegada.

— Claro — respondo e a sigo.

Mal degustei meu jantar, tampouco consegui comer a sobremesa. Os risos constantes e a alegria exacerbada à mesa me consumiram de tal modo que destruíram qualquer apetite.

Em um abraço caloroso, Lori se despede do amigo. Sim, também sinto ciúmes da *porra* do abraço genuíno.

— Obrigado pela hospitalidade. Feliz Natal! — Assinto e aperto a mão de Josh, a ansiedade para ver minha casa livre se sobrepõe a qualquer gesto politicamente educado que devesse ter.

— Obrigada, Lori, não sei como poderei agradecer a você. — Maggie abraça minha esposa sob o olhar predatório de meu amigo. Não sei em que momento assumiu a postura dominadora sobre ela.

— Há um carro à sua espera, Maggie — digo.

— Ela já tem carona. — Alex se aproxima.

— Obrigada por me receber, Anthony. — Aperto sua mão.

— O jantar estava uma delícia, Lori. Obrigado. — Meu amigo abraça minha esposa.

— Você ainda tem uma chance, filho, não precisa terminar assim — minha mãe sussurra ao me abraçar e eu gostaria de ser aquele menininho para poder acreditar em sua frase dessa vez.

— Feliz Natal, mãe. — Abraço-a de volta e sei que o gesto a surpreende.

— Eu te amo, filho. Você sempre será a melhor coisa da minha vida. — Fecho os olhos ciente de que fizemos o possível para superar, mas, ainda assim, o passado deixou marcas extensas demais para fingir que não existe, porém talvez possamos conviver com elas.

— Você é uma boa mãe, Rebecca.

— E você sempre foi o melhor filho desse mundo. — Assinto depois de me afastar, talvez essa porcaria de espírito natalino seja mesmo real.

CAPÍTULO 33

LORI

"A minha consciência tem milhares de vozes
E cada voz traz-me milhares de histórias
E de cada história sou o vilão condenado."
William Shakespeare

Mesmo quando as portas do elevador se fecham levando nosso último convidado, não consigo encarar Anthony. Eu sempre soube dos termos, mas, depois dos últimos dias, achei que nossa relação estava no caminho de construir alicerces.

Ouvir suas palavras e característica arrogância doeu tão profundamente que, por um segundo, achei que não fosse resistir, embora isso tenha sido apenas uma pequena amostra de como me sentirei em alguns meses, quando me abandonar.

— Deixa que eu o pego. — O tom receoso me faz parar o movimento que nem sequer notei. Estou completamente inerte e foi assim que cheguei até o sofá que meu irmão dorme.

— Posso fazer isso.

— Lori? — O toque suave em meu braço faz meu corpo dar um sobressalto para trás. Odeio sua inconstância e odeio que, mesmo estando magoada, ainda deseje seu toque. — Vamos lá, amigão. — Pega Jase adormecido nos braços.

Eu o sigo e a forma como cobre meu irmão em sua cama e liga o abajur ao seu lado me diz que ele seria um ótimo pai, mas nesse momento sei que não poderei ser a mãe, pois não criaria meus filhos em um lar destruído como foi o meu.

Assim que Anthony se coloca de frente para mim, viro-me e sigo a passos largos para a sua suíte. Ok, qualquer um que não conhecesse toda a história diria que me estou portando como uma menina birrenta, mas se tem uma coisa que aprendi nessa minha curta vida é que pessoas só continuam machucando-nos se permitirmos e eu não tenho mais espaço para novas feridas.

— Aonde vai? — Bloqueia meu caminho quando tento passar com meu pijama.

— Vou dormir com Jase — rebato com a mesma frieza do mármore carrara e sem erguer meus olhos.

— Por quê?

— Porque me deu vontade. — Puxo meu braço, mas não alcanço meu objetivo.

— O que você ouviu no escritório...

— Não há necessidade de retomarmos esse assunto.

— É claro que há! Você está magoada por algo que...

— Não estou magoada, Sr. Smith. Sempre deixou claro que nossa... — travo quando a mágoa quer assumir.

— Nossa o quê? — Seu braço envolve minha cintura e, com um único puxão, meu corpo está colado ao seu e sua boca passeia por meu pescoço.

— *Me* solta agora, Anthony! — Ele paralisa e não demora um segundo para que eu esteja indo em direção à porta...

— *Me* perdoa! — O grito em tom de desespero me faz paralisar. — Não quero que sofra, você foi a melhor coisa que me aconteceu e o fato de saber que nosso tempo juntos é limitado faz com que eu odeie tanto o universo ou quem quer que seja por permitir que você chegasse à minha vida! Não consigo aceitar essa *porra*!

— Não precisa ser assim...

— Não tem outro jeito, e eu sou covarde demais para abrir mão de você, mesmo sabendo que é o correto a se fazer. — Brigo comigo mesma em uma batalha épica para não me virar e encarar seus olhos, já que, se fizesse isso, ele venceria a luta e estou muito cansada de aceitar migalhas.

— Então eu sinto muito, Anthony.

— Por favor, não me odeie — implora, e não posso sentir mais pena dele do que sinto de mim mesma nesse momento. Saber que não sou aceitável para que mude de ideia em relação ao nosso acordo comercial acaba comigo.

— Serei grata a você pelo resto da minha vida e isso por certo já torna o ódio impossível. Só preciso dessa noite para mim. Não posso continuar lutando por quem não deseja a batalha. Boa noite. — Deixo a suíte e vou ao encontro do quarto que Jase dorme, mas ele nunca pareceu tão distante. Só consigo respirar quando enfim tranco a porta atrás de mim.

— Lori! Lori! — Desperto com o grito eufórico de Jase. Posso dizer que acabei de pegar no sono, pois vi o dia clarear.

— Bom dia, meu amor.

— É Natal, hoje é Natal! — Ele pula animado.

— Feliz Natal, meu amor!

— É agora que ganho meu presente? — pergunta eufórico e, mesmo com todo aperto em meu peito, meu dia começa bem porque meu irmão está aqui e esse certamente é o meu maior presente. Apesar de ter esmigalhado meu coração no caminho, faria tudo de novo apenas para ver o sorriso que estou vendo agora.

— Bom... — A ansiedade em seus olhos não me permite continuar com o mistério. — Sim!

— Eh!

— O que será que o Papai Noel deixou para você? — Ele não responde e sai correndo assim que destranca a porta.

— *Me* espera! — grito, mas é claro que não espero que faça isso. Sei bem como é essa ansiedade e fico muito feliz por ela não se frustrar dessa vez.

Passo as mãos pelos cabelos e, depois de respirar fundo, sigo o som das vozes na sala. Dói saber que pelas palavras do meu marido este será o único Natal ao seu lado, mas não posso culpá-lo cem por cento, já que eu sabia muito bem o preço que teria que pagar por Jase, só não ponderei os efeitos dessa dívida.

— Vamos esperar sua... — Ele se cala assim que seus olhos encontram os meus e eu gostaria que a visão não fosse tão letal para os meus sentidos. Anthony se enraizou em mim de uma forma que precisarei de mais de uma vida para removê-lo do meu sistema.

— Ele está ansioso. — Deixo seus olhos, tentando agir naturalmente.

— Posso abrir? — Jase pergunta diante dos presentes embaixo da grande árvore e fico grata a Anthony por ele ter se lembrado de colocá-los ali antes de acordarmos.

— Sim! — É o suficiente para meu irmão começar a abrir a primeira embalagem. Eu me juntaria a ele se não fosse impedida pelo braço que rodeia minha cintura e que deixa tudo em mim paralisado. A respiração pesada em meu pescoço faz cada pedacinho do meu corpo reagir, mas não posso me deixar levar, então me afasto delicadamente e sigo em direção a Jase.

— Quer ajuda? — Sento sobre os joelhos.

— É um taco, Lori! O Papai Noel acertou mesmo! É irado! — Seu sorriso é contagiante.

— Agora podemos treinar os arremessos — Anthony diz após se sentar no chão ao meu lado e envolver meu corpo com um dos braços.

— Podemos ir agora?

— Depois do café. Abra os outros — ele diz e Jase não espera nem um segundo para começar a rasgar as outras embalagens. Anthony comprou tantos presentes, mas não posso dizer que tentei impedi-lo. Era um dos meus sonhos poder proporcionar isso ao meu irmão. — Esse é seu.

— O quê? — digo surpresa quando estende a pequena caixa preta com um laço rosa em minha direção. — Combinamos que não...

— Eu sei o que combinamos, mas não venho cumprindo muito minha palavra ultimamente, não é? É Natal, é apenas um presente.

— Não é justo, não comprei nada para você...

— Você foi a melhor coisa que já me aconteceu, Lori — meu coração bobo perde uma batida com a declaração —, então não precisa me dar mais nada. Quer dizer...

— Não complete! — Sorrio e ele me segue, puxando-me mais até que não tenha qualquer espaço entre nós e seus lábios quentes tocam o canto da minha boca.

— Abre! — Desfaço o laço e...

— Que isso? — Pego a chave de um automóvel na mão.

— Não deu para colocar o presente todo sob a árvore, mas...

— Você está me dando um carro?

— Espero que goste! Escolhi o modelo mais seguro, também é blindado e...

— Anthony, isso é... Não pode me dar um caro de presente...

— Posso! Ah, posso! Você é minha mulher e eu posso te dar tudo que o maldito dinheiro possa comprar. — Meneio a cabeça em negativa no segundo que ele joga tudo pela janela novamente. O Sr. Smith é perfeito em estragar momentos.

— É uma pena que o que eu realmente queira seu maldito dinheiro não possa comprar. — Levanto-me bruscamente. — Eu vou me vestir e já volto, meu amor — digo ao meu irmão, que está encantado com o videogame de última geração à sua frente... A cada passo até a suíte minha raiva piora, não estou à venda, ele não pode achar isso saudável.

— Você acredita que é uma escolha minha? — o tom transtornado explode atrás de mim enquanto a ira me domina, então me viro e fulmino seus olhos com os meus. — Acha que eu abriria mão de você? — Seu peito sobe e desce rapidamente. — Tudo que eu disse ontem, Lori... Eu... — Sobe as duas mãos para a cabeça e seus olhos os apertam demais, como se estivesse sentindo dor...

— Anthony! — grito quando ele desaba no chão, não demorando um segundo para que eu esteja ajoelhada ao seu lado. — Amor, fala comigo? — grito enquanto sacudo seu corpo imóvel. — Para com isso, Anthony, não brinca assim! Amor, amor, acorda! — Dou leves tapas em seu rosto, mas permanece imóvel...

Não consigo respirar, o medo me consome e as lágrimas são inevitáveis...

O celular... Ele precisa de um médico...

Não posso precisar quanto tempo se passou desde que acionei a emergência e liguei para o meu melhor amigo. Sinto como se tudo tivesse sido interrompido no momento que Anthony atingiu o chão. Sequer me lembro de como cheguei até essa maldita recepção. Estou inerte e não sei como vou...

— Lori, toma, vai fazer bem. — Encaro Josh e jamais duvidei dele como faço agora.

— Eu... O que aconteceu? Cadê ele? — Levanto e corro pelos corredores brancos demais, preciso encontrar o Anthony...

— Lori!

— *Me* solta, Josh! A culpa... Eu não queria... Eu... Ele... — Apoia as mãos em meu rosto.

— Ei! Você não tem culpa de nada, ouviu? — Nego com a cabeça, é claro que tenho. — Agora toma o remédio...

— Não! Ele é meu marido e eu preciso encontrá-lo... Cadê ele? *Me* diz, por favor?

— Lori, querida...

— Rebecca, eu... — Encaro minha sogra entorpecida pelo desespero, seu rosto está lavado em lágrimas. Como lhe direi que provoquei tudo isso?

— A culpa não é sua. — Ela me abraça. — Eu sinto muito, sinto muito... — Tudo em mim entra em colapso e percebo o exato momento que a escuridão me suga.

A dor é como uma enorme massa que domina cada pequeno espaço em meu peito, não posso respirar nem me mover, ela não deveria estar abraçando a mulher que...

CAPÍTULO 34

REBECCA

*"A desistência é uma revelação
Desisto, e terei sido a pessoa humana
E só no pior da minha condição que esta
É assumida como meu destino."*
Clarice Lispector

Alguns anos antes...
A fome é a forma mais cruel de se torturar um ser humano, uma vez que ela nos torna tão desumanos quanto nosso algoz e nos faz perder a dignidade, o discernimento e a lealdade.

É provável que algumas pessoas discordem de mim e insistam que a dor é de longe o mais eficaz modo de tortura, mas talvez essas mesmas pessoas nunca tenham sentido a dor que é ouvir seu filho dizer que está com fome, e não ter o que lhe oferecer. Talvez, essas mesmas pessoas não saibam como é ter seu coração arrancado e ainda assim continuar vivendo...

— Mamãe, eu não quero ficar aqui, por favor, não me deixa.

— É só por alguns dias, filho, aqui é bem legal, você vai ter um monte de amigos para brincar.

— Eu não quero, quero ficar com você.

— Eu sei, querido, mas a mamãe precisa conseguir um emprego e uma nova casa, eu prometo que venho buscá-lo logo, tá bom?

— Podemos dormir naquele lugar grande de novo, foi bem legal ontem, me deixa ir com você, mamãe?

— *Filho...* — *Abraço-o. Nos meus braços, deveria ser o lugar mais seguro do* mundo para ele, mas infelizmente não é. Faz quase um mês que estamos vagando pelas ruas e ontem tive que buscar restos da lixeira de um restaurante para alimentá-lo, então entendi que não poderia mais submetê-lo a isso, tenho que defendê-lo mesmo que seja de mim. — Precisa prometer para a mamãe que será corajoso, ok?

— Eu sou corajoso, mamãe.

— Eu nunca vou te abandonar, meu filho, a mamãe te ama demais. — Respiro fundo, pois não posso fraquejar na sua frente. — Você confia em mim?

— Sim.

— Então você vai ser o meu menino corajoso e vai esperar pela mamãe aqui. Pode fazer isso?

— Posso. — Abraço-o de novo. Não quero deixá-lo, e isso é a coisa mais difícil que já fiz na vida.

— Eu prometo que venho te buscar, tá bom? A mamãe vem.

— Tudo bem, eu vou ser corajoso...

A dor é intensa e constante, a impotência te mantém em desespero, a sobriedade te tortura segundo após segundo. Não é justificável uma mãe abandonar o próprio filho... As circunstâncias não eximem sua culpa. Ela te persegue, julga e condena...

Como eu poderia prever que não devolveriam meu filho ou que sequer me deixariam vê-lo?

Voltei àquele abrigo dia após dia e, depois de um longo processo, meu trabalho como garçonete não pareceu digno o suficiente para o juiz.

Transferiram o meu filho e me disseram que eu não tinha mais direito sobre ele. Implorei, mas ninguém se importou com o fato de eu ter quebrado a promessa que fiz a Anthony.

Não voltei para ele porque não me deixaram voltar, mas é provável que meu filho pense que o abandonei e essa dor nada nesse mundo pode sanar...

Aprender a conviver com a dor... Como se faz isso?

Foi a pergunta que me fiz dia após dia, julgamento após julgamento, mas a resposta não veio em segundo algum. Mesmo depois de anos, ainda anseio encontrar meu filho e cada rapaz que atendo ou com quem cruzo na rua busco por qualquer traço que me faça reconhecer Anthony...

— *Rebecca.* — *Meu coração perde todas as batidas, minhas mãos fraquejam e só me dou conta de que a bandeja chegou ao chão quando o barulho dos copos quebrando-se atingem meus sentidos. Depois de alguns segundos paralisada, virar-me demandou um grande esforço e, assim que o fiz, meus olhos reconheceram o que meu coração já havia afirmado.*

— *Filho...* — *Quero ir ao seu encontro, mas meus comandos não são coordenados o suficiente. As lágrimas correm por meu rosto com a mesma intensidade da lava do vulcão em erupção. É ele! Meu menino! Mesmo aos 23 anos, ainda tem a mesma expressão que reconheceria em qualquer lugar do mundo.*

— *Como vai, Rebecca?* — *Praticamente corro em sua direção assim que consigo me mexer, mas, antes que complete meu objetivo, ele recua e me faz estancar em meu lugar.*

— *Filho, eu não sei por onde começar...*

— *A essa altura não creio que deva.*

— *Eu não desisti de você! Lutei com tudo o que tinha, mas eles não me deixaram te ver, não me disseram para onde te levaram, eu tentei, filho.*

— *Isso não faz diferença. Como pode ver, sobrevivi.* — *A dureza em seu tom me assusta. Os olhos doces e esperançosos que sempre foram minha fortaleza não são mais sua característica.*

— *O que fizeram com você, meu amor?* — *Mal consigo finalizar a pergunta, seus olhos são frios e sua postura desafiadora se mantém em silêncio.*

— *Eu reservei um apartamento para você, não precisa mais ficar naquela espelunca que chama de casa, muito menos suportar o tipo de tratamento que tem aqui. O imóvel é confortável, você terá uma boa quantia para suas despesas pessoais e, caso queira, pode vir trabalhar em minha empresa, estou buscando chegar ao topo das melhores do mundo, então não posso permitir que meu passado seja um empecilho. Ser associado a uma mãe que ainda trabalha como garçonete e mora no pior bairro de Nova York não faria bem a minha imagem.* — *Seus olhos não encontram os meus, sua postura desafiadora afirma que não restou muito do menino doce e amável que entreguei àquele lugar. A culpa me torturou todos esses anos e é claro que tinha um motivo muito justo para isso.*

— *Me perdoa, filho, não deveria ter te deixado lá, eu estava desesperada, não sabia mais o que fazer e...*

— *Deveria, sim, minha vida foi muito melhor longe de você.*

— *Anthony...* — *Tento me aproximar novamente, mas ele recua mais dois passos, fazendo com que a ferida em meu coração sangre mais.*

— *Você é a minha mãe e desse fato não posso fugir, então, se quiser se redimir ao menos um pouco, não estrague tudo dessa vez. Aceite a casa, o dinheiro e se comporte*

239

como a mãe de um CEO deve se comportar. Lutei muito para chegar até onde estou e não vou deixar que um fato como você estrague tudo. — Ele deixa um envelope sobre a mesa.

— Filho... — *Ele não responde, apenas segue a passos firmes sem esboçar qualquer outro sentimento que não seja a mágoa e eu apenas permaneço estagnada, esperando o exato momento em que meu despertador vai me levar de volta à realidade porque é muito provável que este seja apenas mais um sonho...*

Diferentemente do característico alarme, o que me traz de volta é o soluço da minha nora e me vejo em seu desespero porque foi exatamente assim que fiquei quando descobri que meu filho estava condenado e que se deixara levar pela conformidade...

— Eu sinto muito, querida. — Aperto-a em meus braços, pois preciso desse abraço, anseio desesperadamente por um conforto, mesmo ciente de que ele não existe. Meses não foi o suficiente para me trazer a conformidade e, mesmo sabendo que esse dia chegaria, nenhuma mãe pode se preparar para perder seu filho.

— Eles não me dizem nada, não me deixam vê-lo, não sei o que...

— Por favor, um familiar do Sr. Smith?

— Eu sou a esposa, doutor. Posso vê-lo? — Lori corre em direção ao médico e eu a sigo.

— Ainda não será possível...

— Não podem fazer isso, eu sou a mulher dele, tenho direito de acompanhá-lo! — vocifera.

— Podemos conversar um minuto?

— O que está acontecendo? Cadê ele? — ela explode e meu coração se comprime.

— Lori, querida, vamos falar com o médico? — Guio-a pelos ombros até o consultório.

— Como sabem, o caso dele é delicado, sabíamos que isso ocorreria...

— O quê? Do que o senhor está falando? — Aperto a mão da minha nora e não consigo evitar as lágrimas. É obvio que ela está perdida, já que Anthony se negou a compartilhar seu quadro clínico com a esposa.

— Como prevíamos, o tumor começou a afetar a parte...

— Tumor? Não... O senhor está enganado, o Anthony não tem tumor algum, isso é... — Ela me encara e apenas meneio a cabeça, não posso continuar sustentando a mentira do meu filho, ela o ama, então tem o direito de saber.

— Eu sinto muito, sinto muito, Lori, ele não... — Não consigo completar e por segundos apenas me deixo levar pelas lágrimas. — Ele tem um tumor cerebral, Lori, e não queria que você soubesse...

— Não queria que eu soubesse? Há quanto tempo ele sabe disso?

— Ele descobriu algumas semanas antes de conhecê-la...

— O quê? Mas isso... isso... Ele vai operar, não é? Ele pode fazer isso, não é, doutor?

— Ele optou por não tentar a remoção — o médico lhe responde.

— Como assim? É claro que ele vai fazer a cirurgia, ele vai, sim! — Aperto sua mão.

— A cirurgia é muito arriscada, as chances de ele resistir ou sair sem qualquer sequela são muito pequenas...

— Meu Deus! — Ela apoia as mãos sobre a boca.

— Eu tentei de tudo, Lori, mas ele não quer correr o risco. Anthony não seria feliz se fosse privado de qualquer coisa. Acredito que esse foi um dos motivos para não lhe contar, pois ele queria viver intensamente o tempo que tivesse com você. Sempre foi assim, nunca deixou de ser meu menino aventureiro. — Ela parece em choque, está completamente paralisada. — Eu sei que ele te ama, nunca vi meu filho tão feliz...

— O desmaio?

— Infelizmente, vai piorar. Assim como suas alterações de humor, os desmaios serão frequentes até que chegue o momento da sua...

— Não, não... Ele não pode fazer isso comigo, não vou permitir! — ela interrompe o médico.

— Lori! — grito, mas ela deixa a sala mais rápido do que eu poderia impedir. A única coisa que posso continuar fazendo é orar por um milagre.

CAPÍTULO 35

LORI

"A pior sensação é a da impotência: você sabe o que fazer na teoria, infelizmente, faltam-lhe forças para por em prática na hora! Cadê você, Justiça!"
Gilmar Sena

O instante de lucidez é necessário para que eu siga em minha busca e a cada passo minha raiva é alimentada. Não me importo com as portas erradas que abro no caminho, meu alvo está claro. Não posso acreditar que ele me tenha colocado em uma posição tão vulnerável. Ainda que levasse nossa relação como temporária, não podia deixar-me acreditar que para reverter essa situação bastava colocar seu orgulho de lado e admitir que somos reais, mas a verdade é que nunca tive uma chance. Ele jamais me apresentou todas as cartas, portanto sempre foi impossível vencer...

Quando enfim abro a porta correta e o identifico no leito, é o silêncio que me recebe, então perco o pouco fôlego que me resta e a dor vem em ondas intensas, tornando inevitável segurar as lágrimas.

Com movimentos metódicos, aproximo-me. Suas pálpebras parecem pesadas e isso dificulta seus olhos encontrarem os meus, mas eles não desistem até estarem conectados.

— Oi — cumprimenta-me com um sorriso neutro oferecido a qualquer parceiro de negócios.

— Como se sente? — pergunto aturdida.

— Um pouco tonto, mas o médico disse que está dentro da normalidade do caso.

— Normalidade? — Não consigo deixar a indignação fora do meu tom, então seu rosto perde a expressão impassível. Minha respiração está longe de encontrar seu curso e sei que ele percebe isso.

— E o Jase? — Foge da pergunta.

— Está com a Maggie — respondo. — Você não iria mesmo me contar?

— E o que isso mudaria?

— O que mudaria? Como pode continuar tão egoísta e frio?

— Eu te disse que seria provisório... — defende-se, mesmo sem ter esse direito.

— Ah, e por que não completou a frase com: é provisório porque estou morrendo?! — explodo, deixando meu desespero assumir.

— Eu sinto muito...

— Sente muito? Você não tinha a *porra* do direito de fazer isso! Até aqui eu pensava que a única coisa que nos separaria seria seu maldito orgulho.

— Eu não escolhi isso, Lori. — Encaro-o e sei que consegue ler cada um dos meus questionamentos. — Não deveria ter omitido, mas não queria ver o que estou vendo em seus olhos agora e toda vez que estamos juntos nada mais tem importância...

— Ah, claro... O fato de o único homem que amei estar condenado não tem nenhuma importância!

— Ei...

— Não! Não me peça para entender, não vou fazer parte disso, Anthony, não posso, ouviu? Não vou conseguir perder você um pouco todos os dias... — Um soluço rasga minhas palavras sem a menor cerimônia. Choro como se cada parte de mim estivesse sendo arrancada lentamente e é provável que seja exatamente o que esteja ocorrendo.

— Tudo bem, não vou pedir que assista a isso, sei que...

— Não, você não sabe droga nenhuma! Não pode brincar com os sentimentos das pessoas dessa forma! Tem ideia de quanto isso dói? É claro que não tem. Sequer tem dimensão do que é amar alguém com tudo de você e de repente descobrir... — Apoio as mãos no rosto sem conseguir mais controlar as lágrimas e a dor lancinante em meu peito.

— Eu aprendi que amar nos tira o controle e confirmei isso quando o perdi no segundo em que meus olhos encontraram os seus. — Meu coração entra em parada e é difícil continuar respirando... — Olha *pra* mim, amor? — O pedido angustiado e a surpresa com o apelido fazem com que meu corpo reaja à paralisia e não demora muito para que meus olhos estejam em busca dos seus... — Eu te amo, Lori Morris! Eu te amei desde o primeiro momento. Sei que sou um maldito covarde egocêntrico por não conseguir abrir mão de você, mas cada um dos segundos que passei ao seu lado me pareceu uma grande recompensa do universo por ter colocado esse maldito monstro em minha cabeça. *Me* perdoa, por favor?! Posso suportar o fato de morrer sozinho, mas não posso lidar com o seu ódio.

— Você não pode fazer isso com quem te ama...

— Eu sei... Também não quero que veja isso, Lori. Acho que o melhor é deixarmos nossa história apenas com os capítulos felizes... — Uma batida autoritária soa em meu coração.

— Como é que é? — exijo.

— Já cuidei de tudo com o Bob. Depois que eu partir, boa parte da minha fortuna será sua, então você e Jase jamais precisarão se preocupar com uma instabilidade financeira... — A ira explode em meu peito, então não pondero antes de jogar a bandeja ao meu lado no chão e isso faz com que ele se cale.

— Eu odeio a forma com que se esconde atrás do dinheiro! Odeio que não enxergue que sua maldita fortuna só teria importância *pra* mim se pudesse salvá-lo! Eu sinto muito, Anthony, não posso lutar por quem está disposto a perder a guerra.

Não espero por seus argumentos, apenas saio, mas certamente deixar seu quarto foi a segunda coisa mais difícil que fiz em toda a minha vida, entretanto não consigo sentar e assistir ao amor da minha vida se entregar à morte de papel passado...

— Ei... ei... fala comigo. — Meu amigo se agacha ao meu lado no corredor logo depois de eu deixar Anthony, mas não consigo responder, pois choro como nunca chorei em toda a minha vida. A dor me consome de tal forma que parece uma total desconhecida, já que nenhuma das dores que senti ao longo da porcaria da minha vida me preparou para essa.

— Ele... ele não quer nem tentar, Josh... — Puxa-me para os seus braços, os mesmos braços que sempre me confortaram não são eficazes agora.

— Shiuuu! Respira! Ele ama você, só está sendo burro de não aceitar, mas...

— Ele está morrendo, Josh! — explodo e meu amigo paralisa assim como eu fiquei com a revelação da minha sogra.

É doloroso repetir cada palavra que ouvi, é difícil aceitar ou sequer compreender que o único fio de esperança ruiu, porque eu realmente acreditei que havia um resgate e... — Dói tanto, Josh... — Com movimentos metódicos, ele me prende mais ao seu corpo.

Estamos sentados no chão da melhor forma que dá. Gostaria de acreditar em suas palavras de conforto, já que meu amigo nunca mentiu para mim, mas, mesmo depois de minutos, não consigo acreditar que vai ficar tudo bem...

Retornar à cobertura de Anthony sem ele é estarrecedor, mas a inércia de horas me fez ceder ao pedido de Josh...

— Você precisa dormir um pouco — alerta em minhas costas, então me viro. — Passamos o dia no hospital e o dia de Natal praticamente está chegando ao fim, precisa descansar e...

— Você cuidaria do Jase? — A dor ainda é forte demais para que eu tente deixar meu tom livre dela.

— Sabe que sim. — Assinto por alguns segundos enquanto tento retomar a coerência.

— Obrigada, vou só tomar uma ducha rápida e pegar uma muda de roupa...

— Você vai dormir um pouco, são quase onze da noite!

— Não vou deixá-lo sozinho. Sei o que disse, mas não posso, isso acabaria comigo. — A certeza em minhas palavras faz com que meu amigo não tente me convencer do contrário.

— O que faz aqui? — Sua surpresa fica evidente.

— Ainda sou sua esposa, tenho o direito legal de estar aqui. — Apoio a mala que trouxe sobre a poltrona, mas não quero encará-lo, pois demorou algumas horas para enfim controlar as lágrimas.

— Deveria dormir ao lado do seu marido, então — sussurra em minhas costas enquanto me concentro em esticar o lençol no pequeno sofá disponível. — Vem aqui, amor. — Paraliso meu movimento. — Por favor... Eu tentei, ok? — começa depois de alguns segundos sem que responda o seu chamado. — Fiz a *porra* da quimioterapia, mas não alcançamos nenhum resultado, então o que não tem remédio... Essa porcaria em minha cabeça não é pior do que ficar sem você...

— Como pode dizer isso?! — Viro-me.

— Por que é a verdade! O dia e a última noite foram insuportáveis apenas por não ter você. — Aproximo-me e é provável que o desespero que enxergo em seus olhos sejam apenas o reflexo dos meus.

— Eles podem brigar por estarmos na mesma cama — digo e ele se apressa em chegar para o lado.

— E isso é um problema para você?

— Não — respondo e logo estou envolta em seus braços. Gostaria de poder ter tempo para castigá-lo ou dizer que sua omissão é mais grave que o fato de eu o estar perdendo, mas não posso desperdiçar qualquer segundo com tais questionamentos. Escondo o rosto em seu pescoço e nenhum outro lugar do mundo me parece mais seguro. — O prazo em nossa relação... — Não consigo finalizar a pergunta...

— Sim, o motivo foi este maldito monstro! Jamais abriria mão de você, amor — responde a pergunta que não concluí e é inevitável não chorar. Mesmo dentro de uma situação caótica, tudo agora faz sentido. Aperto-o mais em meu abraço, somos um emaranhado de pernas e braços. Não posso perdê-lo...

— Não vou conseguir, Anthony... — um soluço me interrompe.

— Shiuuu! — Ele me deita de costas e se debruça sobre mim até que nossos olhos estejam conectados. — É claro que vai, você é a mulher mais forte que conheço... — Seus dedos limpam minhas lágrimas. — Para que tudo isso tenha valido a pena, eu preciso que seja a mulher mais feliz desse mundo, ouviu? — Nego com a cabeça, pois ele não vai convencer-me com esse papinho clichê barato.

— Não posso mais me contentar com porcentagens, Anthony. Durante a vida inteira, busquei motivos que justificassem o fato de não ter o básico. Mas, agora, não existem justificativas plausíveis que me farão entender. Eu quero e preciso de tudo para ser plenamente feliz e você faz parte do pacote... Você vai fazer a cirurgia, pois disse que lutaria comigo até o fim e me prometeu isso, então não vou aceitar sua desistência. — Apoio as mãos em seu rosto paralisado. — Olha aonde chegou, Sr. Smith. Você tinha tudo para dar errado, amor, mas, ainda assim, isso não foi o suficiente para impedi-lo de conquistar o que conquistou, então por que um maldito tumor vai?

— *Honey*...

— Não, Anthony! Não vou deixar você desistir! Nem que eu mesma tenha que abrir a sua cabeça e arrancá-lo, vai fazer essa cirurgia porque não posso continuar sem você e vou odiá-lo se me deixar... — Sua fronte encosta-se a minha e seus dedos percorrem minhas lágrimas enquanto nossas respirações encontram o mesmo ritmo...

— Podemos esquecer só por essa noite? — Quebra o silêncio depois de alguns minutos. — Gostaria muito de desembrulhar meu presente. — Seus dedos percorrem o cós do meu moletom...

— Amor, não! Estamos em um hospital, você não está bem...

— Eu *tô*, sim, estou muito bem. — Mordisca meu pescoço e investe sobre meu quadril deixando claro sua ereção.

— É sério...

— Sim, é muito sério... — rebate e logo sua mão adentra minha calcinha. Um segundo depois, seus lábios tocam os meus...

— Amor, não podemos... Você...

— Por favor — ele me interrompe. Meu marido não é o tipo que implora por nada, então, diante do seu apelo, como inibir o desejo? É claro que não tenho a resposta para essa pergunta, porque sou incapaz de resistir a ele assim, mesmo que seja o correto a fazer.

Subo minha boca até a sua, a última coisa que quero é desperdiçar qualquer instante de sua companhia. Não vou permitir que me deixe, mas, no caso de os meus planos falharem como todos em minha ilusória vida, não posso pensar que não aproveitei cada fração de segundo que poderia...

Assim que desperto nos braços de Anthony, meu primeiro sentimento é gratidão, mas o segundo é desespero... Pensar que posso perdê-lo a qualquer momento me deixa apavorada...

— Bom dia! — Ah, *merda*!

— Anthony — chamo meu marido ainda adormecido sob o olhar do médico à nossa frente. Ok, eu não deveria estar em seu leito, muito menos ter feito amor com ele até quase amanhecer por sermos incapazes de parar. É óbvio que isso não é errado, mas é provável que o lugar seja completamente inapropriado...

— Os exames ficaram prontos, então já podemos liberá-lo.

— Como assim liberá-lo? Ele precisa se preparar para a cirurgia, não...

— Estou liberado? — meu marido se reporta ao médico, ignorando-me.

— Não! — explodo, mas ele se levanta, fazendo com que eu me perca novamente. — O que está fazendo? — questiono quando começa a se vestir.

— Não posso ir para casa apenas de cueca.

— Anthony! — grito e ele paralisa seus movimentos, então nos encaramos. Ele não pode ignorar tudo que conversamos essa noite.

— Bom, cuide da alimentação e continue com a medicação para inibir um pouco os sintomas. Sua alta está na recepção e estarei ao celular caso precise. — Que *porra* de médico é esse? Ele sai do quarto como se meu marido estivesse apenas com uma crise de gases, e não morrendo.

— O senhor deveria estar convencendo-o a manter sua internação!

— Sinto muito.

— Sente muito? Que tipo de médico libera um paciente no estado dele e...

— Amor? — meu marido intervém enquanto o médico cretino se retira sem me dar a menor confiança. — Lori, podemos conversar em casa? — Conheço esse tom, por isso o encaro ciente de que, mesmo depois de todos os meus pedidos, sua decisão permanece intacta. Ele se vira fugindo do meu olhar acusatório e indignado e isso abre uma ferida gigantesca em meu peito.

Sim, ele me explicou cada um dos riscos que a cirurgia implicaria, mas temos chances, então não podemos apenas sentar e esperar que esse monstro vença, isso seria desistir... Ok, talvez eu esteja tentando tirar o seu poder de decisão, não quero que soe como toxidade, porém o que seria de uma embarcação sem um oceano para navegar?

É o que meu marido representa...

Às vezes, grandes profundidades se tornam bem difíceis de serem alcançadas, mas não são impossíveis se tivermos o preparo e os instrumentos corretos, entretanto, ao que parece, eu não os tenho, sou frágil demais e naufragarei na primeira tempestade.

O mar tem seus mistérios, mesmo diante de sua infinita diversidade de vidas, todos os dias, também é responsável por algumas mortes, todavia sua beleza vivida e esplendorosa não nos permite deixá-lo ou temê-lo.

CAPÍTULO 36

LORI

"Em tempo de paz convém ao homem serenidade e humildade; mas, quando estoura a guerra, deve agir como um tigre!"
William Shakespeare

A viagem até em casa se deu em silêncio assim como os próximos dias que decorreram. Recebemos sua mãe, nossos amigos e todos pareciam empurrar a sujeira para debaixo do tapete, inclusive eu que não sabia como retomar o assunto. Já Anthony tem o dom de fingir normalidade como jamais encontrei em alguém...

Brindamos a chegada do ano novo e eu apenas parecia ver a cena de longe, era como se a cada dia um peso a mais fosse atrelado às minhas correntes e me impedissem de chegar à superfície e gritar por ajuda.

Meu marido sorria e seguia a vida como se não estivesse com os dias contados.

Um dos seus braços rodea minha cintura enquanto mostra os fogos de artifício ao meu irmão, eles iluminam o céu, mas a inércia não me permite esboçar qualquer reação. Anthony beija meus cabelos no alto da cabeça e apenas gostaria de ser capaz de viver intensamente cada um dos segundos que realmente tenho ao seu lado, mas não sou.

Em todas as vezes que fizemos amor depois dessa maldita sentença, apenas senti a injustiça e a prévia saudade.

Não consigo comer, não me concentro em mais nada e isso se estende aos cuidados com Jase. Também criei um grande bloqueio entre mim e Josh porque não posso ouvir seus conselhos. Sei quanto me ama e quanto pode estar chateado com a barreira entre nós, mas simplesmente não consigo acreditar que vai ficar tudo bem como ele sempre alega.

No trabalho meu marido seguia a mesma rotina enquanto eu apenas pensava em qual seria a *porra* do segundo que me deixaria para sempre...

Levanto-me antes de Anthony como vem acontecendo desde que retornamos do hospital, encaro as caixas de medicamento em sua mesa de cabeceira, pois ele já não faz questão de esconder, apenas trata as doses gigantescas como mais um dos seus compromissos diários.

Passo as mãos pelos cabelos sabendo que hoje também precisarei exagerar na maquiagem, já que passei acordada a maior parte da noite.

Seguir até o escritório se tornou a minha primeira rotina diária. Talvez, seja minha maneira de lutar, é como se aqui fosse conseguir pensar com a cabeça do meu marido e assim pudesse encontrar uma justificativa plausível, se é que ela existe.

Sinto-me anestesiada e impotente como nunca me sentira.

Sentada na cadeira de Anthony, ergo a tela do notebook para retornar a minha pesquisa sobre pessoas que sobreviveram a quadros terminais...

— Droga... — sussurro quando me dou conta que está descarregado.

Busco pelo carregador na gaveta e... — Mas que merda é essa?

— Bom dia. — A voz grogue faz meus dedos paralisarem sobre o pedaço de papel, mas não consigo desviar meus olhos dos nomes descritos ali... De repente, uma dose cavalar de adrenalina adentra meu sistema, tirando-me instantaneamente da inércia acumulada...

— O que significa isso? — explodo já com o cheque e o pequeno *post-it* nas mãos.

— Eu... — A palidez em seu rosto é evidente.

— Fala! Além de estar morrendo e de não fazer bosta nenhuma para impedir, o que mais está escondendo de mim? — grito, libertando-me e deixando a raiva assumir.

— Eles viram nossa foto em um dos jornais...

— E por isso está enviando um cheque de quinhentos mil dólares *pra* eles?! Somos casados e sou maior, meus pais não...

— Eles iriam entrar com o pedido pela guarda do Jase... — Sinto o baque como se tivesse sido arremessada nas profundezas de uma geleira e que nenhuma parte do meu sistema quer sair de lá, mas não posso ficar nesse lugar. As lágrimas quentes rolam por meu rosto e isso é um bom sinal, não é? Meu coração luta demais para levar o sangue até...

— Lori! — É a última coisa que escuto antes de me deixar ser vencida.

— Jase? — É primeira coisa em que penso quando a consciência me atinge de novo.

— Como se sente?

— Cadê o Jase?

— Ele ainda está dormindo... — Tento me levantar, mas sou parada por meu ilustre marido. — É melhor permanecer deitada até a ambulância chegar.

— Ambulância? Estou ótima, só preciso ver o meu irmão.

— Já disse que ele está bem, você vai ficar deitada até os paramédicos chegarem.

— Garantiu isso com outro cheque? — exijo, deixando a ira assumir.

— Quinhentos mil dólares não é nada para mim e você sabe disso. É um preço barato a se pagar.

— Ah, é claro, o senhor poderoso Smith pode tudo! Sabe que eles abriram mão da guarda, não sabe? — vocifero e ele assente. — Então?

— Conversei com Bob, Lori. Eles poderiam nos causar grandes problemas e eu daria todo o meu dinheiro se isso impedisse sua infelicidade e a de Jase. — Engulo em seco e agradeço quando a campainha toca e ele se retira do quarto, pois não sabia como continuar guerreando depois de suas palavras.

— Com licença. — Dois homens paramentados se aproximam da cama depois de poucos minutos.

Um tempo depois de medirem temperatura e pressão, retiram um pouco sangue para exame e não demora muito até o diagnóstico de provável queda de pressão...

— Ei! — Josh entra no quarto e foram poucas as vezes que o vi tão pálido.

— Aproveita para desmaiar enquanto os médicos ainda estão aqui — zombo em cumprimento e logo está colado demais a mim, sem ao menos ceder muito espaço para que os médicos terminem seu trabalho. Anthony nos encara a alguns metros de distância.

— Já vi que está ótima! — rebate.

— Acredito que não precise encaminhá-la ao hospital — informa um dos paramédicos.

— Então o senhor me garante que a minha esposa está bem? — Em seu tom, a arrogância está aliada à raiva e essa é uma combinação desastrosa em se tratando do meu marido.

— Eu estou bem, Anthony.

— Quem está bem não desmaia.

— Não me diga — retruco.

— Anthony, vamos aguardar o resultado do exame? — meu amigo intervém e, por alguns segundos, o silêncio toma conta da suíte.

— Eu acompanho os senhores — meu marido se reporta aos médicos, deixando Josh e eu sozinhos.

— O que aconteceu?

— É provável que seja apenas uma queda de pressão, você ouviu os médicos? — insisto.

— Agora a verdade. — Encara-me e é claro que não conseguiria enganá-lo.

— Os seres humanos que me procriaram estão chantageando Anthony.

— Como? — A ira em seus olhos está nítida.

— Exatamente isso que ouviu. E o meu marido milionário simplesmente assinou um cheque para lhes dar como se isso não fosse nada de mais, aliás, ele também é ótimo em esconder as coisas de mim... — explodo enquanto lágrimas correm por meu rosto. Josh permanece em silêncio enquanto choro deliberadamente, expondo meu desespero. É provável que esteja analisando-me nesse momento... — Por que, Josh? *Me* explica por que eu não tenho o direito de ser feliz?! Tenho pais de bosta, dois monstros que usam o próprio filho para conseguir dinheiro... Meu marido está morrendo, e não posso fazer merda nenhuma para salvar o único homem que amei. Não sei como vou conseguir ficar sem ele, não consigo mais lutar, não suporto mais...

— Ei... — Meu amigo me puxa para os seus braços. — Eles abriram mão da guarda, então Jase não vai a lugar algum. Sobre o Anthony, eu sinto muito mesmo, o senhor lunático não merecia isso, você não merece, mas o que podemos dizer que é justo ou que nessa vida dura para sempre? Vai doer e vai doer muito, mas não precisamos viver a dor antes que ela chegue. Sempre pode ser o último segundo, último abraço, último sorriso, a última briga... A única diferença aqui é que vocês sabem que o fim está próximo, então ame por uma vida inteira, mesmo que isso leve apenas um segundo.

— Ele beija minha cabeça. — Eu prometo que vou estar aqui e que vou colar cada um dos seus caquinhos, mesmo que isso seja a última coisa que eu faça, mas você precisa me prometer que não vai desistir.

— Eu não consigo...

— Consegue, sim, eu não tenho dúvidas...

— Eles já foram — meu marido nos interrompe. — Jase acordou. Você pode ficar com ele por alguns minutos, Josh?

— É claro. — Meu amigo beija minha cabeça e se afasta.

— Você se sente melhor?

— *Me* diz como eu faço isso?

— Eu sinto muito, não queria esconder de você, só quis poupá-la. Quinhentos mil não é nada...

— E você continua achando que é pelo dinheiro... — Ele se ajoelha no colchão e não demora a ocupar o lugar de Josh.

— Se fosse, seria fácil, amor, eu abriria mão de cada centavo apenas para vê-la sorrindo novamente. — Puxa-me para o seu abraço, então meu corpo reconhece o lugar que quer estar. É impossível não conectar minhas emoções às batidas do seu coração, assim como é difícil não reconhecer quanto almejei esse lugar. Talvez a humanidade jamais reconheça seu egoísmo diante de decisões que não a pertencem...

Aperto Anthony em meu abraço ciente da minha fraqueza e arrogância em não aceitar o destino que me foi imposto. Não é justo, nunca foi, mas, se alguém me perguntasse se eu evitaria esse amor, diante de todos os fatos conhecidos por mim hoje, a resposta seria não. Nesse segundo eu consigo compreender que um final feliz não necessariamente precisa ser eterno, é possível ser mais feliz e completo em alguns segundos do que teoricamente deveria ser em uma vida inteira...

— Eu vou te amar para sempre — sussurro, envolta ao pescoço do meu marido, enquanto sinto suas lágrimas se misturarem às minhas.

— Eu também estarei fazendo isso. Se eu passasse apenas um segundo ao seu lado, ainda assim, teria valido a pena. — Sua mão toca meu rosto e logo nossos olhos, mesmo embaçados pelas lágrimas, estão conectados.

— Eu ficaria a vida inteira ao seu lado se pudesse fazer isso e, mesmo que tivesse essa chance, ainda lamentaria, porque, ainda que passássemos cinquenta anos juntos, certamente seria pouco. Você foi minha melhor escolha e melhor decisão. Eu sinto muito por cada dia que não estarei aqui, pela família que não poderemos aumentar, por todos os Natais, por cada abraço, por cada bom-dia e boa-noite que não daremos, sinto até pelas brigas, mas preciso ter certeza de que você ficará bem e que de alguma forma vai conseguir se reerguer...

— Prometo continuar lutando... — Ele assente e beija minha fronte.

É com a força da promessa que fiz ao meu marido que estou entrando nesse restaurante para enfim encerrar o capítulo que tanto evitei.

— Filha? — A surpresa é nítida na cara dos meus progenitores ao me verem.

Encarar os dois malditos sociopatas à espera de suas recompensas me embrulha o estômago, pois era a última coisa que gostaria de fazer, mas, às vezes, precisamos encarar o monstro de frente, senão jamais seremos livres de verdade.

— Por anos desejei poder conquistar minha liberdade e a de Jase, e com a mesma intensidade me questionei sobre o motivo de não ser amada pelas únicas pessoas no mundo que tinham o dever de fazer isso. A cada surra ou xingamento eu me perguntava: o que há de errado comigo? Por que meus pais não são como os das minhas amigas? Aí, quando Jase chegou, entendi que o problema não era comigo, e sim com vocês, pois não tinha como não amá-lo. Mesmo ele sendo perfeito de todas as formas, ainda assim, não conseguiram ser pais descentes.

— Não somos...

— Quinhentos mil dólares! — Bato o cheque sobre a mesa, interrompendo-os sem pouco me importar com os olhares à minha volta no restaurante luxuoso. — Mesmo que seja imoral de todas as formas, já que os dois sabem que não têm mais direitos sobre Jase, estou, sim, pagando pela nossa liberdade. Espero que esse dinheiro lhes dê a tão sonhada felicidade e que vocês economizem cada centavo, pois de mim não levam mais nada. — Viro-me em meus calcanhares sem qualquer remorso e deixo para trás a bagagem de culpa que sempre carreguei.

Sim, pais cruéis, tóxicos e narcisistas existem! Não, não temos culpa se o outro não tem amor para dar, não escolhemos onde nascemos, mas podemos escolher quebrar o ciclo e deixar tudo o que nos machuca para trás, fazendo das nossas cicatrizes lindas asas.

Assim que passo pelas portas luxuosas, sou recebida pelo meu marido e seu abraço reconfortante.

— Vai ficar tudo bem — ele sussurra ao beijar minha cabeça delicadamente e eu só posso pedir que esteja certo, mesmo ciente de que esse bem realmente será provisório. Assim que entramos no carro, abraço Jase com a certeza de que ninguém o machucará nunca mais.

— Você está chorando, Lori?

— Não, meu amor, eu estou bem. — Limpo as lágrimas de alívio. — Eu te amo muito, Jase. Você sabe disso, não sabe? — Ele assente confiante. — Agora vamos ao nosso hambúrguer e *milk-shake*.

— Ehhh! — ele grita de felicidade por almoçar *fast food* em dia de semana enquanto dito o endereço da lanchonete ao nosso motorista. Não, não serei irresponsável a ponto de achar que uma criança não precise ter uma boa rotina alimentar, mas meu irmão não passará pelas mesmas dores que eu, então hoje abrirei essa exceção.

Já passam das 22h quando pego o celular para ligar novamente para Anthony. Não retornei mais à empresa depois do meu "encontro de negócios", passei a tarde com Jase, mas Anthony não pôde nos acompanhar.

Quando estou a ponto de iniciar a chamada novamente, ele entra na suíte e seu estado me assusta, sua blusa está amarrotada e aberta, seu cabelo bagunçado e seu semblante carregado...

— Onde está o Jase?

— Dormindo. Está tudo bem? — Ele responde com um meio sorriso e joga alguns papéis sobre a cama, em seguida passa os dedos entre os cabelos, indicando o motivo de estarem tão bagunçado. — Que isso?

— Seus exames, entregaram no escritório como pedi. — Mal os encaro espalhados pela cama, pois meu foco está em sua inquietude, já que ele continua andando de um lado para o outro.

— Você bebeu? — pergunto quando o cheiro de uísque domina o quarto.

— Sabe por que eu cheguei aonde cheguei? — Encara-me e a urgência em seu tom me assusta, então apenas meneio a cabeça em negativa. — Porque nunca permiti que nenhum *filho da puta* me limitasse, não vesti nenhum dos rótulos nem aceitei as probabilidades que depositaram sobre mim. Como o menino que passou fome, foi despejado e entregue pela mãe a um abrigo conseguiu se tornar um dos homens mais ricos do mundo? A resposta é simples: ele não deixou que nublassem sua visão nem que tirassem sua esperança, apenas acreditou no que estava vendo e avançou. Sem olhar para trás, continuou caminhando mesmo que seu corpo muitas vezes lhe implorasse para parar, pois ele tinha um alvo, e não o abandonaria pela visão limitada de outras pessoas. Então por que estou fazendo isso agora? — Sua respiração está fora de curso e é visível o desespero em seus olhos. Meu coração se comprime tanto que chega a doer.

— Amor... — Tento me aproximar, mas ele se afasta.

— Ganhar dinheiro se torna fácil depois de um tempo, você acaba aprendendo rápido como multiplicá-lo, mas uma família? Não, eu nunca quis ou almejei uma família. Essa era uma das poucas coisas que não me achava capaz de ter. Eu não sabia como dar amor, aliás, sempre duvidei que isso existisse. Se sua própria mãe o abandona, isso fode de verdade com a sua cabeça, então em que outro amor eu poderia crer? Não posso fazer o mesmo com o meu filho... — Lágrimas escorrem por seu rosto enquanto o encaro confusa. — Não posso simplesmente abandoná-lo por aceitar uma condição que me impuseram. Se o inimigo está na *porra* da minha cabeça, vou lutar e, mesmo que eu morra naquela mesa de cirurgia, ele saberá que lutei até minhas últimas forças e assim terá orgulho do pai dele...

— Anthony...

— Você está grávida, amor — declara, suspendendo as batidas do meu coração. — Se fosse apenas um por cento de chance de sair vivo de lá, ainda assim, arriscaria, pois não posso ficar sentado esperando que a probabilidade vença dessa vez, continuarei no time do improvável, lutarei por minha família porque você, Jase e meu filho valem cada gota do meu sangue. — Meus joelhos fraquejam, mas seus braços me amparam antes que chegue ao chão.

— Eu... — As palavras parecem ter evaporado e o chão sob meus pés desaparecido. Amor, medo e desespero se apossam de mim na mesma fração de segundo. — Você... — Tento formular a frase, mas ainda parece impossível.

— Eu não deveria ter aberto seus exames, eu sei, mas não consegui...

— Um filho... — Encaro seus olhos. Ele ter aberto meus exames é o que menos importa agora. Um sorriso involuntário surge em meus lábios e expulsa o medo. Aqui está minha resposta, a que tanto busquei em minhas orações, então me jogo nos braços do meu marido e a força de seu abraço deixa evidente seu medo. Jamais o vi tão fragilizado. — Vai ficar tudo bem, amor, você vai retirar esse monstro da sua cabeça e vai voltar para nós, eu estou lhe exigindo! Vai lutar e vai vencer porque não posso fazer isso sozinha. — Ele apenas assente enquanto seu choro fica fora de controle.

— Prometo que vou lutar — garante entre soluços.

— Eu lutarei com você. — Mordisco seus lábios... — Não existe neste mundo arma mais poderosa do que o amor, estamos com a vantagem.

— Obrigado por aceitar a minha proposta maluca.

— Não é como se tivesse sido um grande sacrifício... — Pisco e o primeiro sorriso ganha seus lábios.

— Ah, é? Não era isso que a senhora me dizia.

— E não vou dizer mais nada até voltar para mim.

— Chantagem?! — Finge estar indignado.

— Tive um ótimo professor, mas ele agora precisa de um banho. — Retiro sua blusa.

— Não devemos contrariar as esposas.

— Muito menos as grávidas — rebato e ele suspira, acentuando sua expressão carregada de novo, droga!

— Eu te amo! Aconteça o que acontecer nunca vou me arrepender de nós. Promete *pra* mim que vai dizer ao nosso filho todos os dias o quanto eu o amava e o queria?

— Anthony...

— Por favor, amor, eu preciso que você prometa que ele jamais vai cogitar que o pai dele não fez tudo que podia para estar ao seu lado.

— Eu prometo. — Ele me puxa de volta para os seus braços.

— Vou vencer essa guerra.

— É claro que vai.

CAPÍTULO 37

LORI

"Devemos construir diques de coragem para conter a correnteza do medo."
Martin Luther King

É difícil orquestrar meus batimentos, buscar pelo ar que quer me abandonar e manter o sorriso no rosto enquanto preparam meu marido para a cirurgia.

Mesmo depois de dez dias de conversas e preparação, ainda pareço estar sendo soterrada aos poucos e, talvez, a única razão pela qual consiga manter a falsa postura seja o apoio do braço de Josh sobre meus ombros. A verdade é que nunca estive tão apavorada, mas agora preciso ser forte, pois Anthony não pode entrar naquele centro cirúrgico com um resquício sequer de dúvidas, ele precisa voltar para nós, esse é o combustível para combater meu medo.

— Tudo pronto! Em alguns minutos, um enfermeiro virá buscá-lo. — Anthony encara o médico.

— Doutor? — meu marido o chama.

— Sim, mais alguma dúvida?

— Eu preciso que tente tudo, preciso sair vivo dessa cirurgia.

— Vamos entrar naquele centro cirúrgico para vencer, então precisamos acreditar que só existe essa opção. — Anthony assente e o médico se retira. Eu corro em direção à cama e seguro sua mão depois de me sentar ao seu lado.

— Estaremos aqui te esperando. — Apoio sua mão em minha barriga. — Você vai lutar...

— Eu vou, mas caso eu não vença...

— Não diga isso! — interrompo-o, e não sou forte o bastante dessa vez para evitar que as lágrimas caiam, o medo se apodera completamente de mim.

— Amor, precisa me prometer que vai seguir em frente e que dará uma chance para outro *filho da mãe* de sorte te fazer feliz. Não posso suportar pensar que você não terá tudo que merece, precisa me prometer que nosso filho terá uma família...

— Não!

— Lori... — Seu tom embarga.

— Não, Anthony! Não posso prometer isso, então trate de lutar muito para me fazer feliz e para que o nosso filho cresça com o pai que merece, porque, se não for assim, não vou te perdoar! — Ele meneia a cabeça em negativa. — Está resolvido, não estou dando outra opção a você!

— Vem aqui. — Puxa-me para um abraço. — Eu vou te amar para sempre — sussurra em meu ouvido. — Obrigado por me tornar um homem melhor e completo.

— Nós ainda temos muito pela frente, meu amor, então só se concentre em voltar para nós, ok?

— Ok — responde e eu o beijo. — Agora me deixa falar com a Rebecca. — Assinto e noto que minha sogra havia chegado.

— Filho... — Seu desespero amplia a dor em meu peito.

— Está tudo bem, mãe — Anthony responde ao choro da mãe.

— Eu te amo, filho, me perdoa, eu não tive escolha...

— Eu já te perdoei, mãe. Você lutou quanto pôde. Ninguém no seu lugar e nas suas condições poderia ter feito melhor. Eu sinto muito por tudo que passou e por não ter deixado claro o suficiente quanto amo você. — Ela o abraça e por segundos é possível enxergar o amor sublime entre os dois.

— Não desista! Você vai conseguir e estaremos aqui esperando.

— Vou tentar! Agora me deixa falar com o Alex. — Ela segue em minha direção e logo me abraça, seu corpo está trêmulo ou seria o meu?

— Você vai vencer essa, cara.

— Farei o possível, mas, caso eu não me saia bem dessa vez, cuida das coisas aqui *pra* mim?

— Para com isso, irmão!

— Não deixa meu moleque ser criado como a gente, tá bom? Tenta ensinar a rebatida correta e vê se não vai errar a porcaria da bola toda vez.

— Alex apenas assente com um gesto de cabeça.

— A gente é a *porra* de um time e eu não saberei ser o capitão, cara, então vai lá, arranca logo essa droga e volta para a próxima partida.

Eles se abraçam e é lindo ver a irmandade. Poucas pessoas têm a sorte de construir uma amizade tão bonita e leal.

Por minutos ficamos em silêncio, é como se todos estivessem em suas orações silenciosas, bom, eu estou. Quando o enfermeiro chega e leva a maca com Anthony, imediatamente o vazio dentro de mim se instaura. Seis horas foi o tempo estimado para a cirurgia e certamente serão as piores da minha vida. A sensação de impotência nos faz pequenos, irracionais e prisioneiros sem que sequer tenhamos sido condenados.

Duas horas, quarenta e cinco minutos e trinta e dois segundos se passaram, ainda assim, ninguém ousou pronunciar qualquer palavra. É possível ouvir cada respiração ou ruído externo por mais baixo que seja. Meu corpo não obedece mais a nenhum comando e meus olhos apenas deixam a porta da sala de espera onde nos realocaram para conferir meu celular. As horas jamais passaram tão devagar...

Enquanto espero, questiono o tempo e alimento o medo. É difícil não senti-lo em cada parte de mim. Não era justo ter um vislumbre de um futuro que não pudesse viver. Durante toda a minha vida, tive que lidar com as mais difíceis circunstâncias, deveria de certa forma estar treinada, mas ninguém pode ser capacitado para devolver um presente depois que o recebe. Meu bebê precisará do pai, eu preciso do Anthony e dessa vez não vou admitir perder nada...

— Familiar do Sr. Smith! — as palavras ecoam na sala fria e minha primeira reação é conferir novamente o marcador no celular ainda que não tenha cinco minutos da última olhada, mas não estou enganada, só se passaram quatro horas e vinte minutos desde que entrou na cirurgia... Minha mão levanta involuntariamente...

— Sou a esposa. — Mal consigo proferir as palavras ou sequer me lembro de como se faz para respirar. Meu coração provavelmente esqueceu como se trabalha, pois estou a ponto de cair...

— Ele conseguiu! — grito assim que chego à sala de espera. — A cirurgia foi um sucesso!

— Eu sou a mãe! Como está meu filho?

— Eu sinto muito... — ele responde e nesse segundo tudo à minha volta desmorona, todas as tentativas de um resgate não existem mais... — Eu só posso permitir a entrada de uma de vocês, o médico a aguarda. — Encaro Rebecca e, com um leve aceno de cabeça, ela permite que eu vá, em seguida abraça seu marido em total desespero. Todos ao meu redor ficam consternados, mas eu não consigo chorar, sentir ou respirar. Apenas uso minhas últimas forças para seguir o enfermeiro, entretanto os segundos que levamos até parar em frente a uma porta se equiparam à eternidade...

— Sra. Smith. — O cirurgião de Anthony me aponta a cadeira e por reflexo me sento. — Nós vencemos!

— O quê? — pergunto para ter certeza de que não imaginei.

— Vencemos o maldito!

— Anthony está bem?

— Sim, já acordou da anestesia, já está até fazendo piadas, ácidas, mas está. — Levo as mãos ao rosto e me deixo levar pelas lágrimas quando o feixe de luz surge novamente, revitalizando as batidas do meu coração e revelando que é no momento em que perdemos a esperança que o milagre acontece.

— Ele vai ficar bem?

— Bom, o tumor estava preservado e conseguimos retirar sem causar nenhum dano. Anthony ficará conosco alguns dias, vamos observar as primeiras 24h e torcer para que reaja bem como esperamos. — Sinto como se um balão de oxigênio estivesse renovando o ar que respiro.

— Eu posso vê-lo?

— Ele vai precisar passar as primeiras horas no CTI. Assim que estiver instalado, você poderá vê-lo, mas apenas por alguns minutos.

— Obrigada, doutor!

— Se acredita em Deus, agradeça a Ele, porque hoje presenciamos um milagre. Em vinte anos de medicina, jamais vi nada igual. — Assinto com a certeza de que a minha vida inteira não seria suficiente para agradecer a Deus.

Por minutos todos se abraçam comemorando a vitória e esse será só começo da nossa felicidade.

Quando finalmente permitem minha entrada no CTI, é como se meu mundo recuperasse suas cores.

— Oi — sussurro, capturando sua mão. Há muitos fios conectados a seu peito, seus cabelos desapareceram sob a faixa em sua cabeça e seu rosto tem uma palidez evidente.

— Ainda está em tempo de se livrar de mim — murmura, é notório que sente dor.

— E por que eu faria isso?

— Eu estou usando fralda — sussurra com certo humor e um sorriso fraco.

— Você assinou um papel, Sr. Smith, eu não vou a lugar algum.

— Ah, o maldito documento, deveria ter feito um aditivo. — Corro os dedos por seu rosto.

— Espero que todas essas sandices sejam efeito da anestesia.

— A única coisa que eu queria, quando abri os olhos de novo, era voltar para vocês. *Me diz que vai ficar tudo bem?!*

— Nós vencemos, amor! A cirurgia foi um sucesso, retiraram o maldito! Ainda vai precisar me aturar por alguns anos. — Lágrimas rolam por seu rosto. — Tudo bem, não precisa me aturar se não quiser, não precisa chorar — brinco, mas não consigo evitar minhas próprias lágrimas.

— Vai ter volta, Sra. Smith! Neste momento estou prejudicado, mas vou sair dessa.

— É claro que vai, amor. — Curvo-me e beijo seus lábios.

— Nem consigo apertar sua bunda...

— Anthony!

— Eu te amo, Lori Morris Smith! Amo cada parte de você. Obrigado por não desistir de mim e por me dar o maior presente desse mundo.

— Eu te amo, Sr. Smith, obrigada por lutar por nós.

Não queria vir para casa, mas minha sogra praticamente me obrigou, pois não poderia dormir com Anthony, já que ele permaneceria no CTI. Rebecca não sossegou até eu prometer que descansaria algumas horas, então combinamos que eu voltaria pela manhã. Agora, sinto-me renovada depois do banho.

— Precisa se alimentar. — Josh me entrega um *bowl* com sopa assim que me sento no sofá. — Jase está bem, acabei de falar com a Maggie, parece que se divertiram muito. Ela ainda não conseguiu alugar um apartamento?

— Não, todos parecem ter algum defeito para Alex.

— Eles estão juntos?

— Até onde eu sei, não. Alex não quer um relacionamento, já a Maggie parece querer o contrário.

— Como assim ela quer um relacionamento?

— Eles transaram, uma vez, mas aí, na manhã seguinte, ele lidou com tudo como se não fosse nada de mais e agora segue tratando-a como uma irmã mais nova. Palavras dela.

— Precisamos incluí-la na nossa noite de lixo e conseguir um apartamento para ela.

— A Maggie é uma pessoa incrível, mas ainda tem muitas feridas abertas, então vamos com calma, ok?

— Calma é o meu nome do meio. — Sorrio com sua cara de pau.

— Claro que é. — Concentro-me na minha sopa enquanto ele parece impaciente, mas sei que em sua cabeça já formulou pelo menos três planos para salvar a mocinha da torre. Apoio a tigela vazia sobre a mesinha de centro e com um suspiro levo as mãos até meu ventre. Mal consigo acreditar que estou mesmo grávida e que meu bebê já passou por tanta coisa em tão pouco tempo.

— *Se* sente bem? — Josh pergunta.

— Nunca estive melhor, esse maldito pesadelo acabou.

— É clichê, eu sei, mas o amor sempre vence no fim.

— Ah, é? Então o nosso mocinho da Flórida ainda tem chance. — Pisco.

— Na Flórida faz muito calor. Além do mais, agora que serei tio não terei tempo para finais de semanas acalorados.

263

— Talvez, não precise ir tão longe, pois fiquei sabendo que a West vai receber novos estagiários, então pode ser que nesse meio tenha alguém da Flórida e ainda por cima engenheiro... — Seu rosto ganha uma palidez evidente, é difícil para Josh quando são as pessoas a darem um "empurrãozinho", e não ele.

— Lori Morris, o que a senhora fez?!

— Nada além de ajudar na escolha de novos estagiários.

— Você não...

— Você merece ser feliz, Josh. Precisa deixar aquele traste para lá de uma vez por todas e principalmente lhe pedir o divórcio! O Derek é um cara incrível e parece gostar de você de verdade...

— Está querendo se livrar de mim? — Finge-se indignado.

— Eu amo você e sabe que sempre fará parte da minha vida, mesmo contra sua vontade, mas também quero ver o meu amigo completo e, já que o destino está dando uma ajudinha...

— Ele é perfeito demais, Lori, não pode ser de verdade.

— Bom, o meu era todo imperfeito, mas embaixo de toda aquela camada tinha um coração. Tudo bem que estava bem profundo, mas, se eu tivesse desistido dele, não teria encontrado o amor da minha vida e... — Ele apenas me encara com olhar avaliativo pela minha autoajuda fajuta. — Tudo bem, no meu caso, não tive escolha, mas veja só, se eu não tivesse sido obrigada a encontrar o amor — pisco tentando segurar o riso —, ainda estaria aturando o Sr. Paul e servindo bêbados, então, sim, é possível retirar coisas intactas dos escombros.

— Deveria ter cursado psicologia — zomba, mas sei que o bichinho da dúvida já o mordeu.

— E você deveria dar uma chance ao seu coração. No final, vai ver que ele sempre está certo. — Ele apenas me puxa para o seu abraço e esse certamente é um dos lugares mais reconfortantes do mundo. — Todos nós merecemos um final feliz, então devemos lutar por ele com tudo que temos. Promete que não vai desistir do seu? — pergunto com os olhos conectados aos seus.

— Eu prometo.

CAPÍTULO 38

SMITH

"Cada atitude tem uma consequência, assim como cada risco tem sua recompensa."
Chorão

Não importa a posição que alcance, se não se achar digno dela, jamais será realmente sua.

Por longos anos, alimentei o monstro da desvantagem e a síndrome de impostor me acompanhou por muito tempo. Não importava o que eu conquistava, sempre precisava provar a mim mesmo que era capaz de ser merecedor para receber a recompensa e avançar para o próximo nível. Ainda que tenha construído um império, nada parecia ser o suficiente para extinguir o monstro da indiferença.

O abandono, seja ele da forma que for, *fode* com a cabeça de uma criança, pois, se falam uma coisa repetidas vezes, você acaba acreditando, já que é mais fácil aceitar a incapacidade.

Aprendi que o que está dentro de nós é muito mais difícil de matar e, por um tempo, tive certeza de que me igualando aos meus opressores iria tornar-me forte e que dessa forma nada mais poderia me ferir, então, diante disso, criei muros e segui os passos da impassibilidade. Era mais coerente manter as portas fechadas, assim a dor não poderia encontrar-me de novo.

Quando recebi a notícia do meu médico, pareceu um fim aceitável, enfim eu não precisaria continuar na constante busca pela aceitação. Estava cansado de alimentar o monstro da soberba e já não existia mais nenhum degrau que valesse a escalada, mas o pensamento mudou no momento em que meus olhos capturaram os de Lori. Talvez tenha reconhecido neles algo que eu mesmo havia perdido há muito tempo: a inocência. E foi assim que o lobo se enxergou no cordeiro e, desde o primeiro momento, quis avançar para esse degrau, mas saber que dessa vez o tempo também estava contra mim criou muito mais camadas, entretanto aquele cordeiro era especialista em retirá-las e logo libertou o lobo.

— Pronto?

— Não sei se um dia chegarei ao nível que realmente merece, mas prometo nunca desistir de tentar. — Recebo como resposta o sorriso mais lindo do mundo.

— Bobo — minha esposa rebate com uma felicidade contagiante. Sim, sou feliz apenas por fazê-la feliz.

— Vamos para casa, *honey* — as palavras soam como o mais eficaz bálsamo.

— Vamos para casa, meu amor. — Ela empurra a cadeira de rodas e, depois de quase um mês neste hospital, é notório que o Anthony que sai por essa porta nem se aproxima ao mesmo que entrou.

— Posso ir andando...

— Regras são regras, Sr. Smith. — Beija meu pescoço depois de se curvar sobre mim por um segundo.

— Só mais uma semana e a senhora vai responder por cada provocação.

— Estou ansiosa por isso. — Beija-me quando me coloco de pé na saída do hospital.

— Eu odeio esse médico — sussurro quando nos sentamos lado a lado no carro e Lori gargalha. Minha mão sobe por sua perna, mas a sua me para.

— Vamos cumprir o protocolo até o fim. — Pisca.

— Quando foi que ficou tão insensível?

— Desde que o senhor prometeu ao médico que se comportaria. — Se não fosse pelo pequeno curativo em minha cabeça, ninguém diria que sequer estive no hospital...

— Está vendo como o seu pai sofre, filho? — sussurro para sua barriga e ela volta a sorrir.

— Pode ser uma menina.

— Espero que seja tão incrível como a mãe. — Levo os lábios aos seus.

— E linda como o pai. — É difícil controlar a soberba neste momento, ninguém poderia convencer-me que não sou o homem mais sortudo desse mundo.

— Sou lindo, é?

— Principalmente quando não está sendo arrogante — sussurra.

— E como posso evitar tamanho orgulho se tenho a mulher mais linda e inteligente desse planeta? — Ela sorri com os lábios junto aos meus. A entrega e a transparência em seus olhos foram o que me deixou completamente louco por ela desde o primeiro segundo.

— Eu te amo, Anthony Smith.

— Eu te amo, Lori Smith. — Sugo seus lábios. — Também sou completamente apaixonado e louco por você.

Alguns minutos depois, respiro fundo antes de as portas do elevador se abrirem completamente em minha sala. A previsão mais plausível em minha cabeça era a de que eu jamais sairia daquela mesa de cirurgia e, mesmo com o último ato de coragem em prol das pessoas que amo, a vitória realmente parecia impossível.

— Bem-vindo! — O coro faz com que as batidas do meu coração elevem suas funções e, por mais que eu tente manter a memória da rejeição ativa, nesse segundo fica impossível, pois o amor está evidente demais no rosto de cada um em minha sala, sala essa que está ornamentada com muitos balões e é obvio que a decoração ficou a cargo da minha esposa que está tão sorridente como qualquer um aqui dentro.

— Sua cabeça ainda está machucada? — A preocupação no tom de Jase é evidente e genuína.

— Não, amigão. Estou novinho em folha. — Acaricio seus cabelos.

— Eh! Vamos poder jogar de novo?

— É claro que vamos! Mas o Alex não pode estar no nosso time, ele é muito ruim nas rebatidas — digo como se fosse um segredo, mas tenho meu melhor amigo perto demais para não ter escutado.

— Se ele fosse mais rápido na corrida, poderia reclamar, não é, Jase? — As mãos do menino vão à boca para disfarçar o sorriso com a afirmação de Alex. — Bem-vindo de volta, cara. — Abraça-me.

— Que bom que está em casa, filho. — Minha mãe toma o lugar do meu amigo.

— Estou feliz por estar de volta, mãe. — Beijo sua fronte e logo acaricio seu rosto limpando um pouco das suas lágrimas.

Também recebo os cumprimentos de Bob, assim como os de Josh e de Maggie e ver minha casa tão cheia jamais me deixou tão satisfeito.

Entre piadas ruins e muitos sorrisos, a tarde se estendeu até a noite. Sinto-me completamente livre e pronto para recomeçar. A cada sorriso de minha esposa o mundo parecia muito melhor. Não sei se ainda tenho direito a qualquer pedido depois desse milagre, mas, se ainda o tiver, o único desejo seria para que meu mundo continuasse em sintonia com o seu.

A dor enclausura você por muito tempo, mas ela também o compensa assim que entende o seu verdadeiro propósito. E o meu propósito é ser o melhor para a minha família. Sim, eu tenho a minha própria família, jamais serei um intruso de novo.

Dias depois...

— Não, não e não! Não há qualquer sentido em demandar esse investimento para um aplicativo que está completamente ultrapassado! Não faz sentido tentar recuperar, quando o mercado está pedindo uma tecnologia que ele nunca vai al... — travo quando Lori me surpreende. De acordo com suas "regras" e as do médico sádico, ainda não posso trabalhar. — Tenho que desligar, tire-o do plano, vamos investir no que realmente vai funcionar. — Desligo sob o olhar acusador. — É só um telefonema, eles vão afundar o patrimônio dos nossos filhos desse jeito. — Tento justificar. — Estou entediado e me sinto ótimo. — Permanece em silêncio com olhos julgadores.

— O primeiro ainda está na barriga, então acho que teremos tempo de recuperar o patrimônio antes de o próximo chegar. Ligações nesse teor se enquadram como trabalho e situações de estresse. Não me importo de ser pobre desde que tenha meu marido ao meu lado... — Pisca e abre o roupão revelando a *lingerie* vermelha que fica perfeita nela.

— Isso é tortura! — acuso e fica evidente meu total descontrole. A saudade de fazer amor com a minha mulher está me matando. As noites têm sido insuportáveis.

— Só queria sua opinião, amor... — Retira o roupão por completo, fazendo-me sufocar com meu próprio ar... — Acha que está apertado demais? — Corre um dos dedos pela tira lateral da calcinha de renda transparente, fazendo-me salivar. — Não sei, acho que já engordei demais, pode ser que marque a roupa...

— Nunca esteve tão gostosa.

— Certeza? — Vira-se permitindo a visão de sua bunda deliciosa.

— Onde está o Jase?

— Eu não disse? — Aproxima-se mais e o poder que essa mulher tem sobre mim é extraordinário. Passo a língua sobre os lábios...

— O que você não me disse?

— Ele foi passar o final de semana com a sua mãe, ela acabou de buscá-lo. — Seus dedos se engancham no cós do meu jeans.

— Lori... — sussurro em um último aviso, porque, se continuar, eu não estou nem aí de morrer por quebrar o repouso. Vou fodê-la até meu último suspiro.

— Também liguei para o seu médico e, adivinha só, ele disse que não precisamos mais ser tão enérgicos com o seu repouso...

— *Porra!* — Alcanço sua boca e demora apenas alguns segundos para a mesa do meu escritório tê-la. As pernas de Lori envolvem meu quadril enquanto a beijo com a mesma sede de quem passou dias buscando por água. Puxo os cabelos em sua nuca e com a impaciência de um adolescente corro meus lábios por seu maxilar e pescoço. Desço as alças de seu sutiã e logo abocanho um dos seus seios, seus gemidos me deixam muito mais irracional...

— Ah, amor...

— Vamos precisar comprar outra calcinha. — Com um só golpe, rasgo-a e corro meus lábios por sua barriga quase inexistente. As mudanças em seu corpo ainda são muito sutis. Não demoro a estar de joelhos à sua frente, então ela apoia os cotovelos sobre a mesa e observa enquanto a saboreio com a mesma ansiedade da primeira vez. Seu gosto é único e completamente viciante. Ergo um pouco meus olhos e, quando encontro os seus, a conexão está lá. Sua entrega, desejo e amor são indiscutíveis. Por alguns segundos, contemplo a felicidade que me parecia impossível. Conquistar um império se torna irrisório quando comparado a se ter por inteiro o coração da mulher que se ama e ter certeza de que ela ainda estará com você mesmo que o mundo inteiro à sua volta desabe...

— Está tudo bem?

— Maravilhoso, mas sempre podemos melhorar...

— Estou apostando nisso, Sr. Smith.

— Considere a aposta ganha — declaro completamente rendido, mas isso não é novidade, pois, ainda que eu tenha negado o fato por muito tempo, ela me tem em suas mãos desde o dia em que a vi pela primeira vez e será assim até o último segundo da minha vida...

Meus dedos passeiam pelas costas de Lori. Seu corpo está emaranhado ao meu enquanto nossas respirações ofegantes tentam encontrar a normalidade...

— Estou faminta — sussurra.

— Abusamos demais — confesso, foram algumas horas ininterruptas desde que começamos no escritório. — Quer sair para jantar?

— Nem se você me fizesse assinar outro contrato — murmura sonolenta e se aconchega mais ao meu corpo.

— Não existiriam cláusulas capazes de abranger sua magnitude.

— Ah, amor, você é tão fofo! — Sorrio.

— Tenho certeza de que serei ainda mais quando alimentar você e meu pequeno comilão. — Desço até sua barriga e a beijo.

— Pode ser uma pequena comilona...

— Seja como for, o papai é muito feliz por ter você e estou contando os dias para a sua chegada. — Acaricia meus cabelos quando deito minha cabeça sobre sua barriga.

— O papai pode não ser o melhor em primeiros encontros, mas é o melhor em amar — ela sussurra e ergo um pouco a cabeça, em seguida, conecto meus olhos aos olhos da mulher que transformou todo o meu mundo.

— O que a mamãe não conta é que ela quase arrancou meu pé no primeiro encontro.

— Que exagero! — diz e gargalha.

— E chutou o papai no segundo. — Pisco.

— Tá bom! — Puxa-me de volta. — Não precisa dar tantos detalhes — diz ainda sorrindo.

— Mas a mamãe é tão especial que foi necessário apenas uma fração de segundo para que eu a amasse e a quisesse na minha vida para sempre — murmuro em seus lábios.

— E a mamãe é a mulher mais sortuda e feliz de todo o mundo por ter esse amor. Eu te amo, meu amor, e assinaria um milhão de contratos se fosse preciso e faria mil entrevistas na Westgloob se fosse preciso.

— Eu iria aprovar você na primeira. — Beijo-a como se fosse a primeira vez. Nem toda a *expertise* adquirida ao longo da minha vida iria me fazer apostar que seria tão completo e feliz. Como dizia a Madre: o processo nos fere, mas o propósito nos cura. De todas as minhas infinitas possibilidades, eu encontrei a mais perfeita.

CAPÍTULO 39

LORI

"O segredo é não correr atrás das borboletas... É cuidar do jardim para que elas venham até você."
D. Elhers

Meses depois

Ao fim da pontada aguda e da respiração profunda, acaricio a enorme barriga, ansiando por mais um sinal que comprove a provável chegada da nossa filha.

Anthony está em um sono profundo, ainda é madrugada, mas não quero despertá-lo para atestar mais um alarme falso, pois foi assim há duas noites. Sento-me na cama da forma mais silenciosa possível e, depois de ligar o abajur com cautela, meus olhos se fixam nas malas prontas à minha frente, então tento recapitular cada item disposto nelas para me certificar de que não esqueci nada. Seria péssimo só lembrar na maternidade...

Enquanto ativo minha memória, meus pensamentos seguem em torno da minha ansiedade para que esse momento ocorra logo, mas é difícil descrever minha expectativa e a dimensão da minha felicidade. Às vezes me pego duvidando da minha realidade e, todas as manhãs, ao acordar, ainda preciso de alguns segundos para ter certeza de que esta realmente é a minha vida e que sou mais feliz do que um dia supus ser capaz. Tudo é tão perfeito...

Todos os dias da minha antiga vida, enquanto era atormentada pelas circunstâncias ao meu redor, desejava ter ao menos o vislumbre de como seria viver em um lar feliz, saudável e repleto de amor. Agora eu sei...

— Hummm... — A pontada retorna e dessa vez não chega sozinha, um enorme fluxo de líquido escorre por minhas pernas, formando uma enorme poça no chão. — Anthony! — chamo meu marido com o tom esganiçado pela dor e não leva dois segundos para que se erga em minha direção. — Chegou a hora — sussurro e mais rápido do que podia prever ele pula da cama.

— Tem... — A frase é interrompida assim que ele cai à minha frente. — Tem certeza?

— A bolsa estourou. — Ele encara as mãos molhadas e seu rosto ganha uma palidez evidente. — Está tudo bem. Você se machucou? — pergunto com a respiração fora de curso.

— Essa água é da sua bolsa, digo, da bebê? — Arregala os olhos ainda estirado no chão.

— Amor, precisamos ir para o hospital.

— Meu Deus! Filha, espera só mais um pouquinho, ok? Vai dar tudo certo. — O pavor em seu tom é evidente. — *Honey*, respira, nós ensaiamos isso, está tudo bem, não precisa ficar nervosa. — Anda de um lado para o outro visivelmente desorientado.

— Anthony! — chamo depois de vários segundos observando seu descontrole e ele me encara, o medo é visível em cada expressão. — Veste uma blusa, calça os tênis, pega o telefone e as malas.

— Ok, está tudo bem — declara e cumpri as tarefas enquanto visto meu robe.

— Precisamos acordar a Maggie para que ela cuide do Jase — digo enquanto caminhamos pelo corredor.

— Acordo ela agora?

— Sim, amor, agora. — Um pouco atrapalhado com as malas, ele bate à suíte dela e logo a porta é aberta, certamente está tendo mais uma noite difícil. Mesmo que ela lute com tudo de si para demonstrar uma falsa alegria, é possível ver a tristeza em seus olhos e ela tem nome: Alex.

Ela está conosco há uma semana e veio justamente para o caso de precisarmos dela se o trabalho de parto ocorresse de madrugada, mas não tivéssemos ninguém para ficar com Jase.

Maggie tem a habilidade de pensar mais no outro do que em si mesma. Seu coração é lindo.

— Chegou a hora — afirmo quando seus olhos espantados e marejados encontram os meus.

— É sério? Ah, meu Deus! — Vem em minha direção com uma preocupação evidente.

— Você cuida do Jase *pra* gente? — pergunto, mas travo quando mais uma contração me atinge, então puxo o ar e o solto pela boca.

— Ok, a gente precisa ir, Maggie. Eu dou notícias, assim que possível. — Anthony parece recuperar o controle.

— Está bem, vai dar tudo certo, amiga.

— Ah! — grito em resposta.

— *Me* ajuda com as malas, Maggie! — Meu marido me ergue em seu colo...

Quando me dou conta, já estou sendo examinada pelo médico e com a constatação de que minha filha já está nascendo...

— Ok, Lori, na próxima contração você já pode fazer força, já estou sentindo sua bebê. — Anthony aperta minha mão.

— Ela está chegando, amor, nossa filha está chegando — declara com o tom embargado e beija minha cabeça... Em meio à dor lancinante, sorrio para o homem que transformou meu mundo de uma forma que eu jamais poderia imaginar. Sim, cada segundo de espera parece eterno e essa ansiedade demove todo medo e dor e eu a uso como combustível para trazer minha pequena luz ao mundo...

— Ahhh! — grito depois do último esforço, então o choro forte e agudo irrompe a sala.

— É uma linda menininha, parabéns! — Encaro meu obstetra e, com a visão ainda embaçada pelas lágrimas, contemplo pela primeira vez o rostinho da minha filha, que ainda chora em seus braços. Movida pelo amor e pela ansiedade, estendo meus braços e ele não demora a me entregá-la.

— Oi, amor, eu sou a sua mamãe. — As lágrimas se tornam mais intensas. — Ela é linda. — Encaro o rosto de Anthony, que também está chorando muito. — A nossa Ayla — declaro e meu marido me beija, em seguida beija nossa pequena luz.

— Eu sou o seu papai, meu amor, e sempre estarei ao seu lado, jamais estará sozinha, você é o nosso maior presente e é muito, muito amada. — Ele se curva um pouco sobre nós e nos abraça, então fecho os olhos absorvendo esse momento. Certamente eu jamais havia experimentado tamanha felicidade. Sinto como se nada nesse mundo pudesse nos atingir, e, mesmo se tentasse, eu iria destruí-lo muito facilmente. Uma nova Lori parece ter nascido, uma muito mais forte e capaz de enfrentar sozinha um exército inteiro para proteger quem ama. E eu protegerei a minha família até meu último suspiro...

Três anos depois...

No enorme terraço do luxuoso restaurante ornamentado com as flores preferidas de Josh, encaro a grande Manhattan por alguns minutos. O espumante em minha taça fica esquecido, quando desvio os olhos para espaço onde foi realizada a cerimônia de seu casamento. Vejo o sorriso genuíno do meu amigo, sua felicidade transcende e a sinto como se fosse minha...

— Algum problema? — Meu marido intercepta minha admiração.

— Eles estão tão felizes — declaro.

— Não era esse o seu plano? — Abraça-me.

— Sempre foi! Josh merece todo amor do mundo e o Derek faz transbordar esse amor.

— Eles tiveram um bom cupido! Agora que tudo está finalizado e que estão prestes a saírem para a lua de mel, será que ganho a atenção da madrinha mais linda que já conheci? — Sorrio.

— O senhor sempre terá a minha atenção... — Envolvo seu pescoço com os braços.

— Então acho muito justo aproveitarmos o resto da noite...

— Eu acho que o senhor tem toda a razão. — Beijo-o e ele não demora a corresponder com paixão. Meu corpo ainda reage ao seu como na primeira vez em que nos beijamos. Anthony é o marido mais incrível do mundo e o homem que faz meu mundo girar sem nenhum esforço. — Eu te amo — sussurro em seus lábios, viro-me novamente para a bela vista e fecho os olhos quando meu marido me abraça com proteção.

— Está tudo bem? — Deito minha cabeça em seu ombro enquanto os sons de violino reverberam no terraço e intensificam minha sensação de plenitude.

— Você também sente isso?

— A bunda deliciosa da minha esposa?

— Não! — Gargalho.

— Se esse não é o seu único pensamento, no que eu deveria estar pensando agora? — questiona. Ele esteve em uma conferência nos últimos três dias e veio direto para o casamento de Josh, então não posso julgá-lo por seus pensamentos profanos, pois também estou morrendo de saudades.

— Sente como se estivéssemos no lugar certo do mundo e como se a qualquer momento fôssemos acordar?

— O nome disso é felicidade e, pelo visto, estou falhando por não te deixar confortável com ela.

— É claro que não está! É justamente ao contrário, você me faz a mulher mais feliz do mundo.

— Você me faz feliz primeiro. É tudo real, amor. Nosso milagre, nossa vida, nosso amor, nossa família, a felicidade dos nossos amigos e o tesão desesperado que estou neste exato momento.

— Vamos para casa, Sr. Smith. Temos uma cobertura inteira só para nós. — Pisco.

— E vamos aproveitar cada pedacinho dela até...

— Às oito da manhã, que é quando a sua mãe retornará com as crianças. — Ele segura a minha mão e não demora muito até chegarmos ao carro...

Por alguns segundos, estanco em meu lugar e encaro o meu marido antes de entrar no automóvel. Pela primeira vez durante todo esse tempo, eu realmente aceito a minha realidade e sinto-me pertencente a ela.

A mudança só acontece de fato quando a aceitamos.

Sim, é possível se refazer dos danos instituídos a nós, e não devemos sentir culpa por ter encontrado um novo caminho, um diferente de tudo o que nos foi imposto justamente por aqueles que tinham o dever de nos amar e proteger. Essas marcas, ainda que não as queira, permanecem em você, então o que nos cabe é definir a importância que daremos a elas, contudo o único ensinamento válido que ficou da minha infância é que família é a coisa mais importante que temos. Algumas pessoas dão sorte de construir essa família em seus nascimentos e outras, como eu, são muito mais sortudas por poderem escolher.

Pego a mão do meu marido e entro no carro, com a sua ajuda, certa de que estou exatamente onde deveria estar e que ninguém nesse mundo teria o poder de me dizer o contrário. Meu único dever agora é ser e fazer minha família feliz.

FIM

A The Gift Box é uma editora brasileira, com publicações de autores nacionais e estrangeiros, que surgiu no mercado em janeiro de 2018. Nossos livros estão sempre entre os mais vendidos da Amazon e já receberam diversos destaques em blogs literários e na própria Amazon.

Somos uma empresa jovem, cheia de energia e paixão pela literatura de romance e queremos incentivar cada vez mais a leitura e o crescimento de nossos autores e parceiros.

Acompanhe a The Gift Box nas redes sociais para ficar por dentro de todas as novidades.

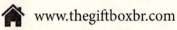 www.thegiftboxbr.com

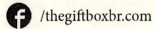 /thegiftboxbr.com

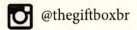 @thegiftboxbr

 @GiftBoxEditora